SARA ERB

CHELSEA STERN

LICHTMAGIE (BAND 1)

adakia Verlag UG (haftungsbeschränkt)
Richard-Wagner-Platz 1, 04109 Leipzig

Bibliographische Information der Deutschen Bibliothek:
Die Deutsche Bibliothek verzeichnet diese Publikation in der Deutschen Nationalbibliographie; detaillierte Daten sind im Internet über die Homepage http://www.dnb.de abrufbar.

Gesamtherstellung: adakia Verlag, Leipzig
Umschlaggestaltung: Marie Graßhoff, www.marie-grasshoff.de
Bildmaterial: © Adobe Stock
Lektorat: Kirsten Sanders, liest sich leichter | Lektorat & Korrektorat, Leipzig
Satz und Layout: Jeanette Frieberg, Buchgestaltung | Mediendesign, Leipzig

1. Auflage, Oktober 2021
ISBN 978-3-941935-88-4

Für alle leuchtenden Sternseelen da draußen.
Auf dass ihr eure Bestimmung findet und wie ein Stern leuchtet.
LIEBE.

PROLOG

VOR FÜNFZEHN JAHREN

Der Tunnel, durch den sie Clarissa führten, war dunkel und kalt. Am Ende des unterirdischen Ganges sperrten sie eine wuchtige Tür aus schwerem, dickem Eisen auf. Alle anderen Gefängniszellen waren mit offenen Gitterstäben ausgestattet, doch ihre war speziell. Sie ließ jede Hoffnung auf Freiheit im Keim ersticken. Die Zelle verströmte eine Aura der Verzweiflung, die Clarissa an die des »Tower of London« erinnerte. Unsanft wurde sie in die dunkle Kammer geschubst und stolperte dabei über die Schwelle.

»Ihr könnt mich hier ewig einsperren, ich werde euch nie helfen!«, fauchte sie, als die Männer die wuchtige Tür ins rostige Schloss einrasten ließen. Der eine lachte hämisch in sich hinein, während seine Schritte immer leiser wurden. Ein dumpfes Klacken am Ende des Tunnels tötete den letzten Lichtspalt und ließ Clarissa allein in der Dunkelheit zurück.

Es dauerte einen Tag oder länger, da hörte sie Schritte den Gang hinabmarschieren. Schnell, klackend, bestimmt. Mit jedem weiteren Fußtritt, den sie auf dem kalten Boden des Verlieses hörte, breitete sich die Gänsehaut über ihren gesamten Körper aus. Sie kannte ihren Besucher, bevor er vor ihrer Zelle Halt machte.

»Was willst du noch?«, fragte sie den Mann, als er die wuchtige Eisentür knarzend öffnete und vor ihr im Türrahmen stand. »Sie haben vor, dich zu foltern, bis du tust, was wir wollen«, verkündete er aalglatt. »Schön für euch«, versuchte Clarissa cool zu bleiben, obwohl ihr innerlich die Panik schier den Hals versiegelte. Der Mann warf seinen Ledermantel zurück und kam einen Schritt näher auf sie zu. »Ich sehe so viele Möglichkeiten, seitdem ich davon weiß. Wir könnten gemeinsam eine Menge erreichen. Siehst du das denn nicht? Du müsstest nur zustimmen und hättest ein erfülltes Leben mit mir an deiner Seite. Wir wären reich und mächtig.«

Ob dieser Aussage stieg Hass in ihr hoch und ließ sie sarkastisch auflachen. »Reich und mächtig? Wir wären Kriminelle – Mörder! Chaos würde die Welt regieren und wir wären schuld. Wie konntest du dich nur auf etwas dermaßen Niederträchtiges einlassen? Es ist das Gegenteil davon, wozu ich bestimmt bin. Harmonie und Liebe sind die Lösung. Macht und Reichtum erfüllen kein Herz dieser Welt. Nicht einmal deines.«

Empört trat er noch näher an sie heran und starrte ihr fordernd in die Augen. Er hatte dieselbe Größe wie die Gefangene, wirkte jedoch durch seinen langen Mantel kleiner. »Das ist deine letzte Chance«, drohte er mit bebenden Nasenflügeln. Clarissa fixierte unerschrocken sein Gesicht, während sie verkündete: »Ich helfe euch nicht. Da werdet ihr mich wohl umbringen müssen.«

Sein Körper vibrierte. Geballte Wut breitete sich in seinem Inneren aus. Er konnte nicht damit umgehen, wenn sich ihm jemand widersetzte. Deshalb spielte er seinen Joker aus: »Und was passiert dann mit deiner Tochter? Sie wollen sie auch foltern, natürlich in deinem Beisein. Bis du einwilligst«, sprach er die letzten Worte betont langsam und schnalzte dabei mit der Zunge, als würde es ihm Spaß machen, ihr zu drohen.

Clarissa schluckte und funkelte den Mann an. »Wenn du ihr auch nur ein Haar krümmst …«, drohte sie und streckte ihm ihren Zeigefinger dicht vor die Nase. Ihr Blick hätte töten können und feuerte Eisblitze, doch er ignorierte ihren Hass. »Ich würde ihr nie etwas tun. Aber *sie* wollen das. Allerdings liegt sie mir am Herzen und ich will nicht, dass ihr wehgetan wird.« Er schaute kurz zu Boden und atmete tief aus. Schwenkte er die weiße Fahne?

»Sie lassen dich gehen.« Clarissa starrte ihn entgeistert an. Wie jetzt? Soeben noch verlautbarte er die Folter für sie und ihre Tochter. Es schien ihr unmöglich zu glauben, was er da sagte. Niemand kam hier einfach so raus. Sie waren die bestvernetzte kriminelle Organisation der Welt, zeigten keine Gnade und gewährten keine Chance.

»Ich habe mit ihnen einen Deal ausgehandelt, durch den du freikommst. Du solltest ihn eingehen.« Clarissa zeigte ihm mit einer Handbewegung, er solle weitersprechen. Er hatte ihre Aufmerksamkeit. »Sie lassen dich unter einer Bedingung gehen. Wenn du sie schon nicht für uns einsetzen willst, dann für niemanden. Sie verbieten sie dir.«

Clarissa starrte ihn mehr entgeistert als entsetzt an, weil sie wusste, was dies bedeutete. Sollte sie dem Deal zustimmen, wäre sie ihrer Bestimmung beraubt. Sie müsste sich ihrem Schicksal querstellen.

»Wie wollt ihr das kontrollieren?«, hakte sie nach und schüttelte dabei ungläubig den Kopf. Ein solch gestörter Deal konnte nur ihnen einfallen. »Das wirst du schon sehen. Wir haben da unsere Mittel und Wege«, schmunzelte er diabolisch. Ihre Zwangslage amüsierte ihn.

Ihre Augen blitzten ihn voller Abscheu an. Sie fühlte sich verraten und bedroht. Nie hätte sie ihm zugetraut, dass er so weit gehen würde. Doch ihre Tochter musste beschützt werden. Das war die Chance, ihren Schutz zu bewirken. Andernfalls würden sie beide umgebracht werden. Denn ein Seitenwechsel käme für Clarissa nicht in Frage. Ihre Überzeugungen und moralischen Werte waren ihr zu heilig. Auf ihrer Seite zu spielen hätte sie ihre Seele gekostet. Sie hätte es nicht geschafft, einzuwilligen, selbst wenn sie ihr dadurch ihre Tochter entrissen hätten.

Sie war hin- und hergerissen: *Entweder opferte sie ihre Tochter und sich selbst dem Tode oder sie entsagte ihrer Bestimmung und lebte ihr Leben ohne ihre Lebensaufgabe, dafür aber mit ihrem Kind, weiter.*

Zwiegespalten senkte sie ihren Blick auf den dunklen, feuchten Boden, was sie sofort bereute, weil ihr dadurch erst bewusst wurde, in welchem Loch sie hier eingesperrt war. Von Abneigung erfasst, nahm sie den modernden Geruch von verrottendem Holz und die penetrante Essenz von Blut in der Nase wahr. Sie wollte hier weg. Und sie wollte zu ihr. Die Sehnsucht siegte.

Clarissa nickte und reichte ihm die Hand zur Besiegelung des Deals. Die Berührung widerte sie an, sodass sie ihre Finger sofort wieder aus der Geste zog, als hätte sie Gift berührt. Wie konnte es nur so weit kommen? Es war ihr schleierhaft, wie sie die Kontrolle über sie wahren wollten, doch eins wusste sie mit Sicherheit: Eines Tages würde sie sich dafür rächen.

KAPITEL 1

LONDON, CHELSEA

»Gleich, Mom!«, rief ich meiner Mutter quer durchs Haus zu, die mich drängte, in die Küche zu kommen. Ich wusste, dass ich mich in den nächsten fünf Minuten keinesfalls vom Fleck bewegen würde. Zuerst musste mein Lidstrich sitzen und das erforderte Zeit, vor allem aber Geduld. Ich setzte an und zog eine klare schwarze Linie, als mir meine Mom mit dem lauten Rufen meines Namens die Tour ruinierte.

Wütend stapfte ich mit einem ungeschminkten Auge und einem, das mit einer welligen, abwärts fallenden Linie verziert war, aus meinem Zimmer die Treppe hinunter und fragte sie genervt: »Was ist denn? Ich muss mich für die Uni fertig machen. Heute ist mein erster Tag, da sollte ich pünktlich sein.« Meine Mutter konnte zur Leiterin einer diktatorischen Kommandozentrale mutieren, wenn sie mal wieder eine ihre Launen hatte.

Sie schaute mich etwas entgeistert mit ihren großen, braunen Augen an und legte ihre Hände auf den Schoß. Ihr Blick schweifte kurz zur Spüle und dann auf ihre Handrücken. Ich wartete mehr oder minder geduldig. Was sollte das jetzt? Gerade als ich mich umdrehen und gehen wollte, weil ich keine Zeit für Wechselblicke von der Spüle zu Extremitäten hatte, fragte sie mich gedankenverloren: »Denkst du manchmal an deinen Dad?«

Mir fiel die Kinnlade runter und ich wurde rot. Ernsthaft? Wie kam sie darauf? Mein Vater hatte uns vor Ewigkeiten verlassen. Mom hatte sich damals in einen anderen verguckt und anstatt die Beziehung zu retten und an den Problemen, die sie hatten, zu arbeiten, hatte sich mein Dad dazu entschlossen, dem neuen Mann im Leben meiner Mutter das Feld zu überlassen und abzuhauen. Überaus männlich.

Der andere Kerl, der Vince hieß und außer einer enorm männlichen Statur nicht viel zu bieten hatte, verließ sie daraufhin. Er wollte »nur einen ungezwungenen Flirt«, wie sie mir damals weinend und schon mit stattlichen Tränensäcken versehen erzählte. »Nichts Ernstes.« Dass der ungezwungene Flirt die langjährige Beziehung meiner Eltern zum Einstürzen brachte, war dem Sackgesicht egal. Vince war kein sonderlich sozialer oder berauschender Mensch und wie sich herausstellte auch niemand, der Verantwortung übernahm. Ich hatte ihn nie gemocht, selbst dann nicht, als ich es versuchte. Dabei hatte ich ihn vielleicht dreimal gesehen, weil die beiden sich nie bei uns zuhause getroffen hatten.

Seitdem gab sich meine Mom die Schuld dafür, dass Dad uns verlassen hatte. Ich sah das anders. Schließlich verliebte man sich ja nicht grundlos in einen anderen, da musste schon beträchtlich was nicht passen in der bestehenden Liaison. Dass mein Vater dann abgehauen war, sprach für die Beziehung und seinen Charakter.

»Chelsea?« In Gedanken versunken zuckte ich zusammen. Es passierte mir ständig, dass ich in meinem Kopfkino abschweifte. Das Ding über meinen Augen wollte nie aufhören, Zusammenhänge zu bilden und Geschehenes zu analysieren.

»Ja, das tu ich, Mom«, antwortete ich mit weicher Stimme, weil ich sie nicht zum Weinen bringen wollte. Sie schaute mich liebevoll an. »Es tut mir leid, wie damals alles gekommen ist«, hauchte sie. Ich hatte keine Ahnung, warum sie gerade jetzt Schuldgefühle überkamen. Zudem hatte ich weder Lust noch Zeit, mich mit diesem Kapitel meines Lebens zu beschäftigen. Deshalb umarmte ich sie fest. Leicht zitternd drückte sie mich an sich und ich wusste, dass ich sie beruhigen sollte. »So was passiert manchmal einfach. C'est la vie.«

Kurz darauf fing sie doch an zu schluchzen. Ich dachte an mein Seminar an der Uni, das heute startete, und wog ab, ob es gänzlich unpassend wäre, gleich am ersten Tag zu spät zu kommen. Das nächste Schluchzen meiner Mutter ließ mich eine Entscheidung treffen. Ihr kullerte eine Träne über die Lippe. Ich umarmte sie noch fester. Jetzt erst wurde mir bewusst, wie sehr sie das Thema noch immer belastete. Mich kümmerte es nicht mehr. Zwar dachte ich ab und zu an meinen Vater, gab es jedoch auf, mir auszumalen, wo er sein könnte oder ob ich ihn jemals wiedersehen würde.

Mom tränkte meine Bluse mit ihren Tränen. Ihr brillant geschminktes Augen-Make-up fing an zu verlaufen. Sie war psychisch nicht die Stabilste, doch das war nicht immer so gewesen. Die Trennung hatte sie negativ verändert. Es stimmte mich melancholisch, dieses tief in mir vergrabene Thema so unerwartet auszubuddeln. Meine Kindheit war fantastisch. Alles war toll bis zu dieser Misere mit Vince.

Ich dachte an all die schönen Momente mit Dad, als ich noch ein kleines Mädchen war. Fast jeden Sommer fuhren wir an die Adria. Ich ließ mich in die Erinnerung fallen. Wir standen auf einer Mole. Die wärmende Sonne küsste mein Gesicht, welches ich zum Dank freudig zu ihr drehte. Auf meinen Wangenknochen spürte ich die Wärme und versuchte, sie gänzlich in mich aufzusaugen. Jedes Stückchen Energie, das ich von ihr bekam, erfüllte mich mit Stärke. Ich dachte an Dad, wie er da auf den sonnenerwärmten Felsen stand, die etwa hundert Meter vom Ufer entfernt lagen und auf denen sich viele Krebse und Krabben tummelten.

Mein Vater versuchte mit seinem Fischernetz ein paar der Schalentiere zu fangen und hatte Erfolg. »Sieh mal, Chelsea, ich habe einen für dich!« Stolz strahlte er mich an, eines der zwickfreudigen Krabbeltierchen für mich erwischt zu haben. Ich sah das Funkeln in seinen Augen und wurde melancholisch.

Ein Gefühl der Wehmut breitete sich in meiner Brust aus, sodass ich schwer atmete. Ich sehnte mich zurück an diesen Ort, wo alles warm und sonnig schön war und nicht so nebelig und windig, wie es in London die meiste Zeit des Jahres zu sein pflegt. Die Sonne schien auf seine rechte Gesichtshälfte, sodass die linke in Schatten gelegt wurde.

Ich lächelte ihn an, als seine Silhouette stetig an Opazität verlor und schließlich verschwand. Noch immer saß ich auf dem Felsen, allerdings als ... ich. Wie zum ...?! Erschrocken fuhr ich zusammen, als die Gischt auf meinen Oberschenkel klatschte. Die Wellen schlugen gegen die Felsen. Jene Felsen, an die ich *DACHTE*. Wie konnten sie nun hier sein? Wie konnte ich nun hier sein?

Mein Bein war kalt vom Wasser und ich realisierte voller Entsetzen, dass ich meine neue Jeans trug. Wie war das möglich? Wie kam ich hierher? Spielte mir mein Bewusstsein einen Streich? Nein. Der salzige Rand, der sich auf der neuen Jeans abzeichnete, besagte etwas anderes. Es war sonnig hier. Wie damals. Nur dass *ich* nicht mehr wie früher war, sondern älter und nicht im Bikini. Und nebenbei bemerkt im Stress. Mir fielen die Uni und meine Mom wieder ein. Ich wünschte mir fest, sie wieder in den Armen zu halten. Mein Kopf ließ die strahlende Küste in meinem Geiste kreisen und mein Magen zeigte mir, dass ihm das alles missfiel. Verwirrt sehnte ich mich nach unserem Zuhause, während die Gischt weiter ernüchternd auf meine Jeans spritzte, als wolle sie mir beweisen, dass das hier real war. Ich verstand kein bisschen, was soeben geschah, und hasste dieses Gefühl.

Verzweifelt schloss ich die Augen und hoffte darauf, wieder in London zu sein, wenn ich sie erneut öffnen würde. In meiner

Hilflosigkeit entwich eine Träne meinem linken Auge, die langsam über meine Wange glitt. »Chelsea?« Ich riss die Augenlider auf und fand mich in der Küche wieder. Zuhause, in London. In meinem geliebten Stadtteil Wandsworth, für den ich trotz des Nebels und Regens große Sympathien hegte.

»Mom! Was ist da gerade geschehen? Wie … wie kann so etwas passieren?« Mein Körper fühlte sich an, als würde er leuchten, während der Nebel in meinem Kopf meine Sinne trübte. Mir war schwindelig Ich schwankte zur Seite und hielt mich an einer Stuhllehne fest. Ich kam mir so leicht vor.

Meine Mutter starrte mich für ihre Verhältnisse viel zu ernst an. »Wenn es das ist, was ich glaube, kannst du von Glück reden, dass es hier in der Küche passiert ist. Wir reden heute Abend darüber. Geh jetzt zur Uni, sonst schmeißen sie dich noch aus dem Kurs, den du schon so lange besuchen wolltest.«

»Aber Mom!«, protestierte ich lautstark, während ich mich an der Theke abstützte, um nicht das Gleichgewicht zu verlieren. »Später, Liebes, später!«, haspelte sie mit wässrigen Augen und schaute dabei dermaßen gequält aus, dass ich sie am liebsten dafür getreten hätte, dass sie mir offensichtlich so einiges verschwieg. Hektisch schob sie mich aus der Küche und dann aus der Haustür. Letztere knallte sie mir unsanft vor der Nase zu. Danke für nichts.

So verwirrt ich auch war und nicht verstand, was soeben geschehen war, so musste ich ihr doch recht geben. Wenn ich mich jetzt nicht beeilte, war das Mythologieseminar an der historischen Fakultät für mich gestorben. Ich rannte zur nächstgelegenen Tube-Station und hoffte, dass ich die Geschehnisse des heutigen Morgens für die nächsten Stunden aus meinem grübelnden Kopf bekam.

KAPITEL 2

CHELSEA

Ich dachte an »Die Hochzeits-Crasher«, als ich in den Seminarraum platzte. »Oh, verzeihen Sie, Herr Professor Schneider. Es tut mir leid, aber Sie wissen ja, die öffentlichen Verkehrsmittel …«, grinste ich ihn entschuldigend und vermutlich recht dämlich an und kam mir genauso dabei vor.

Ich konnte ihm ja schlecht sagen, dass ich mich noch kurz zuvor auf den Felsen an der italienischen Adria gesonnt hatte. In Jeans. Da schoss mir die Sache mit dem Salzrand in die Synapsen. Ich blickte subtil nach unten, was vor einer kompletten Studentenbelegschaft, die einen angaffte, quasi unmöglich war. Ja, er war noch da. Ach herrje! Meinen Start als Fashion-Ikone an der Uni hatte ich mir anders vorgestellt.

»Ja, Frau Stern, die kenne ich, deshalb achte ich auch darauf, bei meiner täglichen Anreise etwaige Komplikationen mit einzukalkulieren. Aber bitte setzen Sie sich, ich will heute nachsichtig sein«, agierte er gütig und schwang seine Hand platzweisend in die Studentenschaft.

»Danke, Herr Schneider«, lächelte ich erleichtert. Nach einem freien Platz suchend ließ ich meinen Blick durch den Raum schweifen und bemerkte dabei einen jungen Mann, der mich offensichtlich angestarrt hatte, sonst hätte er sich nicht so abrupt weggedreht, als mein Blick zu ihm wanderte. Hm. Wie es das Schicksal so wollte, war neben ihm zufällig ein Platz frei, in der letzten Reihe. Ich checkte erneut den Raum. Es war der einzig freie Sitzplatz. Triumphierend machte sich ein Grinsen auf meinem Gesicht breit. Himmel, ich musste dringend lernen, mein Kopfkino von der dabei entstehenden Mimik zu trennen.

Unter Zwang beherrschte ich meinen Ausdruck und steuerte selbstbewusst auf ihn zu, während ich versuchte, mit einer Extraportion Hüftschwung den Salzrand auf der Jeans zu kaschieren. »Ist hier noch frei?«, fragte ich mit klimpernden Wimpern. Er achtete auf alles andere als auf meinen Oberschenkel.

Ich musste zugeben, dass mein Outfit auch brillant gewählt war. Die Skinny Jeans ergänzte ich mit einer kurzen Seidenbluse in Rosé, welche ebenfalls einen leichten Salzrand von Moms Tränen aufwies. Innerlich klatschte ich mir an die Stirn. Blieb nur zu hoffen, dass die goldenen Kreolen sowie das goldfarbige Kettchen um meinen Hals, das zierlich meinen Namen schwang, von den morgendlichen Rückständen ablenkten. Der zehn Zentimeter lange Absatz gehörte zu einem samtigen, geschlossen schwarzen Boot. Ach, ich sah umwerfend aus!

Nachdem er lange in mein Gesicht, auf die Kette und letztendlich auf mein Dekolleté gestarrt hatte, versuchte er zu antworten, indem er den Mund öffnete. Dabei fiel ihm eine braune Haarsträhne in die Stirn, die er hastig hinters Ohr streifte. Als er verwirrt feststellte, dass es ihm die Sprache verschlagen hatte, was ich ihm ja gar nicht verübeln konnte, nickte er hastig und deutete ein scheues Lächeln an. Ich war jetzt schon amüsiert.

»Ich heiße Chelsea«, flüsterte ich ihm munter zu und ließ mich nieder.

»Ich weiß«, antwortete er leise. Da ich ihn verwirrt anblinzelte, zeigte er auf meine Halskette. »Ach, genau. Vorstellen überflüssig.« Ich lächelte ihn an und er zurück. Dabei trafen sich unsere Augenpaare und ein elektrisches Knistern durchfuhr meinen Körper. Seine Augen zogen mich erbarmungslos in ihren Bann. Das sanfte Grau seiner Iris war von diesigen Fäden durchzogen. Sie erinnerten mich an die Nebel von Avalon. Zumindest stellte ich mir diesen mystischen Ort so vor. Mystisch wie der Mann vor mir selbst.

Ich schätzte ihn auf mein Alter, um die Mitte zwanzig. Seine geradlinigen Brauen betonten die Augenpartien, wodurch sein Blick majestätisch wirkte. Plötzlich wurde mir bewusst, dass ich ihn fixierte, woraufhin ich mein Haupt senkte und meinen Hals wie eine Schildkröte in die Halspartie fallen ließ. Ich fühlte mich seltsam berührt und das war mir unangenehm.

Wir schwiegen eine Weile und mein berührtes Ich tat so, als würde es Herrn Schneider zuhören, konnte sich aber nur auf meinen Kommilitonen konzentrieren. Ich schätzte ihn groß ein, denn er wirkte lang und athletisch, selbst im Sitzen. Sein Körper strotzte nur so vor Testosteron. Die Schultern breit wie die eines Wrestlers, der Hals männlich und steif, der Rücken definiert, sodass ich die Muskeln seines trainierten Körpers sogar durch sein waldgrünes Shirt erkannte, welches eng anlag. Seine Oberarme schienen mächtig, jedoch nicht aufgedunsen wie die der Prolos vom Fitnessstudio.

Ich beobachtete ihn, wie er eifrig auf die Tastatur seines Laptops tippte. Das hätte ich auch tun sollen. Seine langen Finger flogen mit einer Eleganz über die Tastatur, die mich erstaunte. Seine Arme stellten dabei die muskulösen Bizepse zur Schau. Fuck, war der sexy! Und schön! Sehr schön sogar. Wie hieß er überhaupt? Ich hatte die Frage noch gar nicht zu Ende gedacht, als ich sie schon flüsterte.

Er wandte sein Gesicht zu mir, um mir eine Antwort zu geben. Dabei fiel ihm erneut eine Strähne über die Stirn. Sein dunkles Haar glich dem eines Ritters. Eine leichte Brise seines Geruchs erreichte meine Sinne. Er roch nach Zedernholz. Sein

Duft passte perfekt zu seinem Auftreten und Aussehen. Trotz all der Muskeln und des männlichen Geruchs wirkte er elegant. Mir gefiel die Art, wie er seine Hände bewegte und auch, wie er seinen Kopf zu mir drehte. Hätte mir jemand erzählt, er wäre ein Elbenwesen, hätte ich es geglaubt.

»Ich bin Rick«, antwortete er und wandte sich wieder seinem Computer zu. Streber. Da ich ein geheimer Fan der Namensetymologie war, googelte ich die Bedeutung seines Namens. Rick bedeutete *der Herrscher, der Mächtige*. Oh ja, genauso wirkte er. Dieser Mann strahlte Stärke aus. Ich ertappte mich dabei, wie ich ihn musterte, und versuchte, das Ganze subtiler zu gestalten. Rasch kritzelte ich irgendetwas auf meinen Block. Absurd. Wie sehr hatte ich mich auf den Kurs gefreut. Doch jetzt konnte ich mich nur noch auf *ihn* konzentrieren.

Irre, was für eine Anziehung der Kerl besaß. Rick, der Mächtige. Eindeutig cooler als die Bedeutung meines Namens: Kalkhafen. Zum Glück hatten mich meine Eltern nicht aus diesem Grund so benannt. Dads Lieblingsfußballclub war der FC Chelsea und Moms Herz schlug für den Londoner Nobelstadtteil Chelsea, wodurch die Auswahl meines Namens auf der Hand lag.

»Ja, Herr Empero«, nickte Professor Schneider. »Ich finde, dass ein Teil der vielen Mythen immer Wahrheitsaspekte beinhaltet. Die Leute können sich das alles unmöglich aus den Fingern saugen. Vielleicht wird ein wenig übertrieben, aber ich bin der Überzeugung, dass der Kern der Geschichte der Wahrheit entsprang.«

Ruckartig drehte ich mich in seine Richtung und grinste. Rick *EMPERO*, wie passend. Wo doch *Emperor* übersetzt *Herrscher* heißt. Seine Eltern hatten scheinbar große Pläne für ihren Sohn. Ein Anflug von Hitze durchflutete meinen Körper. Erneut. Was sollte das denn jetzt? Ich kannte den geheimnisvollen Ritter gerade mal eine Stunde und unsere Konversation bestand bis dato aus Smalltalk in abgespeckter Version. Quasi

Smalltalk auf Hardcore-Diät. Eine geistreiche Unterhaltung verläuft anders.

Als die Stunde vorbei war, strömten alle sofort nach draußen. Ich ließ mir jedoch Zeit und zu meinem Erstaunen Rick ebenso. Dann kramte ich in meiner Tasche und tat so, als würde ich etwas suchen, bis ich zufällig einen Lipgloss ergriff. Den trug ich auf und checkte anschließend pro forma meine Mails. Er sagte nichts. Sein Geruch löste Gänsehaut in mir aus. Ich musste hier weg.

Als ich mich erhob, verließ der Klang meines Namens fragend seinen Mund, sodass ich mich überrascht zu ihm drehte. Er konnte also doch aktiv kommunizieren. »Ja, Rick Empero?«, erwiderte ich überspitzt. »Ist das ein neuer Trend?« Oh nein, er hatte den Salzrand entdeckt! »Ähm, weißt du, also«, stammelte ich, während ich eine Erklärung suchte. Da gab er schon sein Statement ab: »Ich finde es zwar gewöhnungsbedürftig, weil deine Augen dadurch so unterschiedlich wirken, aber es hat auch seinen Reiz.«

Was?! Nein. Nein. Nein! Die Erkenntnis traf mich wie ein Blitz. Mein Lidstrich! Ein Auge ungeschminkt und eines mit einer abfallenden schwarzen Linie verziert. Wie peinlich! Mein Kopf wurde rot wie eine feurige Paprika und ich hatte meine Mimik nicht unter Kontrolle, die ihn mit einer Schockstarre konfrontierte. Jetzt war ich diejenige, der es die Sprache verschlagen hatte.

»Ich … ja, das ist ein neuer Trend. Hat Vivienne Westwood eingeführt, die ist bekannt für schräge Looks«, erfand ich schlagfertig, hob mein Näschen und hastete aus dem Seminarraum, rein ins nächste Damen-WC. Am liebsten hätte ich mich vergraben. Ungefähr so war es auch. Nur dass es dankenswerterweise nicht der Erdboden war, sondern ein strahlendes Sonnenblumenfeld, in dem ich versank. Meine Lieblingsblumen, wohl gemerkt – an jedem Tag außer heute.

»Nicht schon wieder«, ächzte ich und stieß mir verzweifelt die Hände gegen die Stirn. Da war ich nun: Irgendwo allein inmitten von gelben Blütenblättern. Zedernholz wäre mir lieber gewesen. Was war nur los mit mir? Ich musste dringend mit Mom reden.

RICK

Ich konnte nicht aufhören, an sie zu denken. Sie raubte mir den Atem. In ihrer Nähe brachte ich kein Wort heraus. Was hatte diese Frau nur, was mich so aus der Bahn warf? Zehn Minuten der gesamten Stunde schaffte ich es, mental dem Unterricht beizuwohnen. Die restliche Zeit verbrachte ich damit, sie zu beobachten. Mir entging nicht, dass sie mich ebenfalls musterte. Chelsea. Ansprechender Name. Ihre Eltern waren definitiv Fußballfans oder liebten den hochklassigen Stadtteil Londons.

»Träum nicht, wir gehen noch auf ein Bier, kommst du mit?« – »Tom!« Überrumpelt versuchte ich, mein Hirn ins Jetzt zu holen. Mein bester Freund sollte mein Interesse für die Neue im Seminar keinesfalls mitbekommen, ansonsten würde er mich Tag und Nacht damit aufziehen.

»Klar komm ich mit!«, nickte ich motiviert und klatschte mit ihm ein. »Welchen Kurs hattest du gerade?«, fragte er mich. »Mythologie«, sagte ich theatralisch und mimte dabei eine eindrucksvolle »Vorhang auf«-Geste mit den Händen. Er lachte sein strahlendes Zahnpastalächeln.

»Du und deine Mythen. Irgendwann mutierst du noch selbst zum Mythos«, scherzte er. Wenn er doch nur gewusst hätte, wie recht er damit hatte. Aber das konnte ich ihm nicht sagen. Entweder fände er das, was ich konnte, cool, oder er bekäme Angst davor. Beides bedeutete Aufmerksamkeit und die wollte ich nun wirklich nicht erzeugen.

Acht Jahre war es nun schon her, als ich erfahren hatte, was ich bin. Zum Glück war ich nicht der Erste in meiner Familie.

So konnten mir mein Opa und mein Vater alles beibringen, was sie darüber in Erfahrung gebracht hatten. Seitdem ich davon wusste, war ich ganz vernarrt darin, alles über Mythen und ihre Wahrheiten zu erfahren. Ich erkannte bei bestimmten Mythen mittlerweile ohne Nachforschungen den Wahrheitsaspekt und das machte mich stolz.

Opa … Als er von uns ging, drohte ich zu zerbrechen. Er war meine Anlaufstelle, wenn ich Probleme hatte oder sie nicht kontrollieren konnte. Mein Dad übte genauso mit mir, zu meinem Opa hatte ich jedoch eine intensivere Verbindung. Ohne ihn fühlte ich mich erst einmal hilflos. Meinem Vater tat das weh, aber er gab mir damals die Zeit, um zu trauern und um über den Verlust meines Großvaters hinwegzukommen. Das tat mir gut und seitdem habe ich ein ähnlich tiefes Verhältnis zu meinem Vater wie einst zu meinem Opa. Er sagte immer, wir hätten es im Blut, aber es treffe nur die Männer in der Blutlinie. Ich fragte mich immer: Warum wir? Warum unsere Familie? Unsere Blutlinie? Darauf hatte er keine Antwort und ich weiß es bis heute nicht. Auf jeden Fall war es ein Mythos. Einer, den ich bestätigen konnte. Einer, den ich lebte.

CHELSEA

Erneut fühlte ich mich kribbelig. Ob das an Rick lag oder daran, was mit mir geschah, wusste ich nicht genau. Noch einmal schnupperte ich mit geschlossenen Augen und wog mich im zarten Duft der Sonnenblumen. Ich war an einem heiteren Ort, von dem ich vermutete, dass er in Frankreich lag, wobei meine Lokalisation in dem Moment keine Rolle spielte. Vielmehr konzentrierte ich mich darauf, nach Hause zu kommen. Schließlich hatte ich ein wichtiges Gespräch zu führen.

Bei meiner letzten »Reise ohne Transportmittel« hatte ich fest an einen Ort gedacht, in den ich mich stark hineinfühlte. Vor der Unterhaltung mit Rick hatte ich mir zwar keine Sonnenblumen vorgestellt, aber einen Erdboden, in den ich am liebsten versunken wäre. Ich war beschämt wegen der Geschichte mit dem Eyeliner. Vermutlich war das der Trigger, der mich erneut auf eine ungewollte Reise schickte. Also versuchte ich das, was auch immer ich da konnte, erneut zu triggern. Ich wusste immer noch nicht, wo ich gelandet war, hatte aber auch keine Zeit, es herauszufinden. Kerzengerade stand ich inmitten von Sonnenblumen, ballte nervös die Hände zu kleinen Fäusten und kniff die Augen zusammen, sodass sich eine kleine Falte zwischen meinen Brauen bildete. Dann stellte ich mir die Damentoilette im Unigebäude vor. Dort einfach wieder herauszuspazieren, erregte meiner Meinung nach das geringste Aufsehen.

Heute Morgen dachte ich an den Urlaub mit meinem Dad und war plötzlich dort gelandet, wo wir ihn verbracht hatten. Demnach glaubte ich, dass »sich an einen Ort denken« funktionierte. Da ich gerade keine andere Alternative zu Trial und Error hatte, versuchte ich, mich zum Uni-WC zu »denken«. Ich konzentrierte mich auf die Ausstattung und stellte mir die pastellrosa Fliesen vor. Außerdem bildete ich mir den Geruch von altem Urin ein und verzog dabei die Nase. Ich ging ich ins Detail und versuchte, das Toilettenpapier zu »fühlen«, um so die Emotion des Ekels heraufzubeschwören. Dabei spürte ich, wie ich ganz leicht wurde und ein wenig Übelkeit in mir aufstieg. Es passierte.

Mit einem Lächeln im Gesicht öffnete ich die Augen und stellte erfreut und zugleich angewidert fest, dass ich wieder in einer Parzelle der Mädchentoilette stand. Ich war stolz auf mich, dass es geklappt hatte und startete schwungvoll aus dem WC. *Das wird schon*, dachte ich optimistisch und machte mich selbstbewusst auf den Weg nach Hause. Die Fahrt mit der U-Bahn kam mir wie eine Ewigkeit vor.

Als ich endlich in Clapham Junction ankam, rannte ich fast nach Hause. »Mom?« Sie saß schon in der Küche. Ich hatte keine

Ahnung, wofür wir ein Wohnzimmer hatten. All unsere Aktivitäten und Gespräche fanden in der Küche statt. Die Couch war unangetastetes Terrain, denn den Fernseher schalteten wir nie ein, außer am Wahltag oder in der Nacht der Oscarverleihung.

Mom trug eine schwarze Skinny Jeans, bunte Söckchen – was ihre große Schwäche war – und einen schwarzen Pulli mit weißen Herzen darauf. Ihre dunklen kurzen Haare hatte sie sich nach hinten gesteckt und ihre Augen waren stark mit schwarzem Kajal betont, was ihrem ernsten Blick zusätzlich Nachdruck verlieh.

»Hallo Liebes, bitte setz dich.« Ich tat dies und zögerte nicht zu fragen: »Du weißt also, was heute Morgen passiert ist und wo ich war?« – »Ich weiß nicht, wo du warst, aber ja, ich weiß, was passiert ist.« – »Woher?«, fragte ich mit dermaßen großen Augen, dass ich meine Neugierde regelrecht über den Tisch schwappen sah. Meine Mom schloss die Augen und hob ihr Gesicht gen Himmel. Betete sie? Ihre Hände zitterten und sie hatte Gänsehaut. Als sie den Kopf wieder senkte, schaute sie mich entschlossen an. »Weil ich das, was du heute Morgen gemacht hast, auch kann.«

Ich hielt es ihr wirklich zugute, dass sie nicht losgelacht hatte, denn mein Gesichtsausdruck musste unglaublich lächerlich ausgesehen haben. Mein Mund blieb offen stehen. In meinem Kopf tummelten sich tausend Fragen – zusätzlich zu allen weiteren belanglosen über Gott und die Welt – und das Ding da oben drohte zu explodieren. Mir wurde schwindelig.

Meine Mom sprang auf und holte mir ein Glas Wasser, das ich sofort exte. Dadurch beruhigte sich mein Kreislauf einigermaßen, allerdings bekam ich meinen Mund beim besten Willen nicht mehr zu. Offenbar wollte mein Körper sein Entsetzen noch weiterhin zum Ausdruck bringen. Gequält fasste sich meine Mom an ihren Unterarm, biss sich auf die Unterlippe und ergänzte: »Es ist ein Gen. Unsere Blutlinie trägt es schon sehr lange, ich weiß jedoch nicht, wann das Ganze angefangen hat.«

Ich starrte sie ungläubig an, konnte nun aber immerhin meinen Kiefer lockern. »Was heißt *das Ganze*?« – »Die Gabe, die wir in uns tragen. Die Teleportation.« Mein Gesichtsausdruck muss so viele Fragezeichen ausgestrahlt haben, dass sie fortfuhr: »Das Beamen. Du kannst beamen, Schätzchen. Alle Frauen in unserer Blutlinie konnten oder können das«, erklärte sie und zeigte beim letzten Teil der Offenbarung auf sich selbst und dann auf mich.

Ich brachte meine Hand in »Stop-warte-mal-noch-mal-von-vorne«-Haltung und fasste zusammen: »Du willst mir damit also sagen, dass ich mich an andere Orte beamen kann und jede weibliche Person aus unserer Blutlinie das auch konnte beziehungsweise kann?« Sie nickte eifrig und erleichtert, dass ich es einigermaßen gut aufnahm.

Trotzdem wirkte sie nervös und besorgt, denn sie wandte ihren Blick kontinuierlich zum Fenster. Erwartete sie jemanden? Außerdem hielt sie sich schon das ganze Gespräch über an ihrem Unterarm fest.

»Was ist mit deinem Arm, Mom?« Daraufhin wurde sie noch nervöser und schluckte hastig. Dann ließ sie ihn sinken, was ihr offensichtlich Schmerzen bereitete. »Er juckt nur etwas«, meinte sie knapp. »Deine Narbe juckt?«, hakte ich ungläubig nach. An genau jener Stelle, an der sie sich den Arm hielt, hatte Mom eine Narbe. Ich konnte mich nicht mehr daran erinnern, woher sie die hatte. Ohne auf meine Frage einzugehen, wurde ihr Ausdruck stoisch. Sie blickte mir tief in die Augen, als sie sprach: »Was ich dir jetzt sage, dürfte ich dir eigentlich nicht mitteilen, aber es ist maßgeblich für deinen Schutz. Es ist wichtig, dass du deine Gabe beherrschen lernst und mit ihr umgehen kannst, damit du dich *verteidigen* kannst.«

Eindringlich schaute sie mich an: »Du musst dich nur ganz fest an einen Ort wünschen, ihn dir vorstellen, dir die Luft, Gerüche, Temperatur, Geräusche dabei vorstellen und was dein

Geist konstruiert, wird sozusagen in die Realität umgewandelt. Die Gabe ist gekoppelt an deine Emotionen und Sinneseindrücke, und jene im Zaum zu halten, gilt es zu lernen. Du solltest sie beherrschen und nicht umgekehrt, Chelsea!« Dabei knirschte sie mit den Zähnen und berührte erneut ihren Unterarm.

Zu beschäftigt damit, das Gehörte zu verarbeiten, fragte ich nicht noch einmal, was mit ihrem Arm los war. Ich schluckte betroffen. Obwohl ich diese Technik dahinter schon vermutete, klang das alles irre. Mein Körper konnte sich auflösen und an einem anderen Ort wieder zusammenfügen, nur kraft meiner Gedanken!

»Warum hast du nie etwas gesagt, Mom? Und vor wem sollte ich mich verteidigen?« Ihre knappen Informationen über meine beziehungsweise unsere Gabe warfen viele Fragen auf. Sie senkte den Kopf und drückte ihren Unterarm ganz fest an sich. Mit Tränen in den Augen antwortete sie: »Ich kann nicht, Liebes.« Ich verstand die Welt nicht mehr. »Wieso nicht? Hier ist doch niemand, der es dir verbieten kann.«

Daraufhin schaute sie mir tief in die Augen. Tränen kullerten ihr über die Wange. Sie hatte Angst. Obwohl ich unbedingt mehr über die Gabe wissen wollte, warum sie meine Mom nicht ausübte und gegen wen wir uns verteidigen sollten, versuchte ich nicht mehr, Antworten zu bekommen. Die Angst in ihren Augen machte auch mir Angst. Erst musste ich herausfinden, was sie mir verheimlichte. Dabei sollte ich mich eigentlich auf das neue Semester konzentrieren.

Aber die viel wichtigere Frage war: Wie bekam ich meine Gabe unter Kontrolle, wo sie doch an meine Emotionen gekoppelt war? Ich war voll von ungebändigten Empfindungen und sehr impulsiv!

KAPITEL 3

CHELSEA

Ich brauchte einen klaren Kopf. Deshalb gab ich meiner Mutter einen Kuss auf die Stirn und stand auf, um zu gehen. Dabei kullerte ihr erneut eine Träne über die Wange. Von der Garderobe schnappte ich mir mein zotteliges Kunstfelljäckchen und öffnete unsere hohe, weiße Eingangstür. Den ersten Atemzug, den ich tief in mich sog, als ich ins herbstliche London trat, fühlte sich an wie eine Befreiung.

Ich brauchte Zeit zum Nachdenken, vermutlich so dringend wie noch nie zuvor. In meinem Kopf poppten tausend Fragen auf, deren Antworten offenblieben. Der Wind blies mir um die Nierengegend. Ich zog mein Jäckchen etwas zu. Man merkte wirklich, dass es Herbst wurde. Die Blätter tanzten verspielt im Wind. Sie wirkten sorgenfrei und unbelastet. Ich sehnte mich danach.

Da erinnerte ich mich plötzlich an mein Eyeliner-Kunstwerk! Ich machte kehrt, lief nochmals die Treppe hoch in mein Zimmer, korrigierte den Schlamassel und wechselte bei dieser Gelegenheit auch gleich meine mit Salzrand verzierte Jeans und meine tränengetränkte Bluse. Ich entschied mich für eine andere

Skinny Jeans und ein schwarzes Crop-Top aus Chiffon. Zum zweiten Mal ging ich aus dem Haus, dieses Mal gestylt, wie man es von mir gewohnt war.

Beamen ... das konnte ich also. Kaum zu fassen. Bis vor ein paar Minuten hatte ich nicht einmal daran geglaubt. Hätte mir das irgendjemand anderes als meine Mom erzählt, hätte ich ihn ausgelacht und für bescheuert erklärt. Aber meine Mom ... war die Person, der ich vertraute. Sie war jener Mensch, der mich, wie ich dachte, nicht anlügen würde. Jedoch hatte sie mich ein Leben lang angelogen, indem sie mir die Wahrheit verheimlichte! Ich wurde wütend, als mir das bewusst wurde. Warum hatte sie nie etwas gesagt, obwohl sie doch offenbar wusste, dass ich dieses Gen genauso in mir trug? Ich fühlte mich betrogen und verraten. Sie ließ mich mit der Unwissenheit über die »Gabe« ins offene Messer laufen. Ohne Vorwarnung. Ohne Vorbereitung. Ohne Vorwissen. Ahnungslos.

Ich spürte, wie meine Galle zu brodeln begann und sich meine Fäuste ballten. Um meinen Kopf zu bändigen, der nicht aufhören wollte, Fragen zu produzieren, brauchte ich sofort einen Drink. In dieser Hinsicht machte Wodka seine Sache immer blendend. Nicht, dass ich mich selbst häufig unter den Tisch trinken würde, aber an Tagen wie diesen war ein bisschen Betäubung für mein Gehirn angebracht.

So viel Ungeklärtes schwirrte in meinem Kopf herum. Ich fühlte mich wie auf einem Flughafen, über dem wegen Überfüllung Flugzeuge kreisten, die auf ihre Landeerlaubnis warteten. Ein leichter Druck machte sich an meinen Schläfen bemerkbar.

Ich huschte in die U-Bahn und ließ mich mit all dem Chaos im Kopf bis zum Oxford Circus ruckeln. Die Menschenmengen an der Oxford Street überforderten mich, deshalb bog ich schnellen Schrittes in die Carnaby Street ein und steuerte auf das *Shakespeare's Head* zu. Das Pub war nur zwanzig Minuten Fußmarsch von der Uni entfernt und ich mochte es, weil es vor lauter junger Studenten, die optimistisch in die Zukunft blickten und das Leben in vollen Zügen genossen, nur so strotzte. Und weil es neben meiner Lieblingseinkaufsstraße lag.

Dort angekommen ließ ich die Tür aufschwingen und ging über den vom eingetrockneten Alkohol verklebten Boden zur Bar. Der leichte Geruch von verschüttetem Bier hieß mich in gewohnter Manier willkommen. Die Wände waren beige und alle Kanten mit schwarz lackiertem Holz gesäumt. Zudem hingen dort und hinter der Bar einige Porträts und Textauszüge des Pub-Namensgebers. Die Decke war in einem rostigen Rot gestrichen. Ein Kronleuchter im einfachen, mittelalterlichen Stil mit angeschraubten Glühbirnen, die wie Kerzen den Kronleuchterkranz zierten, hing herab und sorgte für ein dumpfes Licht. Die Hocker waren einzigartig. Keiner ähnelte dem anderen. Nur das schmuddelige Aussehen teilten sie sich. Ich liebte es hier.

Ich sah mich gar nicht nach Menschen um, die ich eventuell kennen könnte, weil sie mich heute wenig interessierten. Stattdessen wollte ich einfach nur mein Gehirn mit einem Wodka Cranberry in einer mir vertrauten Umgebung beruhigen und das Erfahrene sacken lassen.

Tief ausatmend lehnte ich mich an den Tresen. »Hi Chelsea, alles gut bei dir?«, fragte mich Jim mit einem Augenzwinkern.

»Sobald du mir einen Wodka Cranberry mit viel Eis vor mein hübsches Näschen stellst, ist alles super«, konterte ich ebenso augenzwinkernd.

Dann sah ich mich doch um. Und siehe da! Nein, was für ein Zufall! Der wortkarge Rick Empero saß am anderen Ende des Raumes in einer dunklen Ecke, die recht kuschelig wirkte. Er unterhielt sich lautstark mit zwei Freunden über die Situation in den Entwicklungsländern. Es war erst später Nachmittag und die philosophierten schon über Optimierungen der Menschheit? Wollte ich mir solch tiefenanalytische Gedankengänge heute noch antun? Mir fiel die Alternative ein, mit der ich mich stattdessen auseinanderzusetzen gehabt hätte, als mir

Jim meinen Drink vor die Nase stellte. Daraufhin schnappte ich mir das pinke Getränk und steuerte auf Rick Emperos Tisch zu.

RICK

»Rick, du musst das verstehen, das ist echt heftig, die haben nichts, denen muss geholfen werden! Wir sollten einen Spendenaufruf initiieren«, meinte Tom noch euphorisch, wobei ich von einer ganz anderen Art von Euphorie abgelenkt wurde. Von jemandem, der das Lokal betrat: Chelsea aus dem Mythologieseminar.

Schwungvoll öffnete sie die Tür und steuerte zielstrebig auf die Bar zu. Allein. Sie hatte eine Ausstrahlung, die mir den Atem raubte. Um auf andere Gedanken zu kommen, prostete ich meinen Jungs zu und beendete damit die aufgeregte Diskussion über die Entwicklungsländer, welche mir ohnehin zu viel wurde. Tom und Coop prosteten mit reichlich Schwung zurück, sodass sich eine erhebliche Menge Bier über den Tisch ergoss. Der Alkohol beeinflusste unser Einschätzungsvermögen beträchtlicher, als uns allen lieb war. Ich nahm gerade einen großzügigen Schluck von meinem Pint und linste zu ihr hinüber, als sie sich unserem Tisch näherte. Dabei verschluckte ich mich an meinem Bier.

CHELSEA

Als er mich sah, verteilte er sein eben genipptes Bier prustend über den Tisch. Eine solche Reaktion hatte ich nicht erwartet. Was sollte mir das sagen? Dummerweise stand ich schon vor den dreien. Ein Zurück war unmöglich. »Hi, Jungs«, trällerte ich mit aufgesetzter Fröhlichkeit. Ricks Freunde gaben mir ein einstimmiges, langgezogenes »Hi« zurück. Ricks knapper und stimmkarger Wortlaut, der vermutlich ein »Hi« werden sollte, folgte mit Verzögerung.

Einen Moment lang stand ich einfach nur da und kam mir ziemlich blöd vor. Die Jungs sahen mich mit großen Augen an. Hatte ich es hier mit einem Haufen Jungfrauen zu tun oder weshalb glotzten die so, als wäre ich nicht ganz normal? »Ähm, setz dich doch!«, stammelte einer seiner Freunde. Damit gab ich mich zufrieden und setzte mich mit einem »Ja gut, okay«. Mehr Begeisterung hatten die drei auch nicht verdient.

Ich wandte mich zu Rick. »Du feierst schon, bevor die Uni richtig begonnen hat?«, scherzte ich. »Ach, ihr kennt euch?«, fragte der große Blonde. Da wurde mir erst klar, dass die beiden das gar nicht wissen konnten und klärte sie auf: »Oh ja, wir belegen denselben Kurs.« Der große Blonde guckte mich lange und mit neugierigen Augen an. »Ich bin übrigens Tom«, meinte er lächelnd und streckte mir seine Hand entgegen. »Ich bin Chelsea«, lächelte ich zurück und schüttelte sie. Der war echt süß und konnte zumindest von sich aus reden. Nicht wie Mr. Rick *wortkarg* Empero, dem man jedes Wort aus der Nase ziehen musste und der einem sein Bier auf die Kleidung prustete, wenn man auf ihn zuging.

Dennoch hatte dieser Rick etwas an sich, das mich faszinierte. Wenn ich nur gewusst hätte, was es ausmachte. Allein mit Magnetismus war diese Anziehung, die da zwischen uns bestand, nicht zu vergleichen. Ich fühlte mich mehr als nur angezogen von ihm, irgendwie … verbunden.

Der andere Typ riss mich aus meinen tiefenpsychologischen Träumereien. »Und ich bin Coop!«, strahlte er mit einem Zahnpastalächeln, das einige Werbegesichter in den Schatten gestellt hätte. »Wow, hallo, freut mich.« Ich fühlte mich schier geblendet von dem Weiß und seinem breiten Grinsen. Er machte der Grinsekatze aus *Alice im Wunderland* eindeutig Konkurrenz.

RICK

Was war los mit mir? Ich hatte noch nie Probleme damit, Frauen anzusprechen. Bei Chelsea fiel mir schon ein *Hallo* schwer. Ihre Art zu lächeln war einfach unglaublich süß. Sie hatte schöne, volle Lippen. Und ihre Augen zogen mich in den Bann. Das Blau war mit einem Hauch von Grau durchzogen, umrandet in Azur. Ich bewunderte sie. Bei ihrer Präsenz raubte es mir den Atem. Und die Sprache. Jemand mit solch einem Selbstbewusstsein kannte ich bislang nicht. Sie hatte etwas an sich, das mich extrem anzog.

Mir wurde bewusst, dass ich in Gedanken versank, obwohl ich der Konversation hätte beiwohnen sollen. Ich gab mir einen Ruck, um mit ihr ins Gespräch zu kommen und meinen Kopf zum Schweigen zu bringen.

CHELSEA

»Wieso bist du ganz allein hier?«, fragte er mich. Ja, ER. Er konnte sprechen. Ich musste ein bisschen verwirrt geguckt haben, weil er gleich hinzufügte: »Du kommst mir nicht vor wie jemand, der allein was trinken geht. Eher wie eine, die mit ihren Freundinnen einen draufmacht.«

Okay, er hatte sich sein Rederecht besorgt UND den Mumm, mir zu unterstellen, ich sei ein Partygirl. Interessant, ich spielte mit. »Meine Clique hat heute mal Pause, ich brauche Quality Time mit mir selbst«, konterte ich scherzhaft. Die anderen Jungs lachten. Er lächelte. So eine harte Nuss. Normalerweise war jeder meinem Charme erlegen.

Sein seltsames Verhalten betrachtete ich als Challenge und fragte ihn, ob wir uns morgen an der Uni sehen werden. »Klar«, antwortete er und starrte mich an. Zu lange. Zu intensiv. Zu musternd. Ich schnappte nach Luft und biss mir auf die Lippe.

Tom unterbrach uns: »Äh Leute, wie wär's, wenn wir über etwas Interessanteres als die Uni sprächen?« – »Sagt der, der sich vor zwei Minuten noch über den Zustand der Entwicklungsländer unterhielt und versuchte, Problemlösungen dafür zu definieren«, konterte Coop. »Touché! Deshalb spielen wir jetzt ein Trinkspiel«, schlug er vor. Ein Trinkspiel! Perfekt. Genau das brauchte ich jetzt. »Aber nur mit Wodka«, warf ich ein. »Okay!«, stimmten Tom und Coop meiner Idee zu.

Rick nickte schüchtern. Aufgrund seines verhaltenen Auftritts rollte ich unmerklich die Augen. Konnte er sich nicht mal kurz locker machen? Es genügte mir, dass ich heute erfahren hatte, dass ich meinen Körper durch alleiniges »Einfühlen in einen Ort« dorthin teleportieren konnte. Das war ernst genug für den Tag. Für den ganzen Monat. Für unendlich lange. Zusätzlich war heute mein erster Tag an der Uni gewesen. Und ich hatte Rick Empero kennengelernt. Ja, das war eindeutig zu viel für 24 Stunden.

»Na dann los! Woohoo!«, rief ich motiviert und winkte Jim zu uns rüber. *Lasset die Spiele beginnen*, dachte ich und ahnte bereits, dass es mir morgen übel gehen würde.

KAPITEL 4

CHELSEA

»Ich muss euch jetzt echt rausschmeißen. Sorry, Chel«, meinte Jim entschuldigend. Das hörte ich nur durch den Schall. Blut rauschte in meinen Ohren. Er war so weit weg. Und ich und alle anderen irgendwie auch. Nur mein Glas Wodka Cranberry war ganz nah bei mir. »Okay, Jim, wir gehen, danke dir für alles«, brachte ich noch raus. Vermutlich klang es mehr lallend als freundlich, aber meine Oma hatte immer gemeint, man müsse höflich sein, egal, wie schlecht es einem gehe. Ich fühlte mich schlecht und musste dringend nach Hause.

Kurz darauf stand ich auf und ging, ohne den Jungs Tschüss zu sagen. Diese Botschaft übermittelte ich lediglich mit einem schwachen Winken. Ich startete aus dem *Shakespeare's Head*, wobei mir fast die Schwingtür gegen die Stirn knallte, und holte tief Luft. Puh, Wodka war echt ein hartes Getränk. Ich bog um die Ecke und in die enge Gasse, die zu meiner Bushaltestelle führte.

Als ich die Gasse entlangtorkelte, nahm ich ungefähr dreißig Meter vor mir eine dunkle Silhouette wahr. Es hätten auch fünfzig Meter sein können, meine Schätzungskompetenz versagte ebenso wie die Fähigkeit, etwas in klaren Formen zu erkennen.

Zuerst dachte ich, es wäre eine Mülltonne, die mir unhöflicherweise den Weg versperrte, weil die schwarze Silhouette groß und klobig aussah. Plötzlich bewegte sich die Mülltonne und trotz der zahlreichen Wodka Cranberrys spürte ich das unbehagliche Gefühl von Gefahr, das mir durch die Wirbelsäule fuhr. Es war ein dunkel gekleideter Mann, groß und in Lederjacke. Uncool! Uncool! So gar nicht cool! Mein Verstand erkannte die Gefahr nun mit allen Facetten, jedoch war mein Körper zu betäubt, um die Synapsen in meinem Gehirn richtig zu verbinden und den Überlebensmodus zu aktivieren. Mir war klar, dass ich es weder schaffen würde, mich zu wehren, noch wegzurennen. Wie angewurzelt versuchte ich halbwegs stabil stehenzubleiben.

Ich starrte den Mann an und schwankte auf die Seite. Sein Schatten an der Wand wirkte bedrohlich und ließ Panik in mir aufsteigen, als er sich bewegte. Er kam auf mich zu. *Okay, tschüs Welt*, dachte ich mir, als hinter mir jemand schrie: »Lass sie und verschwinde!«

RICK

Wir verließen gerade das Pub, um Chelsea zu suchen. Sie musste sehr betrunken sein, denn sie ging, ohne sich richtig zu verabschieden. Kein Wunder bei der Vielzahl an Wodka Cranberrys, die wir konsumiert hatten. Auch mir dröhnte heftig der Schädel. Tom rief ihren Namen fragend in die Carnaby Street. Coop tat es ihm gleich und torkelte dabei.

Es schien, als wäre es Chelsea nicht gut gegangen und als hätte sie etwas vergessen wollen. In dem Moment, als ich mir darüber Gedanken machte, was sie belasten könnte und in eine dunkle Gasse abbog, um sie weiter zu suchen, erschrak ich, sodass mein Atem kurz aussetzte und ich abrupt stehenblieb.

Dort stand Chelsea, jedoch nicht allein. Ein Mann war gerade dabei, auf sie zuzugehen. Sein grimmiger Gesichtsausdruck erweckte nicht den Eindruck, dass er ihr gegenüber freundlich gesinnt war. Er trug einen langen schwarzen Ledermantel. Und er trug das *Zeichen*. Der silberne Anstecker mit dem Viereck ohne Unterkante prangte gut ersichtlich auf seiner Brust. Das sah ich sogar aus der Distanz von gut dreißig Metern. Er war einer von ihnen, da war ich mir sicher. Chelsea stand hilflos da und war zu betrunken, um sich wehren zu können.

»Lass sie und verschwinde!«, übernahm mein Unterbewusstsein meine Stimmbänder und brüllte, bevor ich verstand, was wirklich geschah. Chelsea blieb komplett regungslos. Der große, dunkel gekleidete Mann zuckte kurz zusammen, als er mich sah und feixte dann, als hätte ihn meine Präsenz angestachelt. Da ich ihm seinen Plan zu durchkreuzen versuchte, ging er schneller auf Chelsea zu. Ich rannte los, weil ich sie unbedingt vor ihm erwischen musste.

Hoffentlich biegen meine Jungs nicht gleich um die Ecke und sehen, was gleich passieren wird, dachte ich. Es musste ein Geheimnis bleiben. Außerdem genügte es, dass vereinzelt Kriminelle davon wussten und versuchten, uns für ihre Zwecke zu missbrauchen. Ich musste sie retten! Der Mann und ich rannten gleichzeitig los. Gerade als er nach ihr schnappen wollte, erwischte ich ihre Hand und »fühlte« mich ganz fest nach Hause. Im Licht hörte ich nur noch seine in der Ferne gefluchten Worte. Wir hatten es geschafft.

CHELSEA

Mir war schlecht. Wo war ich? »Mom?«, rief ich plump ins Nichts. Keine Antwort. Ich war nicht zu Hause. Wo war ich dann? Es roch nach Zedernholz. Ich setzte mich gerade auf und wollte zum Fenster, als jemand den fremden Raum betrat.

»Was machst *du* denn hier? Wo sind wir?«, fragte ich Rick verdattert und bereute es, aufgestanden zu sein. Mir brummte der Schädel. »Ich wohne hier«, antwortete er und schaute mich erwartungsträchtig an. »Haben wir?«, setzte ich an, woraufhin er sofort theatralisch den Kopf schüttelte.

Was genau sollte mir diese Überreaktion schon wieder sagen? Dass er mich nie küssen wollen würde? Meine Gedanken wurden von einem Hämmern in meinem Hirn unterbrochen. Ein kurzer Erinnerungsfetzen half mir auf die Sprünge, was den Grund meines Zustandes betraf.

»Wir waren in der Bar«, erinnerte ich mich. »Wir tranken viel, ich spür's. Wie spät ist es?« – »Drei Uhr morgens«, meinte er designiert. Gut, das war noch keine unheilige Zeit, um nach Hause zu kommen. Der Walk of Shame würde mir also erspart bleiben – auch ohne Techtelmechtel. Als mir klar wurde, dass ich zwar bei Rick war, wir aber nichts miteinander hatten und ich mich seltsamerweise kaum an etwas erinnern konnte, fragte ich mich, wie ich denn überhaupt hierhergekommen war. Und warum? Man saß doch nicht grundlos bei einem Typen nach einer alkoholreichen Nacht um drei Uhr morgens in dessen Zimmer rum.

»Warum bin ich hier?«, wollte ich wissen und forderte ihn mit meinen Blicken auf, mir bloß kein Märchen aufzutischen.

RICK

Natürlich war sie neugierig. Zumindest wusste sie rein gar nichts mehr. Ich kannte diesen Mann. Er trug die Kleidung, die sie alle anhatten, und dazu das Zeichen. Das »Viereck ohne Boden« war ein russischer Buchstabe. Ein *P*. Er war hinter ihr her, was bedeutete, dass sie es konnte. Sie hatte die Gabe. Sie war auserwählt. Ich sollte es ihr sagen, einfach alles. Ob sie wohl schon von ihrer Gabe wusste? Vermutlich. Andernfalls hätten sie Chelsea nicht finden können. Ich verstand es nicht. Vielleicht irrte ich mich und sie war gewöhnlich … Nein, sie war nicht gewöhnlich. Auf keine erdenkliche Art. Sie schaute mich eindringlich an.

Antworte irgendetwas, befahl ich mir selbst in Gedanken. *Egal was, nur nicht die Wahrheit. Erzähl ihr nicht, was passiert war oder welche Gefahren lauerten. Was sie möglicherweise konnte. Warum sie es auf uns abgesehen hatten.*

»Du warst betrunken. Und ich wollte dich nach Hause bringen, weil du allein nicht mehr dazu imstande warst. Allerdings wolltest du mir deine Adresse nicht verraten, weil du meintest, dass man Fremden so etwas nicht sage. Deshalb hab ich dich mit zu mir genommen.« Sie schaute etwas entsetzt. Ich ergänzte beschwichtigend: »Niemals hätte ich dich in deinem Zustand allein nach Hause gehen lassen.« Dabei grinste ich verlegen. Das gefiel ihr. Sehr gut, sie kaufte mir die Story ab. Wodka Cranberry sei Dank!

»Willst du hier übernachten oder soll ich dich jetzt nach Hause bringen?«, fragte ich sie und hoffte inständig, sie würde bleiben wollen. Sie zog mich magisch an. Wortwörtlich. Sie hatte diese Magie. Ich konnte es nicht erklären. Es mochte Charisma sein. Auf alle Fälle spürte ich, dass ich ihr nah sein wollte, sie beschützen wollte – vor ihnen. Noch immer auf eine Antwort wartend schaute ich sie an. Es war klar, dass sie ablehnen würde.

»Rick Empero, ich darf doch sehr bitten, Sir!«, rief sie theatralisch. »Ich übernachte doch nicht einfach bei dir, wo wir uns noch keinen Tag kennen.« Obwohl eine leichte Wehmut in mir hochkam, imponierte es mir, dass sie ihren Prinzipien selbst in einem stark alkoholisierten Zustand treu blieb.

Sie hatte Stärke. Mir gefiel diese Eigenschaft. *Sie* gefiel mir. Ich wollte sie einfach in meiner Nähe haben. Chelsea tat mir gut. Sie war lustig. Wieder blickte sie mich fragend an. Dabei funkelten ihre großen, blauen Augen im Licht des Mondes. Sie wirkte wie eine Katze. Eine Katze, die auf ihr Futter wartete. Offenbar erwartete sie ein Statement. *Konversation, Rick. Dialog, nicht Monolog. Frage und Antwort. Rede mit ihr,* musste ich mein Oberstübchen an die Grundsätze der Kommunikation erinnern.

»Hm?«, meinte ich und klatschte mir im gleichen Moment eine im Geiste. Smalltalk – fünf – setzen! Offensichtlich spürte nicht nur sie die Auswirkungen des Wodkas auf den Körper.

CHELSEA

Es war so gut gelaufen. Er quatschte regelrecht! Und nun verfiel er wieder in seine verbale Totenstarre. »Hm« war nicht mal ein Wort. Kein vollwertiges zumindest.

»Ich gehe jetzt, Rick«, sagte ich und stand wieder auf. Den inneren Widerstand ignorierte ich dabei gekonnt. »Das geht jetzt nicht, du kannst nicht allein weg«, haspelte er und riss panisch die Augen auf. »Ähm, und wieso nicht?«, wollte ich genervt wissen. Mittlerweile war es 03:20 Uhr, das zeigte der kleine Wecker auf Ricks Nachtkästchen, und ich wollte nur noch schlafen. Abrupt fiel mir ein, warum ich überhaupt so dringend eine Pub-Session nötig gehabt hatte. Ich konnte doch beamen! Nein, also – theoretisch konnte ich es. Praktisch umsetzen – daran musste ich noch arbeiten. Mich an einen Ort denken und sich in ihn *hineinfühlen*, hatte Mom doch gesagt.

»Weil es alleine gefährlich ist«, antwortete er. *Ach, und du bist mein Daddy oder wie*, dachte ich verachtend. Seine Fürsorge nervte. Ich wollte einfach nur nach Hause in mein kuscheliges, flauschiges Bett mit meinem Lieblingsüberzug. Und meinem warmen, gemütlichen Nachtkästchenlicht. Ich brauchte Schlaf. Ich wiegte mich in dem Gedanken und spürte etwas Weiches unter mir. Mein Körper fühlte sich leicht an und kribbelte. Ich fühlte mich wie Licht.

Als mir dämmerte, was gerade passierte, riss ich die Augen auf und erstarrte entsetzt – in meinem Bett. »Fuck!«, rief ich laut. Hoffentlich hörte das Mom nicht. Jetzt wusste er es. Er musste es doch gesehen haben. Ja klar, ich konnte mich ja nicht einfach verpuffen. Morgen würde Interpol nach mir fahnden. »Hexe auf der Flucht«. Was sollte ich denn jetzt machen? Ich müsste umziehen. Mir eine andere Identität zulegen! Sofort geriet ich in Panik.

Dreimal atmete ich tief ein und aus und legte mich dann in Shavasana-Stellung aufs Bett. Das war die Totenstellung im Yoga, die meiner Gefühlslage entsprach. Einen kühlen Kopf zu bewahren war jetzt wichtig. Ich brauchte eine richtig gute Story. Oder ich vertraute ihm meine Gabe an. Was sollte ich bloß tun? Die ganze restliche Nacht konnte ich nicht schlafen. Deshalb starrte ich an die hellblaue Decke in meinem Zimmer, bis es zu dämmern anfing.

RICK

»Chelsea? Wo bist du?«, fragte ich ins Leere. Weniger, weil ich nicht wusste, was soeben passiert war, sondern mehr, um möglichen Zeugen Verwirrung vorzugaukeln. Okay, das war der Beweis. Sie konnte es auch. Allerdings hatte sie die Gabe definitiv noch nicht unter Kontrolle. Ich musste ihr helfen, weil sie sich noch viel zu sehr von ihren Emotionen und Bedürfnissen steuern ließ. Offensichtlich kannte sie die Auswirkungen nicht. Sie kannte *sie* nicht.

Mit Bedacht lugte ich aus dem Fenster. Vielleicht hatten sie es von der Straße aus gesehen. Eventuell wussten sie schon, wie massiv manipulierbar sie noch war. Ich musste mit ihr reden. Morgen musste ich ihr alles sagen.

Aber jetzt wollte ich sie erst mal ihren Rausch ausschlafen lassen. Mein Kopf hämmerte. *Ich sollte mich auch endlich hinlegen,* dachte ich mir und stellte mir meinen dröhnenden Schädel morgen früh mit Schaudern vor. Das konnte ja lustig werden. Ich sah mich noch einmal um, bevor ich mich in mein Bett legte. In mein weiches, wohlverdientes Bett, das mein Körper zum Regenerieren jetzt dringend brauchte.

KAPITEL 5

CHELSEA

Wunderschönen guten Morgen, sagte ich zu mir selbst in purem Sarkasmus. Ich hatte kein Auge zugetan, so nervös war ich. Wie wird er auf mein Verschwinden – oder besser Verpuffen – reagiert haben? Was wird er getan haben?

»Chelsea, du musst in die Uni!« Moms Stimme riss mich aus meinen verzweifelten Gedanken. »Und ich würde gerne nochmal mit dir reden«, fügte sie in einem sanften Unterton hinzu. Ich war dankbar, sie zu hören. Dass ich sie in dieser Causa um Hilfe bitten könnte, hatte ich gar nicht bedacht, was auch verständlich war, weil ich ja selbst erst seit ein paar Stunden wusste, dass sie das ebenso konnte.

»Chelsea?«, klopfte Mom an die Tür. Ich sah, wie die Türklinke langsam nach unten wanderte. *Mist! Ich hatte noch die Kleidung von gestern an!* – »Mom, ich komme gleich!«, rief ich und knallte ihr die Tür vor der Nase zu. Zwar war das nicht die feine englische Art, doch ich wollte keineswegs, dass sie mich in dieser Aufmachung sah. Das hätte nur weitere tausend Fragen aufgeworfen.

Ich schälte mich aus meinen Klamotten, die in Bier gebadet und mit Wodka besprenkelt gar nicht mehr so sexy schienen und holte eine frische Skinny Jeans, in meiner Lieblingspassform High Waist, aus dem Kleiderschrank. Duschen war nicht drin, deshalb musste viel Deo und Parfüm her. Ich zog eine seidige Bluse in Champagne sowie meinen Lieblings-BH an. Damit fühlte ich mich immer besser, weshalb er nur für besondere Tage gedacht war. Vielleicht würde heute noch ein besonderer Tag werden, wer wusste das schon. Meine Haare band ich mir zu einem hohen Pferdeschwanz zusammen. Um den Dunst des Pubs rauszubekommen, benötigte es extra viel Parfüm. Dann kam der Feinschliff. Um von den Augenringen abzulenken, brauchte es viel Schmuck und Schminke. *Man bringe mir das Bling-Bling,* dachte ich und schmückte mich mit riesigen Kreolen, meiner größten Uhr, einem schwarzen Choker-Halsband und gefühlt tausend Ringen. Zugegeben handelte es sich nur um acht, was für zehn Finger aber auch genug war. Noch etwas Rouge – gut, sehr viel Rouge – schon sah ich einigermaßen gesellschaftstauglich aus.

Selbstgefällig schaute ich in den Spiegel und gratulierte mir selbst zu meiner Styling-Expertise. *Gut gemacht, Chel! Dann kann ich ja Mom gegenübertreten,* sagte ich selbstbewusst zu mir, riss die Tür auf und wollte in die Küche rennen. Das brauchte ich jedoch gar nicht, denn sie stand noch immer vor meiner Tür, sodass ich direkt in sie rein rannte.

»Mom!«, rief ich empört und wusste, dass mein Getue unbegründet war. Deshalb lenkte ich gleich ein: »Ich will mit dir reden, ich habe so viele Fragen.« Sie blickte mich sanft an, was sie immer tat, wenn ich schnippisch war, was mich wiederum noch schnippischer werden ließ.

Ich kam gleich zur Sache, weil ich es schon wieder eilig hatte. Warum führten wir diese Gespräche auch immer morgens, wo ich doch so gar kein Morgenmensch war und froh sein konnte, wenn mir die Kaffeetasse nicht aus der Hand fiel?

»Hast du dich auch vor anderen umhergebeamt?«, platzte es aus mir heraus. Moms Blick fror schier ein, eine kühle Fassade breitete sich auf ihren Gesichtszügen aus. Dabei wurde sie blass wie Elfenbein. Der Schock stand ihr ins Gesicht geschrieben, doch darunter mischte sich auch Schuld, die ihre großen Augen aufblitzen ließen. Oh, eine dermaßen betroffene Reaktion hatte ich nicht erwartet. Ich bekam Bammel. »Bin ich anders? Mache ich etwas falsch?« – »Gehen wir in die Küche und setzen uns.« Neugierig darauf, was sie antworten würde, folgte ich ihr in unsere Küche aka Wohnzimmer und Besprechungsraum, setzte mich auf meinen Stuhl in der Ecke und ließ Mom Kaffee aufbrühen.

Währenddessen antwortete sie mir, ohne mir wirklich zu antworten. Das tat sie immer. »Deine Gabe ist etwas Schönes, aber sie kann auch sehr gefährlich sein. Wir leben in einer Welt, in der Magie von vielen nicht wahrgenommen wird. Viele Menschen glauben nicht daran, ja, fürchten sich sogar davor. Und alles, wovor sich der Mensch fürchtet, wird verteufelt und als schlecht und böse empfunden. Du musst wissen, dass dich einige Leute mit dieser Gabe nicht mehr so sehen werden wie bisher – falls sie davon erfahren, was sie eigentlich nicht sollten.« Sie schielte mich schief an.

Ich dachte an Rick. Er hätte es nicht mitbekommen sollen. Bestimmt hatte er nun Angst und verteufelte mich.

Als ich ihr keinen Kommentar lieferte, führte sie weiter aus: »Menschen haben immer Angst vor dem Fremden und vor Dingen, die sie nicht verstehen. Unsere Gabe ist den Menschen fremd. Sie lässt sich nicht mit dem Verstand begreifen. Es tut mir leid, dass ich dich gestern gehen lassen habe, ich hätte dir nachlaufen und dich beschützen sollen.« Ihr kullerte eine Träne über die linke Wange.

»Mom«, flüsterte ich bestürzt über ihren erneuten Gefühlsausbruch und griff nach ihrer Hand. »Es ist alles okay, wirklich«, versuchte ich sie zu besänftigen. »Nein, Chelsea, es tut mir wirklich leid. Ich hätte dir eher zeigen sollen, wie du mit deiner Gabe umgehen kannst und dir früher sagen sollen, dass du sie in dir trägst. Aber ich hatte keine andere Wahl. Hätte ich gewusst, dass dein Geist so stark ist … Ich hatte ja keine Ahnung.«

Starker Geist? War das nun auch etwas Besonderes, oder wie? Erneut verfiel meine Mimik in eine Art Denkstarre, weshalb es nicht schwer zu erraten war, dass mich etwas beschäftigte. So fuhr sie gleich darauf fort: »Ich hatte diese Probleme anfangs nicht, im Gegenteil. Ich wollte immer, dass es passiert und oft gelang es mir nicht. Doch du hast eine enorme Willens- und Vorstellungskraft. Die ist dafür verantwortlich, dass du, wenn du nur sehnlichst an etwas denkst, dich sofort dorthin teleportierst. Mein Geist war nicht so zielgerichtet, der deiner Oma ebenso wenig, aber der deiner Uroma schon. Oma Erna hatte mir oft davon erzählt.«

Der Kaffee war fertig. Mom goss ihn in zwei große Tassen in Türkis, meiner Lieblingsfarbe, und reichte mir einen Haferdrink. Es ging doch nichts über einen Oat Milk Cappuccino. Genussvoll nippte ich an meiner dringend benötigten Dosis Koffein.

»Deine Uroma teleportierte sich regelmäßig und erweckte damit teils großes Aufsehen. Sie konnte sich damals herausreden, indem sie erzählte, dass dies nur Zaubertricks seien, aber lustig war das für Oma Erna sicherlich nicht. Du musst bedenken, dass das eine ganz andere Zeit war, wobei sich die Menschen diesbezüglich bis heute wenig verändert haben. Magie existiert überall und trotzdem gehen viele ihren alltäglichen Aufgaben nach und sträuben sich gegen die Schönheit des Gegenwärtigen. Sie sehen die Magie der kleinen Dinge nicht, wie die Freude eines Kindes, wenn es auf einer Schaukel angeschoben wird oder eine Blume, die aus der Erde sprießt. Einen Vogel, auf dessen Gesang von einem Vogelfräulein geantwortet wird. Eine Dame, die einen nett anlächelt, weil man ihr über die Straße hilft. Die Herbstblätter in vielen bunten Farben, welche unsere Wälder in einer Art und Weise einfärben, wie es durch eine Bearbeitung mit Photoshop nie möglich wäre. Selbst der Kaffeeduft am Morgen ist magisch.«

Da stimmte ich ihr zu und nahm erneut einen heißen Schluck. Dass meine Mutter eine derart bewusste und achtsame Lebensweise pflegte, hatte ich nie mitbekommen. Vielleicht fehlte es *mir* an Bewusstheit. »Alles kann magisch sein, sei es die Geburt eines Kindes oder das erste Zwinkern am Morgen. Die Elemente stehen in Harmonie zueinander und beflügeln unsere Welt. Und *du,* Liebes, kannst sie beherrschen.« Das musste sie mir jetzt aber schon erklären. Alles war magisch, alles war schön, und dann das?

»Wie kann ich die Elemente beherrschen?« Meine Mom lächelte endlich wieder und wischte sich eine fast schon eingetrocknete Träne vom Wangenknochen.

»Du hast die Gabe, durch schiere Willenskraft deine Teilchen zu bündeln und an einem anderen Ort in gleicher Zusammensetzung zu rematerialisieren.« Das hatte ich auch schon herausgefunden, machte mich jedoch kein bisschen schlauer. »Dein Vater hatte immer ein Faible für diese Gabe. Er wollte sie erforschen, er wollte sie nutzen. Leider nicht für jene Zwecke, für die wir sie einsetzen sollten. Nicht jeder hat stets Gutes im Sinn, weißt du.« Abrupt wechselte ich das Thema: »War das der Grund, weshalb er ging? Wegen deiner Gabe?«

Ich wurde ungeduldig und sehr, sehr neugierig. So oft fragte ich mich, warum Dad uns verlassen hatte. Auch wenn ich ihm das vermutlich nie verzeihen würde, hätte ich trotzdem gerne den Grund dafür erfahren. Nur für mich und mein Seelenheil, um damit abzuschließen. Bis heute wusste ich nicht, ob es wegen Mom oder vielleicht wegen mir selbst war. Und dieses Unwissen nagte an mir. Manchmal vermisste ich ihn. Aber Verzeihen kam nicht in Frage. Ich würde ihn nicht mehr willkommen heißen.

»Es war nicht nur das«, antwortete Mom behutsam. Sie griff sich erneut an ihren Unterarm und stand angespannt auf, um die Vorhänge zuzuziehen. Sie nahm mein Smartphone und legte es ins Wohnzimmer. Dann schloss sie die Tür.

»Was wird das, Mom?«, fragte ich sie mehr verwirrt als neugierig. »Ich dürfte es nicht sagen. Nicht einmal mit dir dürfte ich darüber sprechen, weil es uns in Gefahr bringt. Aber es dir nicht zu sagen, macht dich manipulierbar und bringt dich vielleicht um. Du musst diese Informationen erhalten, um deine Gabe beherrschen zu können. Das ist jetzt wichtig, Chelsea.« Ich umklammerte meine Tasse und schluckte. Mit großen Augen starrte ich meine Mutter an. Sie schaute zu Boden. »Ich kann dir nicht die ganze Wahrheit erzählen, aber zumindest so viel: Er konnte nicht damit umgehen, dass ich besonders war. Sein Ego litt darunter. Er fühlte sich nicht gleichberechtigt.«

Mit ihrem Blick signalisierte sie mir, dass ich nicht mehr aus ihr rausbekommen würde. Na gut. Ich beließ es dabei. Mein Dad hatte Komplexe, weil meine Mutter eine Gabe besaß. Ich war mir nicht ganz sicher, ob mich das beruhigte oder eher noch mehr Fragen aufwarf. Darum machte ich es wie Mom und schob das Thema ebenso souverän und beinhart beiseite. »Was muss ich tun? Wie kann ich es steuern?«, fragte ich eifrig.

»Versuch es mit so viel Ruhe wie möglich anzunehmen und dich nicht hineinzusteigern.« Na super! Ich war quirlig, theatralisch und liebte das Drama. Das konnte ja nur schiefgehen. »Ist das dein Rat, Mom?!«, schaute ich sie mit großen, ungläubigen Augen an. Sie wusste genauso wie ich, dass dies dem Gegenteil meines Temperaments entsprach.

»Chelsea, du *MUSST* dich beherrschen lernen. Gehe in dich, meditiere, atme tief ein und aus und achte dabei bewusst auf deine Atmung. Mach mehr Yoga, viel mehr. Das ist wichtig, sonst …« Dann machte sie eine kurze Pause. »Was sonst?!«, fragte ich nervös nach. SONST?! Das klang ja beruhigend. »Wenn nicht, dann was, Mom?«, hakte ich zunehmend nervöser werdend nach. Sie schaute auf den Boden, wobei ihr eine Träne über die Wange kullerte. Schon wieder.

»Mom?«, fragte ich nun vorsichtig und bereute es, sie erneut zum Weinen gebracht zu haben. Ich verstand es nicht. Sie wollte reden, konnte mir aber nichts sagen. Sie schirmte die Küche vor fremden Blicken ab und griff sich nervös an ihren Unterarm. Erst gab sie Informationen preis und brach daraufhin in Tränen aus. Was war hier los?! Sie wollte mir etwas sagen, doch es schien, als traute sie sich nicht. Ihr Verhalten war höchst widersprüchlich. Vor wem hatte meine Mom so große Angst? Plötzlich klingelte es.

»Jetzt nicht!«, brüllte ich der Tür entgegen. Doch Mom war schon an der Klinke, wischte sich gekonnt ihre Träne weg und öffnete dankbar dafür, nicht auf meine Frage antworten zu müssen, die Tür. Und ich meinen Mund. Es war Rick.

KAPITEL 6

RICK

Heute würde sie bestimmt nicht zur Uni kommen. Morgen wahrscheinlich auch nicht. Ich musste mit ihr reden. So schnell wie möglich. Wer weiß, was sonst passierte. Offenbar wussten sie, dass sie es konnte. Doch woher? Normalerweise wurde unsereins von ihnen nur gejagt, wenn wir etwas überaus Gutes taten, das in den Medien landete oder wenn wir eben unvorsichtig mit unserer Gabe umgingen und sie nicht schützten.

»Keine Aufmerksamkeit erregen«, hatte mein Opa immer gesagt. »Betrachte es als dein Geheimnis, deinen Schatz, mit dem du Gutes vollbringen kannst.« Ich vermisste ihn. Er wüsste genau, was ich nun zu tun hätte. Andererseits … mein Unterbewusstsein wusste es auch. Es drängte mich regelrecht, zu ihr zu gehen.

Dank ihrer Social-Media-Profile erfuhr ich, wo sie wohnte. Ich war motiviert, sie direkt darauf anzusprechen. »Chelsea, ich kann dir das erklären, falls du noch nicht weißt, was du da kannst«, sagte ich mir leise vor, während ich mir meinen azurblauen Wollmantel anzog. Zwar war es noch Herbst, doch unterschätzen durfte man den Wind in London trotzdem nicht. Unterschätzen sollte man generell nichts. Schon gar nicht diese Gabe.

Da ich mit dem Rad fuhr, war ich rasch bei Chelseas Haus. Es war ein schönes Haus. Eines dieser klassischen Reihenhäuser in Wandsworth, einem Stadtbezirk im Südwesten Londons. Eine kuschelige Gegend. Chelsea hätte ich vielmehr in dem glamourösen Stadtteil vermutet, dessen Namen sie auch trug.

Das Haus war in Apricot gehalten. Ich trat über die Schwelle, atmete noch einmal tief aus und drückte auf die Klingel. Nur einen Moment später strahlte mich eine sehr hübsche Frau mit dunkelbraunen Haaren an. Das musste Chelseas Mom sein. Sie schien dankbar und erleichtert und wirbelte mir ein *Hallo* entgegen, was mich verwirrte.

Dann sah ich Chelsea mit weit geöffnetem Mund hinter ihr, was mich noch mehr durcheinanderbrachte. Was war hier los? Ich versuchte mich zu besinnen: »Hallo«, lächelte ich die Frau an. Ihre Nase hatte denselben kleinen Höcker wie Chelsea, der in ein gestupstes Nasenende mündete. Etwas zu hastig streckte ich ihr meine Hand entgegen.

»Ich bin Rick.« Wir schüttelten uns die Hände, dabei blinzelte sie freundlich und ließ unauffällig ihren musternden Blick über mich huschen. Sofort straffte ich die Schultern und räusperte mich. »Ich bin ein Kommilitone von Chelsea und würde sie gerne kurz sprechen.« Beinahe höfisch faltete ich die Hände hinter dem Rücken und wartete geduldig auf ihr Einverständnis. Doch als Chelsea mich fragend anstarrte und anfing, ihren Mund zu schließen, schaute ich sie eindringlich an und fügte mit langsam gesprochenen Worten hinzu: »Es ist wichtig.«

CHELSEA

»Ja, komm doch rein! Ich bin Clarissa. Wir freuen uns, dass du da bist«, trällerte meine Mom überschwänglich. Ich freute mich nicht, nein. Meine Mutter konnte so unglaublich theatralisch und anstrengend sein. Und kurzsichtig. Nur, weil sie mir das

»Sonst« jetzt verschwieg, hieß das nicht, dass ich sie beim nächsten Mal so leicht davonkommen ließ. Ich wollte Antworten und für gewöhnlich bekam ich, was ich wollte.

Rick schaute mich immer noch eindringlich an. »Ja gut, gehen wir in mein Zimmer«, antwortete ich, winkte ihn zu mir und warf meiner Mutter einen »Wir klären das später«-Blick zu. Ich schliff ihn die Treppe hoch, stieß meine angelehnte Zimmertür mit meinem Knie auf und setzte mich auf mein Bett, um darauf zu warten, dass er etwas sagte. Er stand ungefähr zwei Meter von mir entfernt und wirkte nervös.

»Chelsea, ich muss … ich muss dir etwas sagen. Wegen gestern«, fing er mit seiner Rede an, wobei ich regelrecht spürte, dass ich in meinem Zimmerboden versank. Ich war ja sowas von geliefert.

»Du warst auf einmal weg und … und ich konnte dich nirgendwo mehr finden.« Oh, gut! Er dachte also, ich wär abgehauen! Ich lächelte ihn an und wollte ihm gerade sagen, dass ich einfach nur nach Hause wollte und deshalb einfach los bin, als er weiter ausführte: »Es war, als hättest du dich einfach weggebeamt.«

Entschieden sah er mich an und wartete auf eine Reaktion. Er wusste es also doch! Mein entsetzter Gesichtsausdruck verriet mich, woraufhin er offenbarte: »Ich weiß, was du kannst. Du brauchst keine Angst davor zu haben. Es gibt mehrere Menschen mit dieser Gabe.« Meine Bestürzung verwandelte sich in ungläubiges Entsetzen bis hin zur Hysterie. In einer unnatürlich hohen Tonlage begann ich zu lachen. Mein hysterisches Gequieke kam dem F3-Ton in Mozarts *Arie der Königin der Nacht* gleich. Er ließ mich lachen. Diese Minuten des Wahnsinns brauchte ich auch. Als ich mich wieder halbwegs gefangen hatte, stand ich von meinem Bett auf, ging zu ihm hinüber und schob mein Gesicht ganz dicht an seins: »Das kann doch nur ein Scherz sein.«

Ich musterte seine Augen erneut. In ihnen barg sich ein moosiges Grün mit einer Brise grauen Nebels. So stellte ich mir die

Fjorde in Norwegen vor. Und die Nebel von Avalon. Mystisch, beruhigend, wunderschön. Ein Knistern durchfuhr meinen Körper und breitete sich in meinem Brustkorb aus wie bei einem Funken, aus dem Feuerzungen entstehen. Mir wurde heiß.

Er musterte mich ebenfalls und schwieg dabei, was ich wesentlich schlimmer empfand, als wenn er sich gerechtfertigt hätte. Diese Stille und das Wissen, sich nicht rechtfertigen zu müssen, zeigten mir, dass es eben kein Scherz war, was er da gerade offenbarte. Er wusste nicht nur von meiner Gabe, sondern KANNTE sie. Mein Hirn ratterte auf Hochtouren. In dem Moment, als es verstand, dass Rick möglicherweise Informationen für mich hatte, die mir meine Mutter augenscheinlich vorenthielt, haspelte ich los: »Wie steuere ich es? Kann ich es ignorieren und die Gabe verneinen? War es ein Zufall, dass du im selben Uni-Kurs wie ich gesessen hast?«

So viele ungeklärte Fragen … Es war erst gestern, als mein Leben aufgrund dieser Gabe auf den Kopf gestellt wurde. Außerdem war ich mir noch nicht mal sicher, ob es ein Segen oder ein Fluch war, sie in mir zu tragen.

Rick sah mich noch immer an, allerdings nicht mehr mit geduldiger Miene, sondern mit einem sorgenträchtigen Blick in den Augen. »Was ist, Rick? Frage ich zu viel?« Er erwiderte: »Nein. Deine Fragen sind absolut berechtigt. Ich kann sie dir auch beantworten, aber nicht hier. Sie wissen, wo du wohnst und ich will deine Mutter da nicht mitreinziehen.« Okaaaaay, jetzt wurde es richtig schräg. Mein Kopf produzierte schon wieder fleißig Fragesätze.

»Was ist mit meiner Mutter? Was meinst du mit *reinziehen*? Sie kann das doch auch«, gab ich preis, in der Hoffnung auf eine sofortige Antwort. »Auch, wenn sie mir diesen kleinen Fakt verschwieg und ihre Gabe nie anwandte«, ergänzte ich.

Daraufhin wurde er ernst. Seine Augen weiteten sich. Geschockt starrte er mich an, als hätte er die Relativitätstheorie verstanden. Offenbar hatte ich ihn über etwas in Kenntnis gesetzt, das ihm in seinem Puzzle fehlte. Auf eine Erklärung wartend guckte ich ihn an und schob meine Augenbrauen hoch, doch es wirkte so, als würde er durch mich hindurchsehen. Seine Synapsen verknüpften wohl andere Informationen.

Plötzlich griff er mich an den Unterarmen und durchbohrte mich mit seinem Blick. Seine graugrünen Iriden wirkten in diesem Moment bedrohlich und ich wusste, dass es ihm todernst war: »Chelsea, deine Mutter hatte einst ein Versprechen abgegeben. Sie darf diese Gabe nicht verwenden. Ihr Leben hängt davon ab. Wir müssen sie da raushalten. Seitdem die wissen, dass deine Gabe aktiviert wurde, haben sie vermutlich auch sie im Visier. Komm jetzt! Ich erzähle dir alles an einem anderen Ort.«

An welchem anderen Ort? Ich brauchte das nicht laut zu sagen, denn wieder einmal verriet mich mein fragendes Gesicht. Ich sollte meine einfältige Mimik unter Kontrolle bekommen. So war ich ein offenes Buch, dessen Text in Großbuchstaben gedruckt war. Er nahm meine Hand und schleifte mich regelrecht aus meinem Zimmer. Ich erwischte gerade noch meine Jacke, in welcher Gott sei Dank auch mein Reserveeyeliner steckte, ehe wir die Treppe hinunterrannten. »Wiedersehen!«, rief er meiner Mutter zu. Ich winkte hastig. Sie schielte uns verwirrt nach, hatte jedoch keine Gelegenheit, ihrer Meinung zur Situation Ausdruck zu verleihen, denn da waren wir schon weg.

Arme Mama. Was war bloß vorgefallen? Warum hatte man sie im Visier? Konnte mir endlich mal jemand erklären, *WER* hier so eine Bedrohung darstellte?!

Eilig gingen wir zu einem Parkplatz. Dort stand ein großer, schwarzer Jeep mit verdunkelten Scheiben. Ja klar, da würde ich sicher einsteigen. Ging's noch? Das schrie ja regelrecht nach einer Entführung. »Da fahre ich bestimmt nicht mit!«, protestierte ich. Erheitert blickte er mich an und konterte: »Ach, vor *MIR* hast du jetzt Angst, ja?« Ich begutachtete ihn kritisch. Eigentlich kannten wir uns überhaupt nicht. Ich wusste nichts über ihn. Plötzlich musste ich an *Aktenzeichen XY* denken und an all die vermissten Personen, die den falschen Leuten vertraut hatten. »Chelsea?«, guckte er mich fragend an. Andererseits war ich ja schon bei ihm zu Hause gewesen. Und auf mein Bauchgefühl konnte ich mich immer verlassen. Ich vertraute ihm. Darum tat mein Körper das, was mein Verstand vehement ablehnte: Ich stieg doch ein. Das war's dann wohl heute mit der Uni.

Er trat aufs Gaspedal und wir fuhren los. Viel zu schnell. Und raus aus der Stadt. Himmel! So viel Drama schon am Morgen. Das war doch eigentlich mein Part, aber Mister Empero musste ja heute einen auf *Jason Statham* machen und fahren, als wären wir auf der Flucht. Waren wir das? Mein Magen zog sich krampfhaft zusammen. Ricks Blicke zuckten achtsam durch die Straßen, während er immer noch schneller wurde. Dabei blieb sein Gesichtsausdruck stoisch und ruhig, irgendwie sogar cool. Nun schien er gar nicht mehr zurückhaltend und schüchtern zu sein, was mir einerseits gefiel und mich andererseits verwirrte. Innerlich betete ich, dass sein Jason Statham Gehabe aus dem Bedürfnis heraus entstand, mir zu imponieren und nicht, weil uns irgendjemand jagte.

Mittlerweile waren zwei Stunden vergangen und wir fuhren immer noch aus der Stadt raus. Rick schwieg, was er ziemlich gut konnte. Ich versuchte, meine Ungeduld zu zügeln, was mir den Großteil der Fahrt über gelang. »Wo sind wir? Wo fahren wir hin? Was soll das eigentlich alles? Kannst du mich bitte mal aufklären?«, nörgelte ich. Er meinte lediglich knapp: »Du erfährst alles noch früh genug.« Sehr hilfreich. Früh genug also. Nett. *Danke, Rick, für deine Vielzahl an Worten.*

Wir fuhren an einen Waldrand. Mir wurde mulmig. Zwar vertraute ich Rick, allerdings kannte ich ihn kaum. Aber jemand mit solchen Augen konnte doch niemandem etwas antun, oder?

»Wir sind da. Du kannst aussteigen.« Ich befreite mich vom Anschnallgurt und hüpfte aus dem Jeep. Er ging zu einer kleinen, teils bemoosten Bank und setzte sich. Ich tat es ihm gleich und setzte mich neben ihn. Bis jetzt kam er nicht axtmördermäßig rüber. Ich atmete zufrieden die frische Waldluft ein. Der Ausblick war wunderschön. Zugegebenermaßen war die gesamte Anlage atemberaubend. Der Herbst im Süden Englands hatte es wahrlich in sich. Wir blickten auf ein Feld, dessen Grün schon langsam an Sättigung verlor. Am anderen Ende des Feldes stand auch eine Bank. Man hätte sich zuwinken können, wenn da drüben jemand gesessen hätte. *Süß,* dachte ich, als Rick seine Stimme erhob: »Wir sind in Stourhead. Das ist ein historischer Ort. Vielleicht kennst du ihn ja.« Ich schüttelte langsam den Kopf. Wenn ich ehrlich war, verließ ich so gut wie nie die Stadt. »Wir sind hier rausgefahren, damit uns niemand zuhören kann.« *Ach, und dazu brauchte es zwei Stunden Fahrt?* Im Grunde war das gut so. In London wurde absolut alles und jeder überwacht. Jede Straße, jede Gasse, jeder Park und jedes Haus. *CCTP* hatte es in sich. »Und damit ich dir etwas zeigen kann«, ergänzte er. Ich lauschte gespannt.

»Das, was du kannst, Chelsea, musst du unter Kontrolle bekommen. Es gibt Leute, die wissen von diesen Gaben und versuchen, sie für ihre kriminellen Machenschaften auszunutzen. Unerfahren und unkontrolliert bist du am manipulierbarsten und somit am gefährlichsten für die Menschheit.« Ich schaute ihn fragend an. Meine Mom hatte mir schon klar gemacht, wie wichtig es war, die Gabe zu beherrschen, aber dass ich ansonsten eine Gefahr für die Menschheit wäre, war mir neu.

»Wieso sollte ich für die Menschheit gefährlich sein? Wer sind diese Leute?« – »Sie gehören einer kriminellen Organisation an, die es sich zum Ziel gemacht hat, übernatürliche und übersinnliche Begabungen für ihren Vorteil zu nutzen. Vermutlich haben sie es auch auf dich abgesehen. Deshalb wollten sie dich gestern entführen.« Entführen?! Entsetzt riss ich die Augen auf.

Rick erkannte an meiner Reaktion, dass ich ein Blackout hatte und mich an diesen Entführungsversuch nicht mehr erinnern konnte. Behutsam nahm er meine Hände und legte sie in seine.

»Vielleicht sollte ich die Lücken von gestern Nacht füllen, bevor ich weiterspreche.« Seine moosgrün-grauen Iriden blitzten im Licht der Sonne auf, die kantige Schatten in sein Gesicht zeichnete. Seine Erscheinung ergab beinahe eine perfekte Symbiose mit der Szenerie. Er streifte sich eine seiner dunklen Haarsträhnen hinters Ohr. Und dannklärte er mich auf.

Nachdem ich die neuen Informationen erhalten hatte, musste ich erst mal schlucken. Wow. Das hätte mächtig danebengehen können. Ich sollte vom Wodka die Finger lassen. Für immer. »Wie könnte ich diesen Kriminellen von Nutzen sein?«, fragte ich mit einem hysterischen Unterton. Schließlich erfuhr man nicht alle Tage, dass Kriminelle einem auflauerten.

»Du kannst dich beamen und alles, was du berührst, beamst du mit. Ich hab etwas recherchiert. Momentan sind sie an etwas ganz Großem dran. Sie transportieren Waffen in den Jemen, um die explosive Situation dort anzufeuern. Deshalb wollen sie dich wahrscheinlich für ihren Waffenschmuggel, weil sie mit dir keine Probleme mit dem Zoll und dem Transport im Generellen bekämen. Der Waffenschmuggel ginge schneller voran und es wäre einfacher, unkomplizierter und vor allem sicherer«, erklärte er, ohne auf mein Entsetzen, welches mir förmlich ins Gesicht geschrieben stand, einzugehen.

»Wieso ich?«, hauchte ich atemlos. Meine Kehle wollte nicht reden und schnürte sich vor Angst zu. Mit energischem Schlucken versuchte ich, die aufkommende Panik im Keim zu ersticken. »Eine konkrete Erklärung habe ich dafür nicht, aber ich glaube, es liegt daran, dass du zu denjenigen gehörst, die es bisher am wenigsten beherrschen. Damit bist du ein gefundenes Fressen für sie. Ich weiß allerdings nicht, wie sie dich finden konnten. Normalerweise werden sie auf uns aufmerksam, wenn wir entweder etwas Gutes tun und diese Tat in die Medien gelangt – wie wenn wir beispielsweise Menschen aus brennenden Häusern retten – oder aber wenn wir unsere Gabe nicht vernünftig einsetzen und sie in der Öffentlichkeit anwenden. Auf jeden Fall hat es immer mit Öffentlichkeit und Aufmerksamkeit zu tun. Du hast dich ja nicht vor laufender Kamera um den Erdball gebeamt, oder?«

»Nein!«, rief ich entrüstet. »Ich weiß von meiner Gabe erst seit gestern.« Er nickte akzeptierend und schaute auf den Boden. Offensichtlich beschäftigte es ihn, dass diese Leute mich wollten. Ebenso merkte ich, dass ihn dieses Unwissen plagte, weshalb sie von mir wussten. Sein Moment des Nachdenkens war jedoch nur von kurzer Dauer. Anscheinend erkannte er, dass er das Rätsel hier und jetzt ohnehin nicht hätte lösen können. Dann setzte er fort: »Um deine Frage von vorhin zu beantworten: Nein, du kannst deine Gabe nicht ignorieren und verneinen. Sie ist in dir, wie ein Instinkt. Du kannst sie nur kontrollieren lernen, damit du dich nicht bei jedem Gedanken durch die Gegend beamst. Sie funktioniert mithilfe von Gefühlen. Umso stärker dein Gefühl ist, desto unkontrollierter bist du. Panik, Angst und Wut wirken am stärksten. Aber auch Sehnsucht, wie du ja gestern gesehen hast. Puff – und weg warst du.«

Ich wurde rot. Es war mir unangenehm, dass ein Fremder so viel Intimes von mir wusste. Ich sah ihn an und wandte mich sofort wieder ab. Seine Augen ließen eine Sehnsucht in mir wachsen, die ich noch nicht einschätzen konnte. In dem Moment fiel mir auf, dass mich seine Anwesenheit nervös machte und ich biss mir auf die Unterlippe. Als Kompensationsstrategie pulte ich an meinen Nägeln rum und starrte zu der kleinen Bank am Ende der Wiesedie von der Sonne beschienen wurde. Der Anblick löste eine wohlwollende Woge des Friedens in mir aus. Ich sog die Luft ein. Dort musste es nach Herbstlaub riechen. Noch mehr als hier, denn da drüben ragte eine dicke Eiche neben der Bank empor, welche beschützend wirkte. Wie romantisch.

Ich schloss die Augen, um mich in diesem friedlichen Gedanken zu wiegen. *Das Leben war schön und keiner jagte mich,* dachte ich, um mich zu beruhigen. Dann öffnete ich die Augen, schloss sie und riss sie erneut wieder auf. Oh nein, schon wieder! Ich fühlte das Kribbeln in mir. Das Beamen fühlte sich gut und schön an. Ich mochte es, aber mir wurde auch schwindelig dabei.

Ich blinzelte und versuchte, einen Blick auf Rick zu erhaschen. War er noch da? Ich sah ihn nicht mehr. Vielleicht brauchte ich doch eine Brille. Noch mal kniff ich meine Augen zusammen, um ihn zu erblicken, als er plötzlich neben mir saß. Ich kreischte förmlich und durchbrach so die idyllische Stille dieses Ortes. Wie? Was passierte hier gerade?! Meine Augen waren weit aufgerissen. Ich konnte ihn nur überrascht anstarren. Mein Mund war aufgesprungen und ging nicht mehr zu. Ich atmete schnappartig und glaubte, gleich umzufallen. Mir war schlecht.

Er ergriff meine Hände mit seinen warmen Handflächen, streichelte meine Handrücken, schaute mir sanft in die Augen und versicherte mir: »Du bist nicht allein, Chelsea.«

Okay, ich brauchte erst mal ein paar Momente. Ich betrachtete ihn ungläubig und linste dann zu der Bank, auf der wir vor wenigen Sekunden noch gesessen hatten. Dann blickte ich wieder zu Rick.

»Du kannst es also auch?« Er nickte. Dass dem so war, war ja auch offensichtlich. »Das wollte ich dir hier zeigen, aber du bist mir ja zuvorgekommen«, zwinkerte er. »Ich erfuhr es vor acht Jahren. In unserer Ahnenlinie können es nur die Männer.« Er holte aus: »Ich erzähle dir nun alles, was ich weiß, okay?« Ich nickte eifrig und hörte ihm neugierig zu, als er zu sprechen begann.

Bis jetzt lief es ideal. Sie hatte alles gut aufgenommen. Ich hoffte darauf, dass sie das Schicksal ihrer Mutter ebenso gut aufnehmen würde. Oder sollte ich diese Information noch zurückhalten? Ich überlegte, entschloss mich jedoch recht schnell dazu, diese Entscheidung vom Verlauf der Konversation abhängig zu machen.

»Also. Du kannst das Beamen offenbar aufgrund der Gene deiner weiblichen Vorfahren. Deine Mutter kann es, ebenso wie deine Oma und so weiter. Ich erbte dieses Gen von meinen männlichen Vorfahren. An und für sich ist diese Gabe ein Geschenk. Du hast die Möglichkeit, dich zu transformieren, dich zu verstofflichen und an einem Ort deiner Wahl wieder aufzutauchen. So kannst du quasi reisen, wann immer du willst. Ohne Pass, ohne auf Flüge angewiesen zu sein, ohne Geld. Das ist schon ziemlich cool. Aber eine Gabe bekommt man nicht einfach so. Du wurdest auserwählt. Vom Universum. Um Gutes zu vollbringen. Um auf dieser Erde zu helfen. Um sie auf eine höhere Bewusstseinsebene zu bringen, um sie voranzutreiben und sie zu einem besseren Planeten zu machen.«

Ich sah, dass ihr die Fragen auf der Zunge nur so brannten, doch ich erzählte weiter: »Das kannst du. Aber es gibt natürlich Hürden. *Hürde Nummer eins* ist: die Gabe beherrschen lernen. Dazu musst du deine Gefühle kontrollieren können, sonst bist du eine Gefangene deiner eigenen Macht. Leider ist es nicht so einfach, seine Gefühle im Zaum zu halten. Daher rate ich dir, dass du für den Anfang deine Konzentration umlenkst. Du hast ja gemerkt, wie deine Gabe funktioniert. Wenn du einen bestimmten Grad an Visualisierungen überschreitest, manifestierst du dich in dieser Visualisierung. Gefühle, Erinnerungen und Sinneswahrnehmungen triggern dein Vorstellungsvermögen und erwecken deine geistige Vorstellung zum Leben.

Wenn du also spürst, dass du dich zu stark auf einen Ort oder eine Person konzentrierst, dann versuche dich von dem

Gedanken loszureißen und an etwas Abstraktes zu denken. Denke an keinen Ort. Auch an keine Person, denn du kannst dich auch zu Leuten beamen, an die du denkst. In deiner Gabe ist quasi eine Personensuche inbegriffen. Du bist sowas wie ein menschlicher GPS-Tracker. Bis du deine Gefühle bewusst kontrollieren kannst, solltest du deine Konzentration also auf etwas Abstraktes umlenken.« Ich atmete tief aus. Chelsea tat es mir gleich. Das schien ihr etwas zu viel auf einmal zu sein, deshalb fasste ich kurz zusammen: »Also: Beherrschung und Kontrolle sind wichtig. Dies zu erlangen ist die erste Hürde. *Hürde Nummer zwei* ist: Wenn du die Gabe beherrschst, solltest du deine Macht gezielt für Gutes einsetzen. Entweder hilfst du alten Menschen über die Straße oder du beamst dich ans andere Ende der Welt, um zu helfen, wenn du zum Beispiel im Fernsehen eine Liveübertragung einer Naturkatastrophe oder Ähnliches siehst.

Außerdem hebst du die Schwingungsebene aller Menschen in deinem Umfeld. Deshalb ist es gut, dass Menschen wie wir Kontakt suchen, viel in Gesellschaft sind und eine harmonische Schwingung verbreiten, indem wir einfach nur präsent sind. Das wäre dann passives Helfen. Mit deiner Gabe kannst du unterstützen und viel Gutes bewirken, wenn du sie richtig einsetzt. Doch die Versuchung, sie für dich allein einzusetzen, besteht natürlich, einfach weil wir Menschen sind. Wenn du weißt, wie man die Gabe beherrscht und sie dann für Gutes einsetzt, ist schon viel getan und du bist gut vorbereitet, um die *dritte Hürde* zu überwinden: *die Plochinten*.«

Ich machte eine Wirkungspause, in der Chelsea scharf die Luft einsog und die Lippen angespannt zusammenpresste. Ihr Blick deutete mir, dass ich fortfahren solle.

»Die Plochinten gehören zu der Organisation, von der ich vorhin gesprochen habe. Sie wollen unsere Fähigkeiten für kriminelle Machenschaften missbrauchen. Vor allem jene, die noch nicht lange wissen, dass sie auserwählt sind, versuchen sie auf ihre Seite zu ziehen. Denn in der *Erkundungsphase* sind wir – beziehungsweise in diesem speziellen Fall bist *du* – am schwächsten. Deshalb ist es von großer Bedeutung, die Gabe kontrollieren zu können. Damit du dich bewusst für das Gute entscheiden kannst und dich nicht von den Plochinten manipulieren und dir einreden lässt, ihre Machenschaften würden der Welt helfen und sie bereichern. Es gibt einige, welche die Seiten gewechselt haben und den Plochinten dabei behilflich sind, Unfrieden zu stiften. Aber dafür wurden wir nicht auserwählt! Das Gute wird stets siegen!«

Ich schob den Ärmel meines dunkelgrünen Hoodies hoch und zeigte Chelsea mein Tattoo auf meinem linken Unterarm. »Um uns zu schützen, wurde vor langer Zeit eine Organisation gegründet: der *Elbenkreisel.* Ihr Oberhaupt ist Magnus Pfefferstein. Sein Ahn gründete die Institution vor vielen Jahrhunderten. Ich gehöre ihr auch an. Es existieren Zentren auf der ganzen Welt, doch der Sitz befindet sich in London, hier bei uns. London ist ein Kraftplatz und zudem ein Portal in andere Sphären. Mister Pfefferstein fand es wohl passend, sich hier sesshaft zu machen. Wir kennen uns nicht alle untereinander, weil sich in letzter Zeit die Gabe in so gut wie jedem »Träger« aktiviert.

Das war nicht immer so. Früher unterdrückten viele ihr magisches Gen und die Begabten blieben häufig unentdeckt und konnten so ihre Bestimmung nicht leben. Das ist nun anders. Die Welt ist im Wandel, Menschen werden bewusster, leben achtsamer, durchleben innere Prozesse. Unser aller Bewusstsein entwickelt sich, erweitert sich. Wir hinterfragen immer Dagewesenes und durchbrechen Muster. Dadurch werden lange unbewusst gelebte Verhaltensmuster aufgelöst, Blockaden geheilt, Karma beglichen. Du kannst dir das wie eine energetische Befreiung dieses Planeten vorstellen. Und wir sollen dabei helfen, die Erde in ein höheres Bewusstsein zu heben. Durch deine Gabe hast du die Möglichkeit, in der fünften Dimension zu schwingen. Dadurch besitzt du auch die Fähigkeit, Elben zu sehen, weil sie in jener Dimension leben. Das ist auch der Grund, warum sich die Institution ›Elbenkreisel‹ nennt. Die Erde schwingt temporär in der dritten und teils schon vierten Ebene, aber nur die wenigsten Menschen schwingen in der fünften. Sie würden es auch nicht ohne Schaden überstehen. Die materialistischen und primitiven, rachsüchtigen, vergeltungsträchtigen, boshaften und gierigen Schwingungen existieren seit tausenden von Jahren. Die lassen sich nicht so einfach aufheben. Der Boden ist getränkt mit blutigen Erinnerungen an gewaltvolle Zeiten. Dieser Planet gehört gereinigt von den Mustern der Gewalt, die sich immer wiederholen. Frieden und Liebe sollen in alle Länder einkehren und allen Menschen das Gefühl von Zusammenhalt und Stärke schenken.«

Ich klang wie ein Druide oder ein Prophet. *Aber die Rede war gut,* fand ich. Ich sah Chelsea erwartungsträchtig an. Sie fokussierte den Boden. Ihr brünettes Haar glänzte im Herbstlicht und passte farblich zu den herabfallenden Blättern. Sie war wirklich schön. Und tough. Ich hing gerade meinen Gedanken nach, als sie mich fragte: »Wie kann ich mich schützen? Wie lerne ich, damit umzugehen? Und woher weißt du das alles?«

Ich war erleichtert, dass sie die Sache mutig angehen wollte und antwortete auch hörbar unbeschwerter: »Durch den Elbenkreisel. Wir schützen und trainieren uns gegenseitig. Wir sind wie eine Familie. Fast alle, die diese oder eine andere Gabe besitzen, sind Teil der Institution. Vom Elbenkreisel habe ich auch mein ganzes Wissen über die Plochinten und ihre temporären Machenschaften. Das hätte ich nie allein herausgefunden. Es gibt nur wenige, die den Schutz des Elbenkreisels nicht wollen, wie die Eremiten, ein paar Einzelgänger, Untergetauchte oder eben jene, welche die Seite wechselten.«

Sie blickte mich mit ihren Rehaugen an. Mann, die Frau hatte echt Charisma. Als ob sie gespürt hätte, was ich soeben dachte, blinzelte sie mit einem flirtenden Augenaufschlag. *Konzentrier dich!,* mahnte ich mich selbst. »Übrigens haben wir in unserer

Institution einen *Fühler*, der erhöhte Schwingungen fühlen kann. Es ist abhängig von der Distanz und der Stärke der Gabe, wie stark er sie fühlt und ob überhaupt. Wenn wir unsere Gabe einsetzen, begeben wir uns auf höhere Schwingungsebenen. So wissen wir über sogenannte Neuzugänge Bescheid und können diese benachrichtigen und sie trainieren, bevor die Plochinten sie aufspüren. Wir wissen leider bis heute nicht, wie die Plochinten von so vielen Neubegabungen erfahren. Denn sie besitzen selbst keine Magie, sondern nur die jener, die sie ausnutzen. Oder von denjenigen, welche die Seite wechselten.«

Bei diesem Satz bekam ich Gänsehaut. Ich dachte an Angelina, wischte den tristen Gedanken jedoch schnell beiseite, bevor Chelsea Fragen stellen konnte und lächelte sie an. »Ein bisschen macht es mich stolz, dass ich als einer der Ersten von deiner Gabe erfahren durfte.« Ich glaubte nicht an Zufälle. Ihrem Blick zufolge tat sie es ebenso wenig.

»Aber Rick, dadurch, dass die Gabe vererbt wird, müsstet ihr doch eigentlich schon ahnen, bei welchen Töchtern und Söhnen sie aktiviert wird, oder?« Das war eine berechtigte Frage, auf die ich nur deshalb eine Antwort wusste, weil ich sie vor einigen Jahren meinem Vater gestellt hatte und der mir ausführlich erklärte, wie das mit der Vererbung des Gens funktionierte.

»Natürlich wissen wir durch die Vererbung des Gens, in welchen Menschen die Gabe schlummert. Viele Eltern und Großeltern der Auserwählten sind schon im Team und lehren ihren Kindern und Enkelkindern, damit umzugehen und sich an die neuen Umweltverhältnisse anzupassen. Aber das ist nicht bei allen so. Manche tauchen unter und aktivieren die Gabe nie wieder. Natürlich müssen sie diese erst beherrschen lernen, um ihr dann entsagen zu können. Man muss sich gut kontrollieren können, um sie nicht zu nutzen. Das ist aber nicht der Wille des Schicksals.

Wie ich schon sagte: Man kann sie eigentlich nicht ignorieren, weil sie ein Teil von uns ist. Seine Bestimmung außer Acht zu lassen, zerstört einen Auserwählten mit der Zeit. Es ist wider der Natur, wider der Bestimmung. Oft bekommen diese Auserwählten Depressionen und überspielen die Leere in ihrem Herzen mit aufgesetzter Fröhlichkeit. Verdrängung schadet der Psyche. Durch die Verleugnung sinkt das Schwingungsfeld und man ist abgeschirmt von jenen, welche die Gabe anwenden. Das ist einerseits bedauerlich, weil sie ein Geschenk ist, um Gutes vollbringen zu können. Andererseits kann es aber auch ein Schutz sein, sie nicht einzusetzen. Denn ohne die Gabe ist man für die Plochinten unwichtig.

Der Elbenkreisel akzeptiert es, wenn man seinem Schicksal entsagt, um sich oder andere zu schützen. Nicht jeder hat das Glück, aus einer Familie zu stammen, die nur darauf wartet, dass einer der Nachkommen die Gabe in sich aktiviert. Deshalb bieten wir den Nachkommen jener, die ihre Gabe verneinen, unsere Hilfe an. Es liegt allerdings bei ihnen, ob sie diese annehmen oder nicht. Oft verbieten es die Eltern. Dagegen können wir nichts machen. Aber eins steht fest: Wer Gutes tun will, findet einen Weg.«

Ich machte eine kurze Pause, um das Gesagte wirken zu lassen und ihr die Chance zu geben, zu verstehen, dass ich indirekt von ihrer Mutter sprach. Da sie nicht darauf kam, beschloss ich es nicht offen anzusprechen. Darum ergänzte ich zum allgemeinen Thema: »Hinzu kommt, dass in den letzten Jahren immer mehr Begabte ohne vorbestimmte Ahnenlinie ihre Gabe aktivierten. Sie sprießten förmlich aus der Erde. Es ist die Bestimmung unserer Zeit, das Bewusstsein der Erde auf eine höhere Schwingungsebene zu bringen. Wir schwingen in einer höheren Dimension, können aber in die *normale* Welt switchen und in der dritten oder teilweise schon vierten Dimension leben. Je mehr wir sind und mit unserer Schwingung Liebe auf der Erde verteilen und das Böse mit unserem Licht blenden, desto eher können wir die Welt in die fünfte Dimension bringen. Darum gibt es auch den *Fühler*, der hilft, unsere Gruppe zu erweitern.« Ich zwinkerte ihr zu und wartete gespannt ihre Reaktion ab.

CHELSEA

Er sprach wie ein Druide oder ein Prophet und sah dabei aus wie ein Engel. Verkündend erzählte er die Geschichte von Auserwählten und höheren Schwingungsebenen. Als er mich erwartungsvoll betrachtete, wusste ich, dass ich ihn endlich unterbrechen durfte: »Welche Umweltverhältnisse?«

Rasch antwortete er: »Das erhöhte Strahlenaufkommen durch Elektrogeräte, WLAN und die Strahlung durch den Mobilfunk erschwert es uns, uns mühelos von A nach B zu beamen. Du kannst dir das wie ein unsichtbares, ausgesprochen dichtes Netz in der Luft vorstellen, durch das sich unsere zerteilten Körpermoleküle erst winden müssen. Da braucht es zusätzliche Willenskraft und mentale Stärke, damit man sich nicht verirrt und an einem falschen Ort wieder auftaucht. In der Regel ist das aber kein Problem, da unser aller Zellen so codiert sind, dass sie sich magnetisch anziehen Man muss also schon sehr neben der Spur und außer sich sein, damit sich die Molekularteilchen nicht mehr finden.«

Das musste er jetzt behaupten, um mich vor einem Schreianfall zu bewahren.

»Ach, wie beruhigend. Willst du damit sagen, dass ich mich eventuell ganz woanders wieder materialisiere als geplant? Oder noch schlimmer: Dass sich meine Molekularteilchen nicht mehr finden und ich mit nur einem Arm ankomme?«

Er schaute mich schüchtern an. »Das kann im schlimmsten Fall passieren, aber wie gesagt: Dazu braucht es wirklich einen mentalen Tiefpunkt und jenen beugen wir durch Trainings im Elbenkreisel vor«, murmelte er. Im schlimmsten Fall. Och, dann war ja gut. Bei meinem Temperament und unkontrollierten

Gefühlswesen trat der schlimmste Fall wahrscheinlich übermorgen ein. Daraufhin warf ich ihm einen bösen Blick zu. »Ich hab dir doch gesagt, dass ich dir alles sagen werde, was ich weiß, und das gehört nun mal dazu«, rechtfertigte er sich.

»Und das ist alles, was du weißt?« – »Ja.« – »Und was ist mit meiner Mom? Darüber weißt du doch auch etwas, hast du gesagt.« Er schluckte. Ihm fiel gerade auf, dass er in seiner Rechtfertigung gelogen hatte. Er wusste etwas über sie und auch, dass ich es wusste. Schließlich schnitt er das Thema bei mir zu Hause noch an. »Sag es mir«, sprach ich langsam und wirkungsvoll, während sich mein Blick in seine graugrünen Iriden bohrte. Er konnte mir doch nicht die Geschichte meiner Mutter vorenthalten! Er antwortete nicht.

Gerade als ich empört losschimpfen wollte, riss er plötzlich die Augen auf. »Duck dich!«, flüsterte er mir im Befehlston zu. Ich tat, was er sagte und schaute zu unserem Wagen. Zwei Männer gingen um ihn herum, die ihren schwarzen Mercedes neben dem Jeep geparkt hatten. Die hinteren Fenster waren verdunkelt. Ob da wohl jemand drin saß? »Sind das die Plochinten?«, wollte ich von Rick wissen. »Ja! Aber ich habe keine Ahnung, wie sie uns finden konnten und warum sie es so sehr auf dich abgesehen haben.«

RICK

Das konnte nicht sein. Es war unmöglich, dass sie uns hier gefunden hatten. Niemand kannte diesen Ort. Es war *mein* Ort. Der meiner Kindheit. Es war der Platz von mir und meinem Dad. Hier übten wir immer, als ich noch klein war. Mit vierzehn Jahren hatte sich das Gabe-Gen in mir aktiviert. Wir nutzten die beiden Bänke, um zu trainieren. Ich beamte mich zu ihm und er sich zu mir. Es war ein wunderschönes Spiel, dessen Ernst ich damals noch nicht verstand.

Mein Opa hatte mir erklärt, dass sich die Gabe normalerweise erst während der Pubertät oder danach aktivierte. Ich war also besonders jung, als es bei mir geschah. Mein Großvater besaß viel Wissen über die Gaben und den Elbenkreisel, welches er an meinen Vater und teils an mich weitergab. Ich war noch ein Junge, als mein Opa starb. Warum ich schon so früh mit meiner Gabe konfrontiert wurde, wusste niemand.

Gewissenhaft suchten die Männer die Gegend ab und schauten zu uns rüber. »Chelsea, wir müssen uns jetzt wegbeamen.« Warum waren sie beim Aufspüren von Chelsea nur so hartnäckig? Hatte es etwas mit ihrer Mutter zu tun? Hatte sie etwas verraten? Nein, das glaubte ich nicht. Das würde sie doch nicht tun, oder? Ich kannte sie von all den Erzählungen. Nachdem sich Chelsea vor meinen Augen wegbeamte und ich wusste, dass dadurch auch ihre Mutter eine Gabe haben musste, begann ich zu recherchieren.

Mein Vater hatte mir vor einiger Zeit eine Geschichte von einer Frau namens Clarissa erzählt, die gezwungen wurde, ihre Gabe zu unterdrücken. Chelsea war empört darüber gewesen, dass ihre Mutter ihr all die Jahre nichts von deren Existenz erzählt hatte. Da fing mein Kopf an, Verbindungen herzustellen. War etwa Chelseas Mom jene Frau, von der alle im Elbenkreisel gesprochen hatten?

Als sich ihre Mutter heute Morgen als Clarissa vorstellte, war die Sache eindeutig. Nach all den Erzählungen über sie hatte ich sie nun persönlich kennengelernt. Sie hatte volle Lippen, graublaue Augen und kurzes, dunkles Haar. Ihre Tochter stand dieser Schönheit wahrlich in nichts nach. Sie wirkte fröhlich. Nichtsdestotrotz spürte ich auch, dass sie eine Meisterin darin war, Geheimnisse zu wahren. All die Jahre hatte sie Chelsea nichts erzählt und ihr Wort offenbar gehalten. Der Pakt mit den Plochinten zum Schutz ihres Kindes bestand. Trotzdem hatten sie es auf Chelsea abgesehen. Ich verstand das alles nicht. Es machte keinen Sinn. Aus diesem Grund wollte ich ihr auch noch nichts über das Schicksal ihrer Mutter mitteilen. Meine Erzählung wäre noch zu lückenhaft gewesen. Zum Glück hakte sie diesbezüglich nicht mehr nach.

»Rick?«, schüttelte Chelsea meinen Arm. Sie kamen auf uns zu! »Schnell weg hier!«, drängte ich und wandte mich zu ihr. »Vertraust du mir?«, fragte ich sie und schaute sie eindringlich an. Sie nickte. »Gut.« Ich nahm ihre Hände, schloss die Augen und beamte uns weg.

KAPITEL 7

CHELSEA

Ich öffnete die Augen. Wir befanden uns in einem engen Raum mit beschmierten Wänden. Auf einer dieser Wände prangerten zwei Namen, die zigmal mit einem Herz umrahmt worden waren. Einmal stand darin dick *4eva 2getha* geschrieben. Es roch nach Urin. Ich schaute nach unten und sah die Toilette. Wir waren auf dem Männer-WC der Universität.

»Rick, was soll das bitte?«, rief ich empört. Er hielt mir seinen Zeigefinger vor den Mund. »Pst. Sonst meint noch jemand, wir treiben hier nicht jugendfreie Dinge.« Oh wow, das waren ja ganz neue Seiten. Der Flirtmodus war bei ihm wohl offiziell aktiviert worden. Top Timing. »Rick, was sollen wir hier?« – »Durch unsere beschleunigte Form des Transports schaffen wir es jetzt noch zum Mythologiekurs«, antwortete er.

Ich schaute ihn – wieder einmal – verdattert an. Er musste bestimmt schon denken, ich hätte einen IQ von 80. Mein Gesicht machte zumindest den Großteil unserer gemeinsamen Zeit den Eindruck, als wäre ich nicht sehr intelligent. »Ach, dafür haben wir jetzt Zeit? Wir werden von den Plochinten verfolgt und du willst dich mit der Inzestgeschichte von Zeus beschäftigen?«

Dabei weitete ich meine Augen, zog die Brauen hoch und spitzte meine Lippen. Ich wusste, wie gut das aussah, weil so meine Wangenknochen und meine fein gezeichnete Jawline zusätzlich in Szene gesetzt wurden. Obwohl ich den Mythologiekurs liebte, erschien es mir unwirklich, nach all dem Wirbel dorthin zu gehen. Mal abgesehen davon, dass ich immer noch leicht verkatert war. Rick lächelte mich an und kam mir näher, was in dieser nassen Minizelle aber auch keine Kunst war.

»Ein bisschen Ablenkung täte uns doch jetzt gut, oder?«, fragte er und schaute mir dabei tief in die Augen. So tief, dass es sich anfühlte, als würde sein Grau mit meinem Blau verschmelzen. Ich spürte seinen warmen Atem auf meinen Lippen. Er kam noch näher. Himmel, das war zu nah! Das Bedürfnis, ihn zu küssen, setzte meine Synapsen außer Gefecht und bettete mein Gehirn in Watte. Er presste die Lippen aufeinander, nur um sie dann schwungvoll aufspringen zu lassen. Ich roch ihn und atmete schwer. Nein, stopp! Mein Verstand schaltete sich wieder ein, gerade als seine Lippen meine Wange berührten. Das war zu viel für einen Vormittag. Ich drehte mich weg, um Abstand zu gewinnen. Ich wusste genau, was er gerade dachte. Zum Glück war ich sehr gut im Überspielen peinlicher Situationen. Eine Eigenschaft, die ich offenbar von meiner Mutter gelehrt bekam. Also lächelte ich ihn an, als wäre gar nichts gewesen, als hätten wir uns nicht soeben fast geküsst. Allerdings war dieser Ort für einen ersten Annäherungsversuch absolut unpassend. Im Grunde war ich sogar sauer, dass er sich ausgerechnet auf der Männertoilette an mich ranmachte. Ich dachte, er hätte mehr Charme.

»Wir brauchen tatsächlich ein bisschen Ablenkung. Auf zum Kurs.« Ich nahm ihn an der Hand und riss ihn mit, so wie er es heute Morgen bei mir zu Hause getan hatte. Dabei rannte ich fast einen Jungen um, der mir sprachlos entgegenblickte und Rick sofort einen *»Gratuliere, Bro«*-Blick zuwarf. Auf dem Flur erntete ich erneut verwunderte Blicke. Toll, mein einwandfreier Ruf war somit wohl dahin.

Wir steuerten Richtung Seminar und störten den Kurs, weil wir zehn Minuten zu spät kamen. »Es tut uns so leid, Herr Professor Schneider! Die Tube war überfüllt und wir mussten auf die nächste warten«, log ich. Genervt und ohne auf meine selbe schlechte Ausrede wie von gestern zu antworten, weil in London die Tube alle drei Minuten fuhr, winkte er uns herein und forderte uns mittels Handgeste auf, uns zu setzen. Die komplette Unterrichtseinheit über schwiegen wir. Ich tat so, als würde es mich nicht stören, aber das war genauso gelogen, wie die Ausrede über unser Zuspätkommen.

RICK

Ich war so taktlos! Eine Stunde zuvor erzählte ich ihr, was alles auf sie zukommen würde und im nächsten Moment versuchte ich, noch ein Kapitel in ihrem Leben aufzuschlagen, in dem ich sie zu küssen versuchte. Ich war so ein Idiot. Dass sie sauer war, brauchte sie mir nicht zu sagen. Ich spürte es. Die eisige Distanz zwischen uns signalisierte mir, dass ich zu weit gegangen war.

Wenn du sie beschützen willst, solltest du dich auf ihre Ausbildung und das Training konzentrieren. Schieb deine Gefühle beiseite, ermahnte ich mich. Wenn das nur so einfach gewesen wäre. Es kostete mich viel Kraft, ihr zu widerstehen. Dennoch hatte die klar denkende, vernünftige Seite in mir recht: Ich sollte sie zur Institution bringen. Der Elbenkreisel sollte sie ausbilden, damit sie sich zur Wehr setzen konnte. Bis dahin würde ich sie beschützen. Es musste einen Grund dafür geben, weshalb es die Plochinten so sehr auf sie abgesehen hatten, und den musste ich mithilfe des Elbenkreisels herausfinden.

Es klingelte. Die Stunde war um. Schon war es Mittag. Die Idee mit der Ablenkung war völlig umsonst gewesen, weil ich nicht eine Sekunde lang zugehört hatte. Gerade als ich Chelsea darauf ansprechen wollte, was vorhin beinahe passiert wäre, drehte sich ein zierliches, blondes Mädchen mit kurzem Bob zu uns um und streckte mir ihre zarte Hand entgegen.

»Hi, ich bin übrigens Emma! Emma Haspel.« Erwartungsträchtig zwinkerte sie mit ihren grünen Augen und strahlte mich an. »Hallo, ich bin Rick Empero«, antwortete ich einigermaßen freundlich. »Und das ist Chelsea«, wollte ich sie mit einbinden, in der Hoffnung, dass dies unser beklemmendes Schweigen lockerte.

»Hi, freut mich«, sagte auch Chelsea freundlich. »Du bist also auch ein Fan der Mythologie?«, eröffnete sie die Konversation. »Ja, oh sehr! Zeus und Aphrodite sind meine absoluten Lieblinge!«, schwärmte Emma mit großer Begeisterung in ihren Augen. *Zyklopen und Plochinten sind meine,* dachte ich sarkastisch. »Toll«, meinte Chelsea und fügte hinzu: »Ich muss jetzt los, aber wir sehen uns wahrscheinlich morgen.«

Nein, sie durfte jetzt nicht gehen. Nicht so. Nicht, wenn sie beobachtet wurde. Nicht, wenn die Stimmung so zwischen uns war. »Wir könnten doch alle was zusammen essen gehen«, schlug ich vor und starrte die beiden erwartungsfroh an. »Ja, das ist eine gute Idee!«, meinte Emma sofort. Chelsea schaute mich in etwa so an: *Ich weiß genau, was das soll. Versuchst du etwa, dich zu entschuldigen?* Kurz darauf meinte sie »ja, im *Café Maruksha* gibt es immer leckere Mittagsmenüs – auch vegane, falls jemand Lust darauf hat.« Mit dem Vorschlag war ich einverstanden und dankte ihr mit einem kurzen reumütigen Blick für die Chance, die sie mir soeben gab.

CHELSEA

Gut, wenn es ihm leidtat. Er hatte sich ja auch unglaublich taktlos verhalten. Während ich mich in Gedanken über seine unromantische Ader beschwerte, musterte ich ihn. Er war bestimmt um die 1,90 m groß. Da wirkte sogar ich mit meinen 1,75 m noch klein neben ihm.

Rick lugte immer wieder zu mir, während wir ins Maruksha gingen. Er brauchte nichts zu sagen. Wir wussten beide, dass wir uns anziehend fanden, aber das Timing gerade schlecht war. Außerdem wollte ich unser *Was-auch-immer-daraus-entstehen-möge* nicht als Peepshow für die Plochinten starten, die uns auf den Fersen waren. Mit seinen moosgrün-grauen Augen, die mich an die Nebelschwaden von Avalon erinnerten, beäugte mich Rick subtil von der Seite. Ich spürte, wie mein Gesicht weich wurde und ich zu schmachten begann.

Chelsea!, watschte ich mir in Gedanken selbst eine. *Konzentrier dich jetzt auf den neuen Teil in dir. Auf die Magie, die du geschenkt bekommen hast. Dann kannst du dich um die Magie der Liebe kümmern. Rick bleibt vorerst dein Freund!*, befahl mein inneres Ich. Es konnte sehr überzeugend sein, sogar dermaßen, dass es mich selbst überzeugte.

Er sah mich erneut an. Nun lächelte ich gekonnt freundschaftlich zurück. Rick erwiderte das Lächeln, obgleich ich ihm ansah, dass es ihn verwirrte. Das konnte ich ihm nicht verübeln. Mal flirtete ich mit ihm, dann war ich abweisend, schmachtete erneut und versuchte es nun erst mal auf der Freundschaftsebene. Ich hätte mich auch nicht verstanden.

Sein dunkelbraunes, sanft gewelltes Haar wehte im Wind, als wollte es mich verführen. Der Duft von Zedernholz vernebelte meine Sinne. Ich stieß die Tür auf, um Ricks Charme zu entkommen.

Im *Maruksha* war es ziemlich voll, was zu erwarten war, weil es in der Nähe vom Campus lag und es Mittag war. Ich fragte nach einem Tisch für drei Personen. Auf den hätten wir zwanzig Minuten warten müssen, wenn uns nicht Tom und Coop von einem Ecktisch aus zugewinkt hätten.

»Hey!«, rief ich überrascht.»Habt ihr noch Platz für uns?« – »Klar doch!«, winkte uns Tom rüber. Es war zwar kein großer

Tisch, aber er hatte drei Stühle und eine kleine Bank an der Wand. Bewusst setzte ich mich auf den Stuhl, um so wenig Körperkontakt wie möglich mit Rick zu haben. Das freute Emma offenbar sehr. Rick weniger. »Wie geht's euch, Jungs?«, fragte ich und stellte gleich im Anschluss unsere neue Gefährtin vor: »Das ist übrigens Emma.« – »Hi Emma«, sangen Tom und Coop im Sopran, während sie ihnen süß zuwinkte. Frauen gegenüber verhielten sie sich wie ferngesteuert. Ich rollte leicht mit den Augen und schmunzelte. Ich mochte die beiden.

»Krasser Abend gestern«, lenkte Coop ein. »Wir haben wohl ein bisschen über den Rand getrunken.« Tom lachte in sich hinein und wiederholte »ein bisschen« mit sarkastischem Unterton. »Aber hey, ihr wart plötzlich weg! Wo seid ihr denn hin?«, fragte er neugierig und schaute Rick mit einem bohrenden Blick an. *Rick, bitte lass dir jetzt etwas Gutes einfallen.* »Ja, Rick, was war gestern eigentlich? Wisst ihr, Jungs, ich war auch ziemlich betrunken und kann euch das nicht mehr so gut schildern«, log ich Tom und Coop an, um Rick eine Ausrede erfinden zu lassen. Alle Augen richteten sich auf ihn. Nur sein Augenpaar sah mich eindringlich an.

RICK

Das war dann wohl die Rache dafür, dass wir uns auf der Toilette fast geküsst hatten. Ich guckte meine Jungs an und log: »Tja, ihr habt so viel gelabert, da sind wir abgehauen. Eigentlich ist Chelsea einfach weg und ich bin ihr nach. Wir sind noch weiter ins Alfred's, aber das hat auch bald zugemacht. Dann hab ich Chelsea nach Hause begleitet und bin auch heimgegangen.« Um etwaige Fragen zu vermeiden, lenkte ich sofort ab: »Und wow, was hatte ich heute Morgen für einen brummenden Schädel! Da haben nicht mal zwei Aspirin geholfen!« Ich verzog mein Gesicht.

Die Jungs stimmten sofort mit ein und berichteten ausführlich über ihre Kater und dass sie schon lange nicht mehr so viel Spaß hatten. »Chelsea hat den Abend echt aufgewertet«, gab Tom zu und schaute sie bewundernd an. Dass in mir ein Keim der Eifersucht wuchs, unterdrückte ich gekonnt und antwortete stattdessen: »Ja, gut, dass wir im selben Seminar sitzen und uns gestern kennengelernt haben.« Ich schaute sie schmunzelnd an. Sie lächelte gezwungen.

Die Kellnerin kam und wir bestellten. Ich orderte ein Ginger Ale und Tortellini, Chelsea einen Cranberrysaft – ohne Wodka – und das Kürbisrisotto, Emma dasselbe wie ich. Tom und Coop hatten schon gegessen, bestellten aber noch zwei weitere Bier. »Schmeckt euch das Bier überhaupt schon wieder?«, fragte ich, nachdem die Kellnerin wieder weg war. Daraufhin lachten die beiden nur, als hätte ich die bescheuertste Frage aller Zeiten gestellt.

Es war eine wirklich nette Zusammenkunft. Wir aßen und lernten Emma besser kennen. Dabei entging mir nicht, dass sie mich häufig anschmachtete. Sie war hübsch: blond, mit kurzen Haaren und einer zierlichen Figur. Wie sie erzählt hatte, waren ihre Eltern angesehene Leute in London. Ihr Dad war Bänker und ihre Mutter für das Marketing eines Konzerns zuständig. Sie waren gut situiert, um nicht zu sagen reich. Emma hatte noch einen älteren Bruder, der in Wien studierte, wobei sie sich selbst auch dem Studium der Geschichte widmete und sich wie Chelsea und ich besonders für die griechische Mythologie interessierte. Ich mochte sie, allerdings durfte sie auf keinen Fall von unseren Begabungen erfahren, um nicht in die Angelegenheit mit den Plochinten reingezogen zu werden. Denn eins wusste ich genau: Die Plochinten schreckten vor nichts zurück und jeder Mitwissende konnte instrumentalisiert werden.

Ich dachte an Chelseas Mutter und die Geschichten, welche über sie erzählt wurden. Sie hatte ihre Bestimmung verloren, nur weil ihr Mann, ein Mitwissender, gierig nach Macht strebte und nicht damit umgehen konnte, dass sie diese Gabe besaß und sie deshalb verraten hatte. Seine eigene Frau. Es schauderte mir bei dieser Vorstellung und ich bekam Gänsehaut. Chelsea sah mich fragend und mit sanftem Blick an. »Alles okay?« Ich nickte lächelnd und erwiderte ihren sanften Blick. Ihr Wimpernkranz umrahmte das Ozeanblau ihrer Iris wie eine Küste das Meer. Ein warmes Gefühl breitete sich in meinem Brustkorb aus. Ich konnte es nicht leugnen: Ich hatte mich in sie verliebt.

KAPITEL 8

CHELSEA

Nach dem Essen gingen wir alle nach Hause. Da wir länger als geplant zusammensaßen, waren die Nachmittagskurse schon vorbei. Nun wollte ich ein weiteres Mal mit meiner Mutter sprechen. Zu Hause angekommen sperrte ich die Tür auf. Mom war in der Küche. Sie buk gerade einen Kuchen. »Oh, lecker, was wird das für einer?«, wollte ich gelüstig wissen. »Das wird eine Apfeltorte mit Sahnecreme.« Sie lächelte mich an. Ich sie auch, bis mir einfiel, was ich eigentlich wollte. Unglaublich, wie Apfeltorte mit Sahnecreme meine Sinne verschleiern konnte. »Mom«, setzte ich an. »Chelsea, ich kann nicht.« Ihre Netzhaut bedeckte sich sofort wieder mit Tränen.

Ich verstand die Welt nicht mehr. Was war denn so schlimm daran, mit mir darüber zu sprechen? Rick konnte das doch auch und den kannte ich erst seit Kurzem. »Mom, Rick hat mir einiges erzählt, auch von dir und dass du bestimmte Dinge für dich behalten musst. Ich will aber wissen, wieso.« – »Rick?«, fragte sie und hob verwundert ihren Kopf. Auf meine Frage ging sie nicht ein. »Der Junge von heute Morgen. Er kann es auch. Er hat mir alles erklärt. In seiner Ahnenreihe wird die

Gabe an Männer vererbt, bei uns an Frauen. Ich muss mich auf etwas konzentrieren, das weder ein Ort noch eine Person ist, damit ich die Gabe beherrschen kann und mich nicht unkontrolliert durch die Welt beame, wie ich es gestern vor dir getan habe. Oder gestern Nacht bei Rick. Oder heute Morgen auf dem Feld.«

Mom machte große Augen und atmete dabei angespannt ein. »Nein, mich hat niemand gesehen«, beschwichtigte ich sie gleich. »Außer Rick gestern. Deshalb weiß er es auch.«

Sie schluckte. »Du warst gestern Nacht bei Rick? Woher kennst du ihn überhaupt?« Der Mutterinstinkt schaltete sich ein, das hatte mir gerade noch gefehlt.

»Wir besuchen denselben Unikurs und haben uns gestern kennengelernt.«

Moms Augen wurden riesig. »Ein One-Night-Stand?«, stieß sie entsetzt hervor, als wäre ich bis dato das unschuldigste Wesen der Welt gewesen.

»Beruhig dich, Mom. Es war kein One-Night-Stand, sondern ein Better-Safe-Stand. Rick hat mich beschützt.« Den Teil mit der versuchten Entführung behielt ich für mich. Moms Lippen bibberten auch ohne dieses Detail. Ich wollte sie nicht erneut zum Weinen bringen. »Er ist ein netter Kerl und ich vertraue ihm. Wir sind Freunde.« Sie lugte mich schief an und hob skeptisch eine Augenbraue. Dieser Mix aus ernster und mental instabiler Miene wirkte verstörend auf mich. Als würde ich mit dem Joker sprechen. Ich zuckte mit den Schultern und verschränkte die Arme vor der Brust, um ihr die Wahrheit meiner Worte zu veranschaulichen. Und mir selbst auch.

»Können wir beim Thema bleiben? Jungs sind momentan mein kleinstes Problem.« Ich stierte sie eindringlich an. Sofort zeichnete sich wieder ein gläserner Film auf ihrer Netzhaut ab. Mittlerweile machte es mich regelrecht wütend. Konnte sie sich nicht mal kurz zusammenreißen und mir die Wahrheit sagen? Ich schaute ihr tief in ihre mit Tränen benetzten Augen, um mehr Wirkung zu erzielen und verkündete provokant: »Ich weiß auch vom Elbenkreisel und den Plochinten.«

Das wirkte. Sie riss ihren Kopf in die Höhe und starrte mich an. »Was weißt du über die Plochinten?« Die Angst in ihrer Stimme ließ mich erschaudern. Sie kannte sie offenbar besser. »Ich weiß nur, dass sie böse sind und mir schon auflauerten, weil sie mich für ihre Zwecke benutzen wollen und ich für sie wahrscheinlich Waffen schmuggeln soll, und dass ich mich vor ihnen hüten muss und deshalb meine Gabe beherrschen sollte. Es wäre hilfreich, wenn du mich darin unterstützen würdest, Mom!« Ich schaute sie fordernd an, als ich die Entführungsinfo doch preisgab. Tränen hin oder her, das war jetzt wichtig. »Was weißt *du* über die Plochinten?«, wollte ich nun endlich wissen. Sie vergrub ihr Gesicht in beide Hände und murmelte: »Ich darf nicht darüber sprechen. Das musste ich schwören.« Sie schluchzte abermals. Ich nahm ihren Kopf in meine Hände und brachte sie dazu, mich anzusehen: »Mom, sag mir: Bist du in Gefahr?« Sie schüttelte mit dem Kopf.

»Solange ich dir nichts davon erzähle, was einst geschah und das Beamen sein lasse, bin ich es nicht. Deshalb kann ich dir auch nicht zeigen, wie es geht oder es mit dir üben. Täte ich es, würden sie mich holen und töten. Das war einst der Deal.« Während sie sprach, schluchzte sie in meine Hände. Ich nahm sie in den Arm. »Mom, welcher Deal? Mit den Plochinten? Warum tust du so etwas?«, fragte ich verwirrt. »Ich darf über diesen Pakt nicht sprechen. Nur eins kann ich dir sagen: Dadurch schütze ich dein Leben. Mehr darfst du nicht wissen. Ich musste ihm versprechen, dir niemals zu verraten, was damals vorgefallen war.«

Wer war ER? Nun war ich komplett durcheinander. Noch verwirrter als vorher. »Mom, können wir nicht fliehen? Kannst du nicht hier weg?« Ich suchte nach Fluchtmöglichkeiten. Einem Zeugenschutzprogramm. Aber dafür müssten wir eine Gräueltat bezeugen und die gab es nicht. Noch nicht … Außerdem waren bei den Plochinten bestimmt auch Personen in höheren

Positionen involviert. Wie sonst hätte eine Institution solch eine Macht erlangen können? Es musste viele von ihnen geben und sie mussten über gute Kontakte verfügen.

Beim Gedanken an ein weltweit agierendes, kriminelles Netzwerk mit politischen Oberhäuptern als Mitgliedern erschauderte ich. Ich verstand, warum wir mit dieser Gabe existierten. Es musste sich etwas verändern in unserer Welt. *Das Gute wird stets siegen!* Dieses Motto hatte ich schon verinnerlicht. Entschlossen schaute ich Mom an: »Ich will dich in Sicherheit wissen.« – »Ich bin in Sicherheit, solange ich mich nicht beame und dir nichts verrate. *Du* bist es jedoch nicht. Ich habe keine Ahnung, wie sie dich finden konnten. Suche den Elbenkreisel auf und lerne, mit deiner Gabe umzugehen. Nur so hast du eine Chance gegen sie.« Ich nickte, als es klingelte.

Als ich sah, wer auf der Schwelle wartete, lachte ich laut auf. Es war Rick. Er hielt eine Sonnenblume in der Hand. Meine Lieblingsblume. Woher wusste er das?

»Was machst du hier?«, fragte ich ihn kühl und unterdrückte den Drang, ihn für die süße Geste zu umarmen. »Es tut mir leid wegen heute Vormittag«, erklärte er. »Ich wollte, dass du das weißt. Und ich hab dir eine Blume gekauft«, verkündete er strahlend und streckte mir die Sonnenblume entgegen. »Meine Lieblingsblume«, sagte ich leise, nahm sie entgegen, sog ihren Duft auf und sah ihn versöhnlich an. »Woher wusstest du, dass ich Sonnenblumen liebe?« – »Na ja, dein Sternzeichen ist Löwe und die Sonnenblume wird diesem Tierkreiszeichen zugeschrieben. Ich finde, dass sie zu dir passt. Du bist auch groß, schön und strahlend.« Er wurde rot. Vermutlich wollte er das nur denken. Ich lächelte gerührt und errötete ebenso, ertappte mich jedoch früh genug dabei. Wieder einmal lenkte ich gekonnt vom Thema ab: »Ich wollte ohnehin zu dir, ich brauche deine Hilfe.« Er war ganz Ohr. »Bring mich zum Elbenkreisel«, forderte ich.

Rasch hüpfte er die Stiege zu mir hoch und schob mich in unser Haus. Er hielt mir seine Hand vor den Mund, stieß mit einem Bein die Eingangstür zu und näherte sich meinem Gesicht. Der Abstand zwischen uns war erneut quasi nicht existent und ich ignorierte die Schmetterlinge in meinem Bauch mittlerweile wie eine professionelle Verdrängerin. »Pst, nicht so laut und auf offener Straße! Du weißt doch, dass wir beobachtet werden«, flüsterte er in mahnendem Ton. »Oh ja, sorry.« Dann sah er meine Mom und trat sofort einen Schritt zurück, während er sich räusperte. »Mrs. Stern, ist alles in Ordnung?«, fragte er besorgt, als er sie weinend im Flur stehen sah. Das machte ihn wieder unglaublich attraktiv. Meine Mom schluchzte: »Hallo, Rick. Chelsea hat mir gerade erzählt, dass du sie schon aufgeklärt hast. Danke dafür. Ich weiß nicht, ob es dir bekannt ist, dass ich vor langer Zeit einen Pakt geschlossen habe, über den ich Chelsea nichts erzählen darf. Falls es im Elbenkreisel jemand weiß, erzählt es ihr. Ich kann nicht, aber ihr könnt. Ihr seid in Gefahr. Bring Chelsea sicher zum Elbenkreisel.« Tränen strömten über ihr Gesicht. All die Jahre hatte sie das niemandem gesagt. Ich hatte keine Ahnung gehabt.

»Das werde ich«, versicherte ihr Rick, verabschiedete sich mit einem Kopfnicken bei Mom, welches wohl auch als Versprechen zu verstehen war, dass er auf mich aufpassen werde, und nahm mich an der Hand. Ich spürte, wie sich unsere Körper in Energiewirbel verwandelten und hauchte meiner Mom noch einen Kuss zu, ehe ich mich in Luft auflöste.

Wow! Es war unfassbar. Meine Augen musste ich zweimal öffnen, um zu glauben, dass das, was ich sah, echt war. Wir mussten unterirdisch sein. Über mir ragte eine große gläserne Kuppel, durch die das Sonnenlicht in eine Halle strahlte. Die Konzeption war genial: Das Kuppelglas war aus Kristallen gefertigt und ließ das von oben hereingeführte Tageslicht die Halle erhellen. Die kristalline Struktur des Glases vervielfältigte das einströmende Licht und leitete es in alle Winkel der Halle – wie ein lichtschleudernder Kreisel.

An den Wänden hingen lange Schlingpflanzen. Weiße Orchideen wuchsen aus den hellen Steinmauern. Kleine Wasserfälle sorgten für ein feuchtes Raumklima. Es war angenehm kühl, aber nicht kalt. Der glatte Boden aus Marmor strahlte in reinstem Weiß. Und das Beste: Alles Sonstige war in hellem Türkis gehalten, meiner Lieblingsfarbe. In Kombination mit den blauen Wasserspiegeln der ausufernden Wasserfälle und dem saftigen Grün der Pflanzen wirkte dieser Ort paradiesisch. Wie aus einer anderen Welt. Elbisch. So stellte ich mir zumindest Orte vor, an denen Feen lebten. Überdimensional, majestätisch, schön, natürlich, beeindruckend. Ich hatte großen Respekt vor diesem Ort. Trotz der Steinmauern, die bis zur Kuppel ragten und an denen sich die Pflanzen ansiedelten, wirkte die Halle, in der ich stand, nicht beklemmend, sondern paradoxerweise befreiend. In purer Harmonie geschaffen. Ich liebte diesen Ort. Ich war stolz, hier sein zu dürfen. Beflügelt blickte ich zu Rick. »Danke«, hauchte ich ehrfürchtig und schaute wieder hoch zur kristallenen Kuppel. Meine Hand lag noch immer in seiner, aber es war mir nicht unangenehm. Hier konnte nichts unangenehm sein. Alles war magisch. Er verkeilte seine Finger fester in meine. Das war wohl seine Art, zu sagen: »Gern geschehen!« Ich genoss den Moment. Alles war perfekt. Am liebsten wäre ich für immer hiergeblieben, mit Rick an meiner Seite, umgeben von Türkis. So würde ich sterben wollen. Genauso.

RICK

Ich wusste um die Magie dieses Ortes. Mir war klar, wie sie sich gerade fühlte. Das erste Mal, als ich hierherkam, war ich genauso überwältigt vom Licht, von den Farben, vom Wasser, von den Pflanzen und der Harmonie der Natur an einem Ort, der sich unter der Erde befand. Ich dankte dem Universum für diesen Moment mit ihr und drückte ihre Hand, als sie sich bei mir bedankte. Sie war so herzensgut. Das Sprichwort »Wo Licht ist, ist auch Schatten« passte zu ihr wie die Faust aufs Auge. Natürlich wollten sie Chelsea. Sie hatte eine einzigartige Aura, sie sprühte vor Charisma. Und sie besaß eine Willenskraft, die man nicht oft fand. Würden die Plochinten sie auf ihre Seite ziehen, hätten sie viel Erfolg mit ihr. Ich würde sie beschützen. Auf keinen Fall wollte ich sie verlieren. Ich war der festen Überzeugung, dass es einen Grund dafür gab, dass ich gerade *sie* im Mythologieseminar kennengelernt hatte, unter all den Studenten von allen Universitäten, die es in London gab. Unter all jenen, die Geschichte studierten und diesen Kurs gewählt hatten. Dass sich zwei Studierende mit einer solchen Gabe unter Tausenden von Studenten getroffen hatten, hielt ich für keinen Zufall. Das war Schicksal.

Ich sog das Sonnenlicht ein, das mir entgegenstrahlte und meine Nasenspitze kitzelte, als ich die Stimme meines Vaters hinter mir hörte: »Rick, Junge! Wo hast du denn gesteckt? Du hast die Trainingseinheit heute Nachmittag versäumt!« Ich hatte so einiges in letzter Zeit versäumt, um Zeit mit Chelsea verbringen zu können. »Hi, Dad!«, erwiderte ich und umarmte ihn. »Und du bist?«, fragte er Chelsea neugierig und sah sie erwartungsvoll an. Sie antwortete höflich: »Hallo, ich bin Chelsea, Chelsea Stern.« Seine Augen weiteten sich, als sie ihren Namen aussprach. Er wusste sofort, wer sie war, und verlautbarte langsam: »Du bist die Tochter von Clarissa.« Chelsea nickte zögernd. »Sie kennen also meine Mutter?« Bestimmt hoffte sie darauf, endlich Antworten zu den Geschehnissen um ihre Mutter zu bekommen. »Ja, ich kenne sie«, erwiderte mein Dad, »sie und ihre Geschichte.«

Er kannte die Geschichte meiner Mutter! Endlich bot sich mir die Chance für Klarheit! Vielleicht verstand ich bald das große Ganze hinter all diesen Informationen, die ich häppchenweise erhalten hatte – unter zahlreichen vergossenen Tränen. »Können Sie mir ihre Geschichte erzählen?«, fragte ich ihn hoffnungsvoll. Er antwortete ohne Umschweife: »Ja, das kann ich. Ich erzähle sie dir. Aber lasst uns erst einen Tee trinken.« Er lächelte mich an und fügte hinzu: »Ich bin übrigens William, Ricks Vater.«

Tee trinken. Klar. Mir schien, als wäre es eine weitverbreitete Krankheit, klärende Gespräche aufzuschieben. Er führte uns durch die große Halle zu einem Durchgang, der nicht weniger von Pflanzen behangen war als die Halle selbst. Durch den Gang kamen wir in einen runden Raum, der offenbar als Gemeinschaftszimmer diente, wobei wir jedoch allein waren. »Wo wohnt ihr jetzt?«, wollte William wissen. »In Wandsworth«, antwortete ich. »All die Jahre so nah«, murmelte er vor sich hin und schien froh um diese Information.

Dann setzten wir uns an einen Tisch in der Ecke, dessen Tischbeine wunderschöne Verzierungen aufwiesen. William setzte eine Teekanne auf. Zwar war es etwas spät für die Tea Time, but let's face it: Eigentlich war es nie zu spät für Tee in England. Wir wurden gar nicht gefragt, welche Sorte wir gerne hätten. Es gab Schwarztee mit Milch und Zucker für alle – klassisch britisch. Rick legte seinen langen Wollmantel ab. Dank der hohen Luftfeuchtigkeit und der Wärme in diesen Räumen war das Klima nahezu tropisch.

»Wo sind wir hier eigentlich?«, fragte ich William und Rick. »Das hier ist die Zentrale des Elbenkreisels«, begann William zu erklären. So weit war ich aber auch schon. »Die große Halle, in der wir vorhin standen, ist unter anderem namensgebend für die Institution gewesen. Die Kuppel aus Kristallen harmonisiert die gesamte Zentrale mit Licht und positiver Energie wie ein Kreisel. Außerdem unterstützen die Pflanzen und Gewässer in der Zentrale die Harmonisierung des gesamten Raums, sodass wir in bester Energieschwingung unseren Trainings nachgehen können. Dieser Ort schwingt in der fünften Dimension, in der auch die Elben leben. Aber glaub nicht, dass du ihnen einfach so begegnen kannst. Nein, nein, sie zeigen sich dir nur, wenn sie das wollen.« Er zwinkerte mir zu. »Und das möchten sie nicht besonders häufig.« Achselzuckend fuhr er fort: »All das hier ist übrigens möglich, obwohl wir unter der Erde sind, ungefähr drei Stockwerke tiefer als das U-Bahn-Netz reicht.«

Wow! Wir waren unter der U-Bahn und hatten trotzdem Licht. Ich weilte in der fünften Dimension. Wie cool war das denn! »Wir befinden uns ungefähr unter der U-Bahnstation South Kensington.« Das wunderte mich. Ich dachte an einen abgelegenen Ort, fern vom Trubel der Stadt und nicht an einen Standort gleich neben dem »Victoria and Albert Museum«. »Kommt man hier nur rein, wenn man sich teleportiert?« – »Nein, nein. Wir besitzen nicht alle diese Gabe. Manche unter uns können Dinge teleportieren, aber nicht sich selbst. Auch Begabte, welche Visionen haben und die Zukunft sehen können, sind Teil unserer Gemeinschaft. Es gibt viele verschiedene Fähigkeiten und wir bieten Schutz für alle Träger dieser Gaben. Natürlich brauchen wir deshalb einen für alle zugänglichen Eingang. Das ist eine Haustür in der Princes Street. Einst gehörte das Haus dem Gründer dieser Institution, einem Vorfahren von Magnus Pfefferstein, dem heutigen Leiter des Elbenkreisels. Er machte seinen Hauseingang zu dessen geheimen Zugang. In diesem Haus ist ein Aufzug, der dich hier runterbringt. Der ist magisch gesichert, weshalb nur Wesen mit einer Begabung in die Zentrale können. Allen anderen bleibt der Zugang verwehrt.« – »Wie funktioniert so eine magische Sicherung?«, hakte ich nach. »Indem ein Schutzwall projiziert wird, der Schwingungen erkennt. Schwingst du in der fünften Dimension, was alle Begabten tun, erkennt das der Schutzwall und gewährt dir den Zutritt. Alle anderen laufen gegen eine unsichtbare Scheibe und gelangen nicht mit dem Lift in den Elbenkreisel.«

Ich war froh, dass man nicht explodierte, verbrannte oder zu Stein wurde. Es erleichterte mich, dass der Elbenkreisel sich zwar schützte, nicht aber auf Gewalt aus war. Das war gut. Sie waren gut. Ich schöpfte Vertrauen. Alles war so neu für mich. So viele Informationen, so viele neue Menschen in meinem Leben. Eigentlich hatte ich keine Ahnung, ob und wem ich trauen konnte. Aber ich vertraute Rick. Und ich vertraute Mom, die mich drängte, hierherzukommen. Eine wohltuende Ruhe wollte sich gerade in mir ausbreiten, als sich mein neugieriges Ich bemerkbar machte. Endlich hatte ich die Möglichkeit, zu erfahren, welches Geheimnis meine Mutter barg.

William schenkte Tee ein. Zu seinem Glück liebte ich Schwarztee mit Milch. Vermutlich hätte ich ihn höflicherweise auch dann trinken müssen, wenn es anders gewesen wäre. Ich nahm meine Tasse in die Hand und sah ihn erwartungsvoll an. Er erkannte, dass ich neugierig wartete und strapazierte meine Geduld nicht länger.

»Na gut, nun zu deiner Mutter. Es ist schon lange her, fünfzehn Jahre müssen es inzwischen sein.« Da war ich gerade erst zehn Jahre alt gewesen. Kein Wunder, dass ich nichts von der besagten Story wusste. »Deine Mutter war glücklich mit deinem Vater Joe Stern, aber er schwang immer in einer niedrigeren Schwingung als deine Mutter. Clarissa entdeckte gleich nach ihrer Pubertät ihre Gabe und übte hier bei uns im Elbenkreisel. Deine Großmutter und deine Urgroßmutter wurden ebenso hier trainiert. Als deine Mutter Joe kennenlernte, versuchte sie, die Gabe vor ihm zu verstecken, was ihr bis zu einem bestimmten Tag gelang.

Ihr wart im Park spazieren, als plötzlich ein freilaufender Hund auf dich zusprang und dich beißen wollte. Da rannte sie auf dich zu, nahm dich in den Arm und teleportierte sich mit dir. Der Park war fast menschenleer und alles ging so schnell, dass selbst der Hundebesitzer nicht mitbekam, was geschehen war. Aber dein Vater tat es. Verwirrt suchte er den Park nach euch ab und ging schlussendlich nach Hause. Dort wartete deine Mutter mit dir im Arm auf ihn und war gezwungen, ihr Geheimnis zu offenbaren.

Von diesem Tag an entwickelte dein Vater Komplexe. Er war ein sehr stolzer Mann mit einem großen Ego und gieriger Natur. Dass seine Frau im Gegensatz zu ihm eine solche Gabe besaß, konnte er einfach nicht akzeptieren. Es machte ihn wahnsinnig, dass er normal war. Clarissa hatte ihm damals nicht erzählt, dass diese Gabe auf einer genetischen Veranlagung basierte und weitervererbt wurde. Demnach wusste er nicht, dass auch du sie in dir trägst. Er zwang deine Mutter mehrmals, sich zu beamen, weil er die Gabe erforschen und verstehen wollte, wie sie funktionierte. Dann wollte er sie für seine Zwecke missbrauchen, Urlaube genießen, Dinge stehlen und damit materiellen Reichtum erlangen. Für Clarissa war es eine schwere Zeit, weil sie zwischen Liebe und Bestimmung stand. Mein Bruder Paul war für sie da und hörte ihr zu, wenn sie jemanden zum Reden brauchte. Das ist auch der Grund, warum ich die Geschichte so detailliert kenne. Der Rest der Elbenkreiselmitglieder weiß nur, was damals passiert war, kennt aber nicht den Auslöser für die ganze Misere.

Eines Tages lernte dein Vater jemanden kennen, der bei einer Organisation tätig war, welche Magie für ihre Machenschaften nutzen wollte, um mächtige Geschehnisse auf der Erde kontrollieren zu können. Menschen mit besonderen Gaben würden das ermöglichen, wurde Joe gesagt. Ihm wurde versprochen, dass sie mithilfe von Begabten die Welt besser machten. Es war die reinste Gehirnwäsche. Weiterhin wurde ihm erklärt, dass Chaos zu Angst führe und Menschen dadurch manipulierbar seien und man sie besser kontrollieren könne. Man trichterte ihm ein, dass nur eine kontrollierte Gesellschaft eine gute wäre, denn wenn jeder individuell und frei sein würde, stürzte die

Welt als ein chaotischer Ort ohne Regeln ins Verderben. Ihrer Meinung nach *mussten* sie Chaos stiften, um wahres Chaos zu vermeiden. Er glaubte all den Unsinn. Mit Begabten könnte man so vieles erreichen, wurde ihm prophezeit. Er würde reich werden und eine anerkannte gesellschaftliche Stellung erhalten, wenn er so jemanden aufspüren könnte. Dass das alles eine große Lüge war, sah dein Vater damals nicht. Er war gierig, sah nur das Geld und ließ sich von seinem zerbrochenen Ego leiten. Deshalb verriet er Clarissa an die Plochinten.«

Mir fiel die Tasse aus der Hand. Der Tee ergoss sich über den gesamten Tisch. Es war mir egal. Ich war zu geschockt, um mich darum zu kümmern. William ignorierte das Missgeschick ebenfalls. Ich starrte ihn regungslos an. »Nein«, hauchte ich mit starren Augen und geöffnetem Mund. Das konnte nicht sein. Er hatte uns doch verlassen, weil meine Mom einen anderen Mann kennenlernte! Vince, der sie dann verlassen hatte, weil er nur einen ungezwungenen Flirt wollte und nicht mehr.

»Das kann nicht sein. Mom erzählte mir eine komplett andere Geschichte«, erklärte ich und hielt an dem Gedanken fest, dass ich soeben belogen wurde. Ich wollte das nicht glauben. Verrat?! Ich sah ihn fassungslos an. Rick zog sich gekonnt in die Ecke zurück und holte ein Tuch, um den Tisch zu reinigen. Er überließ das Erzählen seinem Vater. Vielleicht war das auch gut so. Auf ihn wäre ich schon längst losgegangen. William fuhr fort: »Die Geschichte, die dir deine Mom erzählte, war eine Notlüge. Sie hatte versprochen, dir nie die Wahrheit zu erzählen.« – »Warum das denn?!«, rief ich empört.

»Weil das der Deal war, den sie mit den Plochinten einging.« Ich schluckte. Meine Befürchtung hatte sich bewahrheitet. Sie wechselte damals zu den Plochinten. William musste die Enttäuschung in meinem Blick erkannt haben und sprach: »Chelsea, es ist nicht so, wie du denkst. Lass mich die Geschichte zu Ende erzählen und mach dir dann ein Bild von dem, was einst war.« Ich nickte und hörte zu.

»Dein Vater hatte deine Mutter an die Plochinten verraten. Er sagte ihnen, was sie konnte. Man versprach ihm eine satte Provision für alle künftigen Geschäfte, die sie mit Clarissa machen würden. Er lockte sie in die Zentrale der Plochinten. Clarissa hatte jedoch keine Ahnung. Als sie hinter die Machenschaften ihres Mannes kam, konnte sie es nicht fassen. Natürlich weigerte sie sich, zu kooperieren und den Plochinten bei ihren Geschäften zu helfen. Sie drohten ihr mit Folter. Es war ihr egal. Sie drohten ihr auch, dich ihr wegzunehmen. Das wurde sogar deinem Vater zu viel, doch er konnte den Lauf der Dinge nicht mehr aufhalten. Die Gier der Plochinten, die Gabe deiner Mutter für sich auszunutzen, war zu groß. Joe bedeutete ihnen nichts. Jedes Menschenleben war ihnen gleichgültig. Das macht die Plochinten heute noch aus. Allerdings war dein Vater geschickt im Verhandeln und erklärte ihnen, dass er seine Frau kenne und sie nicht kooperieren würde.«

Da musste ich protestieren: »Meine Mutter hätte mich nie diesen Scheusalen überlassen!« Mir stiegen Tränen in die Augen. Unmöglich konnte ihr ihre Gabe wichtiger sein als ihre eigene Tochter. Das war ein großes Missverständnis. Mit Bedacht erwiderte William: »Sie wäre zugrunde gegangen, hätte sie sich der dunklen Seite angeschlossen. Es hätte sie umgebracht. Clarissa konnte schwierig sein, aber sie hatte stets das Beste für die Welt gewollt. Sie wäre nie übergelaufen. Für nichts auf dieser Welt. Dein Vater erkannte das. Um dich zu retten, schlug er den Plochinten einen Deal vor: Sie sollten Clarissa gehen lassen, unter der Bedingung, dass sie nie mehr ihre Gabe einsetzen werde. Wenn nicht für das Böse, dann auch nicht für das Gute. Die Plochinten willigten ein. Sie brandmarkten deine Mutter mit einer Rune, die mit bestimmten Körperteilchen verwebt wurde. Sollte sie sich jemals beamen, aktiviert sich die Rune, weil sich die Körperteilchen verändern, welche mit ihr verwebt sind. In der Zentrale der Plochinten wird dadurch ein Alarm ausgelöst. Was dann passieren würde, kannst du dir ja denken.«

Ich schluckte und versuchte zu verdrängen, dass meine Mutter mich geopfert hätte und mein Dad am Ende derjenige war, der einen Deal aushandelte, um mich zu retten – was seine Taten keineswegs beschönigte. Sie hatte bestimmt ihre Gründe. Ganz sicher hatte sie einen Plan. Außerdem war das nur eine Geschichte, die sich bei jedem Erzählen von Mal zu Mal änderte. Ich beschloss, diesen Teil der Story als weniger tragisch zu empfinden und lauschte Williams Worten weiter.

»Zum Teleportationsverbot, was durch die Rune an ihrem Handgelenk kontrolliert wird, kam noch hinzu, über all das Stillschweigen zu bewahren, und zwar in Bezug auf dich. Sie musste deinem Vater versprechen, dass du nie erfahren würdest, was er getan hatte. Das war keine Bedingung der Plochinten, sondern seine eigene. Joe war immer auf seinen Vorteil bedacht. Er opferte das Schicksal und die Gabe seiner Frau für Geldgier und Macht. Deine Mutter floh und zog um. Dein Vater hat euch damals nicht verlassen, sondern verraten. Und dieser Vince, der angeblich ein Techtelmechtel mit deiner Mutter hatte … das war mein Bruder. Er war Claudias engster Freund, ihr Vertrauter. Mit ihm konnte sie über Dinge reden, über die sie mit Joe nie hätte sprechen können. Paul war immer für sie da, sie waren wie Seelenverwandte. Jedoch war da nie mehr zwischen ihnen, wie man vielleicht vermuten möchte. Sie waren einfach beste Freunde. Dass deine Mutter eine Affäre hatte, war ebenso Einbildung wie die Vision, sie wie ein Zuchtrind an eine kriminelle Organisation verkaufen zu können. Clarissa war so rein, ihre Aura war anbetungswürdig. Jeder verfiel ihrem Charme.«

So kannte ich meine Mutter gar nicht. Sie war eher verhalten. Tja, gut, sie konnte auch charmant sein, aber so, wie William sie beschrieb, gab sie sich nicht. Ich hätte sie als mysteriös, nahe am Wasser gebaut und häufig nervös beschrieben. Für mich war sie eher eine zerbrechliche Frau und nicht so stark wie ich. Vielleicht wurde sie so durch Dads Verrat? Die Aussage von vorhin schoss mir durch den Kopf. Sie hatte sich so sehr dem

Elbenkreisel und ihrer Bestimmung verschrieben, dass sie mich dafür geopfert hätte, ihre eigene Tochter. William formulierte das nicht wortwörtlich, jedoch konnte ich zwischen den Zeilen erkennen, dass mein Vater am Ende derjenige gewesen war, der einen Rückzieher machte und versuchte, zumindest sein eigen Fleisch und Blut zu schützen.

Mein Kopf pochte. Ich dachte, mein Dad wäre ein Scheusal gewesen. Natürlich war er das, keine Frage. Doch zumindest am Ende siegte sein Mitgefühl. Meine Mutter war jene, die stark blieb und deren Mindset *Koste es, was es wolle* lautete. Meine Schläfen wurden heiß und drohten zu explodieren. Diese investigative Erkenntnisreise in die Vergangenheit meiner Eltern überanstrengte jede Zelle meines Seins. Mit aller Kraft und meinem ganzheitlichen Willen schob ich meine mich zur Verzweiflung bringende Analyse darüber, wer gut und wer böse war, aus meinem Kopf.

Für mein eigenes Seelenheil brachte ich das klar und präzise auf den Punkt: Mein Vater war böse, denn er hatte Mom und mich verraten. Meine Mom war gut, weil sie verraten wurde. End of Story. Durch diese Vereinfachung der Geschehnisse fühlte ich mich schon viel besser und weniger bedrückt. Auch wenn ein winziger Teil in mir wusste, dass es nicht ganz so einfach war. Ich verdrängte das recht souverän, um nicht noch mehr Baustellen in meinem Leben zu haben.

Erst jetzt merkte ich, dass William mich beobachtete und geduldig auf das Ende meiner gedanklichen Reise wartete. Dann fuhr er fort: »Paul war damals der Einzige, dem sie alles erzählte, bevor sie umzog. Dadurch, dass sie sich nicht mehr beamte, konnte sie unser *Fühler* auch nicht aufspüren. Sie schottete sich komplett von uns ab, um euch zu schützen. Paul trauerte lange Zeit über diesen Verlust.

Die Geschichte deiner Mutter wird hier oft erzählt, weil es eine der traurigsten unserer Mitglieder ist. Wir bedauern den Verlust von Clarissa sehr, sind aber froh, dass sie offenbar heil und am Leben ist. Es geht ihr doch gut, oder?«, erkundigte er sich. Ich antwortete: »Ja, ihr geht es gut, aber sie weint zurzeit sehr viel. Sie erklärte mir immer, dass sie nicht darüber sprechen dürfe und dass ich in großer Gefahr sei und ich zu euch, zum Elbenkreisel, kommen soll, um meine Gabe beherrschen zu lernen.«

Ich bekam Angst, als ich an das Gespräch dachte, bei dem Mom ihren Unterarm hielt und mir vorgaukelte, dass ihr Arm jucken würde. Es war die Rune. Sie tat ihr weh. Aber warum? Sie hatte sich doch nicht gebeamt, wie konnte sie also schmerzen, ohne dass sie aktiviert wurde? »Ich mache mir Sorgen um sie. Was, wenn die Plochinten sie holen?« Panik stieg in mir hoch. Sie hatten meiner Mom alles genommen. Ihre Gabe. Die Möglichkeit, Gutes für die Welt zu tun. Sie verwehrten ihr ihr Schicksal!

Wut machte sich in mir breit. Wie konnte er nur? Wie schwach musste sein Selbstbewusstsein gewesen sein, wenn er Bestätigung durch Provision brauchte, um sich gut zu fühlen? Wenn es ihn dazu brachte, seine eigene Frau zu verraten …

Offenbar sah mir William meine Wut an, weshalb er mich sofort beschwichtigte: »Ich verstehe deine Wut, Chelsea, aber es ist jetzt wichtig, dass du deine Kräfte auf die Beherrschung deiner Gabe lenkst anstatt auf den Hass auf deinen Vater.« Er versuchte, meinen Zorn zu dämpfen und lenkte das Gespräch gekonnt auf seinen Bruder: »Wenn Paul wüsste, dass sie all die Jahre so nah war.« – »Wo ist Paul?«, fragte ich. – »Er ist mittlerweile Meditationslehrer in Indien.«

Allmählich beruhigte ich mich wieder. Ich tat es für meine Mom. Arme Mama. Auch wenn sie mich eventuell geopfert hätte, hatte sie es letztendlich nicht getan. Sie war für mich den Deal eingegangen. All die Jahre lebte sie nicht frei, gefangen aufgrund dieses Versprechens. Ich bereute es, dass ich so oft forsch zu ihr war. Ich erinnerte mich, dass sie sagte, nicht sie, sondern ich sei in Gefahr.

»William?«, fragte ich erneut, »warum bin ich in Gefahr? Wieso haben es die Plochinten auf mich abgesehen?« Er schaute mich einen Augenblick lang an und antwortete: »Ich weiß es ehrlich gesagt nicht. Mir ist es auch ein Rätsel, wie sie dich so schnell finden konnten. Die einzige Erklärung, die mir einfällt, wäre ... Aber nein, das kann nicht sein.« – »Was?!«, drängte ich. »Wie soll ich sagen. Es könnte sein, dass durch die Aktivierung deines Gens auch die Rune deiner Mutter aktiviert wurde. Wenn dies der Fall wäre, ist sie ebenso in Gefahr. Möglich wäre das auch nur, wenn du dich direkt neben ihr gebeamt hättest und deine Energie die Rune aktiviert hätte. Und das hast du ja nicht, oder?«

Ich schluckte. Doch, das hatte ich. Als ich eine schöne Erinnerung an meinen Vater hegte und auf einem Felsen im Meer landete. Ich bereute den Moment, die ganze Erinnerung. Meine Miene verdunkelte sich. Streng blickte ich William und Rick an und verlautbarte: »Meine Mom ist in großer Gefahr.«

KAPITEL 9

RICK

Ich sah Chelsea ehrfürchtig an. Sie brodelte regelrecht. Plötzlich begann sie, sich aufzulösen. »Nein, Chelsea, wo willst du hin?«, rief ich und erhaschte gerade noch ihre Hand, um mich mitzubeamen.

Als ich die Augen öffnete, erkannte ich ihr Zuhause. Das war gut. Überall war es dunkel, Clarissa schlief vermutlich schon. »Sag mal, geht's noch?!«, protestierte Chelsea, »warum hast du dich drangehangen?« – »Ich wusste ja nicht, wo du dich hinbeamst, ich wollte dich beschützen«, rechtfertigte ich mich. – »Ich brauche keinen Beschützer«, warf sie mir schnippisch entgegen und rannte die Treppe hoch, als wir beide Geräusche an der Tür vernahmen. Angespannt drehte ich mich zu ihr und stellte fest: »Sie sind schon da.«

Leise schlichen wir in Clarissas Schlafzimmer, was mir ziemlich unangenehm war, und weckten sie auf. Man musste bei Bewusstsein sein, um sich beamen zu können. Die Seele musste vor Ort sein, denn sie half, den Körper zu verstofflichen. Und im Traum war die Seele auf Wanderung. Darum mussten wir sie wecken.

»Mom, wach auf, wir müssen hier weg!«, flüsterte Chelsea fordernd. Sie rüttelte sie am ganzen Leib, bis sie aufwachte. Ein Knarzen ließ uns alarmiert zusammenzucken. Wir hörten dumpfe Schritte auf der Treppe. Ich wurde nervös. Chelsea rüttelte ihre Mom noch etwas fester und bettelte sie an, aufzuwachen. Meine Güte, die Frau hatte vielleicht einen tiefen Schlaf! Ich wäre schon wegen der Türgeräusche aufgewacht. Als sie anfing, ins Dunkle zu blinzeln und erstaunt feststellte, dass wir beide mitten in der Nacht an ihrem Bett standen und ihren seelenruhigen Schlaf störten, blickte sie zu ihrer Tochter und fragte: »Schatz, was ist los?« Dieses Maß an Wachheit reichte uns. In dem Moment, als die Tür zum Schlafzimmer aufging, waren wir auch schon weg.

CHELSEA

Himmel, das war knapp! Rick schaute mich ungläubig an und zog die Augenbrauen hoch, während er die Umgebung erfasste. meines Wir waren in einer Umkleidekabine mitten im Topshop »Flagship Store« in der Oxford Street in London. Das war mein Lieblingsladen. Gut, eventuell hatte ich das mit der Zielsetzung noch nicht ganz unter Kontrolle. »Es hätte schlimmer kommen können«, zuckte ich die Achseln mit einem Augenrollen und warf die Hände in die Luft. »Ein Verlies. Ein Sumpf. Eine Wüste. Vielleicht auch eine Eisscholle in der Arktis.«

»Oder Paris? Warum nicht Paris?«, fragte meine Mom sarkastisch. »Das habe ich schon gelernt: Wir sollten die Gabe nur verwenden, um Gutes zu tun, nicht um uns selbst zu bereichern, indem wir all ihre Vorteile eigennützig anwenden. Obwohl ich grad gerne in Paris wäre«, erwiderte ich und guckte artig zu ihr. Sie zwinkerte mir zu und drückte mich noch fester, als ich es eben noch tat. Das festigte meine Annahme, dass sie mich nicht den Plochinten ausgeliefert hätte. »Gut, nun aber mal ehrlich: Warum stehe ich im Pyjama in einer Topshop-Umkleidekabine? Und warum ist Rick dabei?«, fragte sie berechtigterweise. Ich seufzte tief, ehe ich antwortete: »Sie sind auch hinter dir her, Mom. William, Ricks Dad, hat mir alles erzählt, über deinen ganzen Leidensweg und Papas Verrat. Ich kenne nun den Deal. Endlich! Du musstest mir nichts mehr erzählen. Leider bist du doch in Gefahr, deine Bemühungen waren also umsonst. William vermutet, dass die Rune so feinstofflich eingestellt ist, dass sie auch aktiviert wird, wenn sich jemand neben dir teleportiert, so wie ich es gestern tat. Es tut mir leid. Ich wusste das alles nicht«, entschuldigte ich mich und lugte zu Boden, doch Mom umfasste sofort mein Gesicht mit ihren langen Fingern.

»Chelsea, das wusste ich selbst nicht! Die Plochinten haben mir offenbar nicht nur meine eigene Gabe verwehrt, sondern auch den Umgang mit anderen, die diese Gabe besitzen.« – »Ja, und die Theorie muss stimmen, denn als wir dich eben holten, waren die Plochinten schon im Haus, obwohl du dich nicht gebeamt hast – bis jetzt«, erklärte ich. Rick sah Clarissa an und stellte klar: »Ich bin mir ziemlich sicher, dass sie eigentlich nicht dir den Umgang verwehren, sondern durch diese ungeschriebene Klausel an neue Begabte kommen wollten. Und das sind sie.« Er machte eine wirkungsvolle Pause. Wir hatten wohl soeben alle einen Moment der Erkenntnis. Jetzt wussten oder vermuteten wir zumindest stark, wie sie mich so rasch aufspüren konnten.

Meine Mom schaute bedrückt zu Boden. Ich sah, dass sie sich Vorwürfe machte. Da ich sie nicht schon wieder weinen sehen wollte, versuchte ich sie mit guten Nachrichten aufzumuntern: »Hey Mom, William Empero ist übrigens der Bruder von ...« – »Paul«, hauchte sie, als sich ein Lächeln auf ihrem Gesicht ausbreitete. Sie wandte sich zu Rick und fragte: »Du bist also der Empero-Junge? Du bist Pauls Neffe?« Rick nickte bestätigend. »Unglaublich, ich hätte dich nicht wiedererkannt«, staunte meine Mutter. Zugegebenermaßen war das jetzt echt schräg. Sie kannte ihn von früher. Wow! Wann sollte ich all das bloß verarbeiten? Gott sei Dank hatten wir uns noch nicht geküsst. Wer wusste schon, was da noch offenbart werden würde? Am Ende waren wir vielleicht noch miteinander verwandt …

»Wie geht es Paul? Habt ihr Kontakt miteinander?«, erkundigte sich meine Mom bei Rick über das Wohlbefinden ihres einst besten Freundes. »Es geht ihm gut, er ist Meditationslehrer in Indien. An Weihnachten besucht er uns und zum Geburtstag schickt er mir immer ein Päckchen, aber das war's auch schon.« Einmal mehr konnte ich meiner Mom ihren Kummer ansehen. »Es tut mir so leid. Ich dachte, wenn ich den Kontakt zum Elbenkreisel und insbesondere zu Paul aufgebe, wärt ihr alle sicher. Das nahm ich wohl zu Recht an, wenn man bedenkt, dass meine Rune als heimlicher Begabten-Tracker fungiert. Ich wollte Paul allerdings nie verletzen.«

»Apropos Rune«, warf ich sorgenvoll ein. »Wir haben uns gerade alle gemeinsam gebeamt. Spätestens jetzt wurde der Runenalarm bei den Plochinten definitiv ausgelöst und sie trachten nach deinem Leben.« Meine Mom schaute mich unbekümmert an: »Sie wollten mich doch ohnehin gerade holen. Viel schlimmer ist ihr Wissen um deine Gabe. Mich wollen sie tot sehen, aber dich wollen sie manipulieren und für ihre Zwecke nutzen, wie sie es einst bei mir versuchten. Du sollst nicht dasselbe Schicksal wie ich erleiden. Eine Flucht ist aussichtslos, denn die Plochinten verfügen über ein weltweites Netzwerk. Wir wären nirgendwo sicher. Uns bleibt also nur eine Option: dass wir uns ihnen stellen. Sie wissen, dass deine Gabe aktiviert wurde und meine reaktiviert ist. Unser friedliches, normales Leben ist ohnehin vorbei.« Ermutigend lächelte sie mich an. Diese starke Seite an ihr beeindruckte mich. Erst jetzt fiel mir auf, dass sich etwas in ihrem Ausdruck verändert hatte. Mom wirkte … wieder ganz. Als hätte man ihr das letzte fehlende Puzzleteil zurückgegeben. Eine wohlige Wärme, die die Freude darüber in mir aufflammen ließ, durchfuhr meinen Körper. »Merke dir eins, Chelsea: Wo Licht ist, ist auch Schatten. Und diesen müssen wir bekämpfen.« Ich lugte zu Rick. Dieselben Worte hatte er kürzlich auch zu mir gesagt.

Da Moms Rune ohnehin die gesamte Unterwelt in Alarmbereitschaft versetzt hatte und es auf eine Teleportation mehr oder weniger auch nicht mehr ankam, beamten wir uns in die Zentrale des Elbenkreisels. Wie gerne hätte ich die neueste Kollektion von Topshop durchstöbert, aber was tut man nicht alles für das Wohl der Welt.

Als wir in der Zentrale ankamen, empfing uns William. Er kam kopfschüttelnd auf uns zu. »Was habt ihr getan? Nun ist die Rune aktiviert, der Deal ist gebrochen. Clarissa, warum hast du das gemacht?« – »Hallo, William«, begrüßte sie ihn mit einer Geduld, die auf uns alle äußerst beruhigend wirkte. Und das, obwohl sie ungeschminkt im Pyjama dastand. Keine Spur mehr von ihrer subtilen Nervosität.

»Chelsea und Rick haben mir von deiner Runentheorie erzählt. Du hattest wohl recht. Die Rune aktivierte sich allein durch das Beamen von Chelsea in meiner Nähe. Somit wurde sie schon gestern aktiviert.« Sie schaute mich stolz an, als wäre ich Königin des Abschlussballs geworden oder hätte ein Stipendium erhalten. Na endlich bekam ich mal die gewünschte Anerkennung, wenn auch ich nicht viel Eigeninitiative bei der Aktivierung meiner Gabe beigesteuert hatte. Anerkennung war Anerkennung. Ich lächelte zufrieden zurück und sie fuhr fort: »Leider haben die Plochinten nun ein interessanteres Ziel als mich entdeckt: meine Tochter. Ich habe wirklich keine Ahnung, wie sie wissen konnten, dass Chelsea diejenige war, die sich neben mir gebeamt hatte. Ich vermute, dass sie uns seit Längerem ausspionieren, aber das kann ich mir auch nicht wirklich vorstellen. Außerdem bezweifle ich, dass sie Manpower für die Observierung von zwei Frauen einsetzen, die ohnehin kein Interesse daran haben, zusammen mit ihnen Kriminelles zu tun. Die Plochinten haben doch wohl ganz andere Deals am Laufen, um die sie sich kümmern müssen.« Sie sagte das mit einem derart abschätzigen Tonfall, dass ich schauderte. William nickte und ergänzte: »Clarissa, sie sind an einem großen Waffenschmuggel dran. Darum wollen sie Chelsea, wie ich denke. Es geht um Waffen für den Krieg im Jemen. Sie wollen die Unruhen aufrechterhalten. Mit Chelseas Hilfe hätten sie keine Probleme mit dem Zoll oder sonstigen Behörden. Und der Transport ginge um ein Zigfaches schneller über die Bühne. Aber ich gebe dir recht. Es macht keinen Sinn, dass sie von Chelseas aktivierter Gabe wissen.« William runzelte die Stirn. Für mich ergab das auch nicht wirklich Sinn.

Ich guckte Rick an. Wie immer spürte er das und erwiderte meinen Blick. In seine Augen zu sehen beruhigte mich zutiefst. Ich lächelte ihn an. Und er mich. Bis ich realisierte, dass unsere Eltern neben uns standen. »Wir sollten üben gehen, Rick!«, haspelte ich wie aus der Pistole geschossen und erntete dafür einen verwirrten Blick von Mom und William. Rick verstand den Wink mit dem Zaunpfahl und setzte sich in Bewegung. »Bis später, wir bereiten uns auf das kriminelle Pack vor«, verabschiedete er sich und rannte davon. Ich schaute ihm nach. Das ging schnell. Ich drückte meine Mom und winkte William zu.

Nun wusste ich sie in Sicherheit und konnte mich auf mein Training und die Stabilisierung meines Geistes konzentrieren. Das versprach lustig zu werden. Mein Temperament konnte nicht mal ich selbst zügeln und nebenbei unterdrückte ich meine Gefühle für einen Typen, mit dem ich rund um die Uhr abhing. Beste Aussichten für einen kontrollierten Geist. Ich musste über mich selbst lachen und rannte Rick nach.

Auf dem Weg zu den Trainingshallen begegneten wir einem greisen Mann mit einem weißen, etwa dreißig Zentimeter langen Bart und vielen kleinen Falten im Gesicht. Seine Augen waren eisblau, sein Körper schmal, aber nicht gebrechlich. Er wirkte uralt und trotzdem irgendwie jung.

»Magnus!«, rief Rick und umarmte den alten Mann vorsichtig. Erfreut löste er sich aus der Umarmung und schwenkte den Arm in meine Richtung. Gerade als er mich vorstellen wollte, hatte mich Magnus schon im Visier, ließ von Rick ab und kam auf mich zu. »Ich habe deine Aura hier gespürt, lichtes Wesen.« Seine eisblauen Ariden fixierten mich neugierig. Daraufhin errötete ich, weil mir dieses seltsame Kompliment schmeichelte. Lichtes Wesen, wie lieb war das denn. Da durfte sich Männertoiletten-Anbagger-Rick noch ein Scheibchen abschneiden. Höflich gab ich dem Leiter des Elbenkreisels die Hand. Er roch nach Mandarine, was mich auf die Weihnachtszeit freuen ließ. Er trug einen langen Morgenrock in Türkis mit weißen Ornamenten, der ihn wallend umhüllte. Ich tippte auf Seide. Gesäumt war das bunte Kleidungsstück von weißem Organza. Zusätzlich trug er silbern glänzende Pantoffeln, eine lockere, beige Hose und ein weites, beiges Shirt. Er sah aus, als gehörte er zum Inventar des Elbenkreisels, was wohl auch stimmte.

Der Leiter musterte mich weiter und es schien, als blickte er durch mich hindurch in meine Seele. Sah er etwas? Ich hoffte inständig, Magnus Pfefferstein konnte mir meine noch offenen Fragen beantworten. Rick verdrehte die Augen. Mittlerweile kannte er meinen Opportunismus und wusste genau, was ich vorhatte.

»Herr Pfefferstein.« – »Bitte nenn mich Magnus.« Ich räusperte mich nickend. »Magnus. Darf ich dir ein paar Fragen stellen?« Seine Augen lächelten mir bejahend entgegen, als hätte er schon gewusst, dass ich dies fragen würde. »Ich hätte vermutlich auch William fragen können, aber du bist wohl der Älteste hier und hast vermutlich auch das meiste Wissen über diesen Ort.« Wieder lächelte er, ohne etwas zu sagen. »Seit wann gibt es den Elbenkreisel?« – »Seit mittlerweile 188 Jahren.« – »Warum erst seit 188 Jahren?« – »Der Elbenkreisel wurde ins Leben gerufen, um die Welt und ihre Menschen auf eine höhere Bewusstseinsebene und so in die fünfte Dimension bringen zu können. Würden wir die Menschen allerdings dazu zwingen, wären wir nicht besser als die dreidimensionalen Wesen auf der Erde. Vor 188 Jahren spürte das Universum wohl einen Funken Hoffnung für Veränderung und segnete die ersten Menschen mit sogenannten Begabungen.« – »Wer sind dreidimensionale Wesen?« – »Die Plochinten im Konkreten. Und im Allgemeinen alle Menschen, die nach Macht und Materialismus streben, ohne in sich hineinzuhören und die wahren Bedürfnisse der Seele zu erkennen.«

Mir gefiel dieses Frage-Antwort-Spiel. Ohne Umschweife füllte Magnus all die Wissenslücken, die ich zum Begreifen dieser Welt noch brauchte. »Welche Begabungen gibt es denn? Ich weiß, dass es viele sind, das hat Rick mir schon erzählt. Konkret kenne ich jedoch nur meine eigene: die Teleportation.« – »Das ist eine von vielen Gaben. Vielleicht kennen wir selbst noch nicht alle. Es gibt die Teleportation, also das Beamen, die Levitation, das ist das Fliegen, die Telekinese, wodurch man Dinge bewegen kann, das Sichten, um in die Zukunft zu sehen, das Gedankenlesen, die Aurasichtung, also das Lesen von Energiefeldern, die Transmutation der Gestaltenwandler, das Senken oder Heben von Schwingungen und das Zeitreisen. All diese Gaben sind dazu da, um sie für das Gute einzusetzen. Dadurch kann man Menschen aus brennenden Häusern beamen oder fliegen, umfallende Bäume per Telekinese umlenken, durch Visionen Schlimmes in der Zukunft verhindern, die Gedanken oder Energiefelder von Menschen lesen, die nicht sprechen können oder eben in den äußersten Notfällen Schwingungsebenen heraufbeschwören und durch die Zeit reisen, um Tragödien zu verhindern. Die letzte Gabe ist allerdings sehr selten und kann bei falscher Anwendung gefährliche Folgen haben.«

Gebannt lauschte ich Magnus' Worten. Er sprach mit einer göttlichen Ruhe, die selbst mich in eine angenehme Energie hüllte. Ich fühlte mich geborgen bei diesem Mann und wollte nun einfach alles wissen.

»Wieso sind Zeitreisen gefährlich?« – »Durch die Zeit zu reisen bedeutet, das Schicksal beeinflussen zu können. Diese Verantwortung bürdet dem Begabten einiges auf. Einerseits könnte er alles ändern, andererseits darf er nur ändern, was dem Wohle aller dient. Das abzuwägen, fordert die Besten. Darum ist diese Gabe so selten. Mit dem Zeitreisegen gilt man als auserwählt unter den Auserwählten. Du kannst es dir wie ein Upgrade vom Beamen vorstellen. Bei einer Teleportation durchbricht man das Raumkontinuum, bei einer Zeitreise das Raum- und Zeitkontinuum.«

»Und diese Gaben sind vor 188 Jahren plötzlich da gewesen?« – »Vermutlich begann die Entstehung des Gens noch früher. Aber vor 188 Jahren beschlossen zwei Begabte, die sich gefunden hatten und austauschten, eine Institution zu gründen, um gemeinsam zu lernen und die Gabe strategisch für gute Zwecke einzusetzen. Einer der beiden war mein Vorfahr Magnus Pfefferstein, der Erste.« – »William erzählte mir schon, dass es hier Elben gebe und sie namensgebend für die Institution waren. Wie kam es dazu, dass dein Vorfahr einen Ort wählte, an dem Elben wohnten? Wie ist es überhaupt möglich, dass unterirdisch so eine Halle entstehen konnte? Vor so vielen Jahren hatte man doch keine baulichen Mittel für solch architektonische Meisterwerke, oder?«

Magnus schmunzelte. »Du stellst wirklich interessante Fragen, Chelsea Stern.« Er schwenkte seinen Kopf zu Rick, der ungeduldig, aber still an der kühlen Mauer des Flurs lehnte. Er hätte bestimmt lieber trainiert, doch ich war so neugierig. »Mein Vorfahr und sein Gleichgesinnter hatten damals keine Ahnung von den Elben. *Die Elben* kamen auf sie zu und boten ihnen Räumlichkeiten an, welche die Gründer dankend annahmen. Diese Halle hier, die wir den Elbenkreisel nennen, existiert seit Tausenden von Jahren. Entstanden ist sie durch Magie. Wenn man telekinetische Fähigkeiten mit Levitation koppelt, braucht es keine modernen baulichen Mittel. Und Elben haben weitaus stärkere Fähigkeiten als wir Menschen. Sie sind uralte Wesen und haben diese Hallen zu einer Zeit erschaffen, in der man an der Erdoberfläche Menschen für ihre Religion kreuzigte.« Mir zog es den Magen zusammen bei dem Gedanken. Ehrfürchtig ließ ich meine Augen durch die Hallen wandern. So alt waren diese Gemäuer also.

»Das war auch der Grund für die Entstehung dieser Gemäuer. Um jenen einen Zufluchtsort zu bieten, die energetisch *zu hoch für ihre Lebzeit* schwangen und deshalb verfolgt wurden.« Ich dachte unweigerlich an Jesus Christus. Ob er wohl auch einer jener »hochschwingenden« Menschen gewesen war? Ich fragte nicht danach, denn Magnus führte weiter aus: »Im Mittelalter, als die Schwingungsfrequenz auf der Erde so tief sank, dass es für die fünfdimensionalen Elben unerträglich wurde, an der Erdoberfläche zu existieren, flüchteten sie hierher. Seitdem war dieser Ort ein Zufluchtsort für die Elben selbst, den sie seit 188 Jahren mit fünfdimensionalen Menschen teilen. Einige der Elben blieben hier unten, weil es ihnen gefiel. Andere leben mittlerweile wieder parallel zur dritten Dimension oben über der Erde. Diese vereinzelten Elben, die im Elbenkreisel geblieben sind, haben sich dazu verpflichtet, uns zu beschützen und uns bei dem Vorhaben, die Schwingungsfrequenz der Welt zu erhöhen, zu unterstützen. *Darum* heißt der Elbenkreisel so, weil der Ort eigentlich den Elben gehört.«

»Und wie funktioniert das mit dem Licht? Wir sind doch weit unter der Erde.« Ich wusste, dass ich die Geduld beider Männer überstrapazierte, doch ich konnte nicht anders, als die Chance zu nutzen und alles zu fragen, was mir auf der Zunge lag. Magnus lächelte geduldig und kompensierte somit die Ungeduld, die von Rick ausging. »Magie und Physik in harmonischer Vereinigung, Chelsea. Biophotonen existieren in allen Zellen dieser Erde, auch im Erdboden. Selbst unter der Erde. Auch in dir. Das ist Physik. Licht ist unendlich. Auch hier unten. Selbst Schwingung kann mit Licht gefüllt sein. Die Theorie der Dunkelheit ist eine äußerst weltliche. Nichts ist wirklich dunkel. Die Magie schafft es, die Lichtzellen – Biophotonen – von allen hier Anwesenden, von den Pflanzen, den Gemäuern, der Erde und den Schwingungen zu Energie zu bündeln, um so diese wundervolle Illusion eines Fensters zu erzeugen.«

Ich blinzelte verwirrt. »Soll das heißen, wir tragen mit unserer Anwesenheit dazu bei, dass es hier drin so schön ist?« Erneut schmunzelte Magnus. »Wir tragen bei allem, was wir tun, dazu bei. Immer. Auch in der dreidimensionalen Welt. Hier im Elbenkreisel siehst du es jedoch mit deinen eigenen Augen, wie wunderbar Energien genutzt werden können.«

Ich war beeindruckt. Und Rick auch, denn sein grün-grauer Ritterblick schnellte zu mir. Offenbar hatte auch er soeben Dinge erfahren, die er noch nie gehört hatte. Dankbar schaute ich Magnus an. Mein Wissensdurst war gestillt. Vorerst. Nun gefiel mir dieser Ort noch mehr. Ich liebte es hier. Er musste spüren, wie ich mich fühlte, denn er drückte meine Hand und beteuerte: »Dein Schicksal ist mächtig, Chelsea Stern. Du wirst uns ein ganzes Stück weiterbringen.«

»Das schafft sie aber nur, wenn wir endlich mal *trainieren.*« Rick hatte jetzt wirklich keine Lust mehr, geduldig zu warten. »Ich komm doch schon«, beschwichtigte ich und umarmte den Leiter des Elbenkreisels, weil ich so dankbar für all die Informationen war. Dann huschte ich glücklich und beschwingt mit Rick davon.

KAPITEL 10

CHELSEA

Wir trainierten die halbe Nacht. Er erklärte mir, worauf ich mich konzentrieren sollte, um mich beamen zu können oder um es zu verhindern. Damit es funktionierte, musste ich mich mit all meinen Sinnen an einen Ort oder eine Person denken und auch die Sehnsucht in mir wecken, dorthin zu wollen. Mein Geist sollte sich an diesen Ort beziehungsweise zu dieser Person fühlen. Wenn das Gefühl, angekommen zu sein, sich in mir ausbreitete, war dies das Zeichen dafür, dass ich mich soeben gebeamt hatte.

Wollte ich die Teleportation unterbinden, sollte ich an etwas denken, das nicht mit einem Ort verknüpft war. Auch an kein Gebäude und keine Person. An etwas, das überall sein konnte. Rick erklärte mir, dass er immer an das Gefühl dachte, an einem Tee zu nippen und sich dabei die Zunge zu verbrennen. Dabei stellte er sich weder einen Ort noch eine Person außer sich selbst vor. Zusätzlich holte das Gefühl der verbrannten Zunge seinen Geist wieder in seinen Körper, weil die Erfahrung ja sehr körperlich war. So etwas brauchte ich auch. Eine Erfahrung, die weder zeitlich noch örtlich gebunden war.

Lange tüftelte ich an einer geeigneten Erfahrung, bis ich gegen zwei Uhr morgens durch die Trainingshalle rief: »Ich hab es! Mein Gefühl, das mich daran hindert, mich zu beamen. Es ist sehr körperlich und dabei weder orts- noch zeitgebunden«, erklärte ich Rick stolz. »Und? Erzähl es mir, was ist es?«, bohrte er neugierig und schaute mich dabei gespannt an. Das hatte ich nicht ganz durchdacht, als ich meine gedankliche Errungenschaft durch die Halle posaunte. Sollte ich ihm das tatsächlich sagen? Sollten Männer denn wissen, dass BHs unbequem waren? Wirkte das unsexy, wenn ich mich darauf freute, meine Unterwäsche loszuwerden? Verdammt, was war überhaupt mein Problem? Ich war eine selbstbewusste Frau, der es egal sein konnte, was Männer sexy fanden und was nicht. Mit geschürzten Lippen lugte ich zu Rick und unsere Blicke verkeilten sich ineinander. Mist, es war mir einfach nicht egal. Nicht bei ihm.

»Das sage ich dir nicht«, entschied ich und hob die Nase, um meine Entschlossenheit zu betonen. »Ach komm, Chelsea, ich hab dir mein Gefühl doch auch verraten! Ich sage es auch niemandem«, versuchte er mich mit einem viel zu charmanten Lächeln zu überreden – was ihm leider auch gelang. Ich schnaubte. »Es ist das befreiende Gefühl, meinen BH nach einem langen Tag zu öffnen.« Ich blinzelte erwartungsträchtig, doch er sah mich nur ungläubig an und prustete los. »Danke aber auch!«, erwiderte ich schnippisch und drehte mich weg, während ich die Arme vor der Brust verschränkte. Er hatte meine Gefühle verletzt. Obwohl es eigentlich klar war, dass er so reagieren würde. Wortlos ging ich aus der Trainingshalle. »Ach komm schon, das hab ich doch nett gemeint!«, wollte er mich beschwichtigen. Zu spät. The queen was not amused.

Er rannte mir nach, griff nach meiner Hand und drehte mich zu sich, sodass ich leicht von seinem muskulösen Brustkorb abfederte. Seine andere Hand legte er um meine Hüfte, um die Drehung gekonnt zu beenden. Er schaute mir tief in die Augen. Sein Haar betonte in wilden Wellen seine Wangenknochen. Ich roch den Duft von Zedernholz. Schon wieder war er mir viel zu nah, als dass es vernünftig gewesen wäre.

»Ich hab dich nicht ausgelacht.« – »Das klang aber ganz anders«, entgegnete ich. »Es tut mir leid, ich stellte mir das nur bildlich vor«, meinte er und fing an zu grinsen. Daraufhin wurde ich rot. Ich drehte mein Gesicht zur Seite und murmelte schwach: »Haha, sehr witzig.« – »Eigentlich war es sehr sexy«, erwiderte er und musterte mein Profil. Ich wagte es nicht, mich wieder zu ihm zu drehen, weil ich Angst davor hatte, was passieren könnte. Trotzdem tat ich es. Da waren sie wieder: die Nebelschwaden, die grau und sanft seine Augen sprechen ließen. Es war, als würde ich darin umhersegeln. Als würde ich darin gewiegt werden. *Wer bist du, Rick Empero, und woher kommst du, dass es mir vorkommt, als kennte ich dich schon mein Leben lang?*

»Hab ich dir schon gesagt, dass mich deine Augen an die Nebelschwaden von Avalon erinnern? Ich liebe das Buch darüber.« Mist, was redete ich da? *Jetzt bloß cool bleiben, Chelsea!*, ermahnte ich mich. Unmerklich schob er mich mit seiner Hand zu sich. »Jetzt weiß ich es«, lächelte er, während mich seine Nebelschwaden unweigerlich in seinen Bann zogen. Unsere Gesichter trennten nur mehr fünf Zentimeter voneinander. Noch immer hielt er meine Hand. Von dieser Berührung strömte eine Hitze in meine Knochen, die mich weich werden ließ.

Ein Schritt zurück und ich hätte in meiner Rolle bleiben und noch länger die gute Freundin mimen können. Ich hätte weiterhin die Schauspielerin im wahren Leben sein können, die ich immer werden wollte. Ich war der festen Überzeugung, dass es einen Grund dafür gab, weshalb ich keine geworden war.

Ich spürte seinen Atem. Sein männlicher Geruch benebelte meine Sinne. Noch ein paar Sekunden länger und ich würde mich nicht mehr wegdrehen können, so wie gestern in der Uni. Es war die reinste Folter, nur viel erotischer.»Ich will nicht denselben Fehler zweimal machen. Ich will dich nicht überrumpeln. Aber du spürst doch …«, hauchte er sanft.

Der Point of no Return war erreicht, die Lust zu groß. Ich ließ ihn nicht ausreden, schaute ihm entschlossen in die Augen und küsste ihn. Die Berührung seiner Lippen auf meinen peitschte meinen Puls in unermessliche Höhen. Sanft und dennoch dermaßen intensiv, dass es schmerzte. Unsere Lippen lagen nur aufeinander und ich traute mich nicht, weiterzugehen. Ein Teil von mir schrie protestierend, als er von mir abließ und mich atemlos anstierte. Ich hörte das Blut in meinen Ohren rauschen, wie ein erbarmungsloser Zähler, der mich quälen wollte. Eins, zwei, drei ... Dann änderte sich etwas in Ricks Blick. Die Überraschung wich einer tiefen Sehnsucht, als er mein Gesicht in seine Hände nahm und mich voller Begehren an sich drückte. Nun hielt auch er sich nicht mehr zurück. Ich umfasste seinen Körper und tastete meine Finger an seiner Wirbelsäule hinab. Er war wirklich gut trainiert. Seine breiten Schultern fühlten sich fest an. Seine Rückenlinie war definiert, ebenso seine Brust. Das machte mich mehr an, als mir lieb war. Ich nahm seinen Kopf in meine Hände, wuschelte durch sein Haar, berührte seinen Nacken und seine Schultern. Er fing an, sich mit seiner Zunge vorzutasten. Gott, ich liebte das! Er drückte mich näher zu sich ran, sofern das überhaupt möglich war, und griff mir an den Po. Dann glitt er mit seiner Hand über meinen Rücken und zu meinem BH. Er öffnete ihn, unterbrach den Kuss und blickte mir in die Augen, ehe er sarkastisch fragte: »Und? Pure Befreiung?« – »Du bist so ein Arsch«, schmunzelte ich und lächelte ihn dabei an. »Nicht immer«, berichtigte er und küsste mich erneut.

Es war wunderschön. Ich liebte seinen Körper. Und seine Küsse. Und seinen Geruch! Er war wie eine Droge für mich. Impulsiv tastete er sich von meinen Lippen über meine Wange zu meinem Hals und meinen Ohrläppchen. Erregung durchströmte meinen Körper und ließ mich kurz stöhnen. Mir stellte es die Härchen auf, denn er war gut in dem, was er machte. Gerade, als er sich nach unten vortasten wollte, zog ich seinen

Kopf zärtlich zu mir hoch und erinnerte ihn daran, dass wir hier in einer frei zugänglichen Trainingshalle waren und jederzeit jemand reinplatzen könnte.

Triumphierend lächelte er, nahm meine Hand und führte mich zur anderen Seite der Trainingshalle. Hinter hängenden Pflanzen war dort noch eine Tür versteckt. Obwohl wir uns schon sehr lange in den Trainingshallen verausgabt hatten, sah ich diese nun zum ersten Mal. Er öffnete sie und führte mich in einen kleinen Gang, der zirka zehn Meter lang war. Am Ende des Ganges gab es eine weitere Tür. Dass der Elbenkreisel ein wahres Labyrinth war, erkannte ich erst jetzt.

Er wühlte in seiner Jeanstasche, bis er einen kleinen Schlüssel hervorzog. »Du hast Zugang zu einem geheimen Raum?«, fragte ich ungläubig. »Zu *meinem* Raum. Es ist mein geheimes Zimmer. Magnus hat es mir geschenkt, weil ich für ihn wie ein Enkel bin.« Ich schnappte nach Luft. Der Typ war auch immer für eine Überraschung gut. Fasziniert von diesem geheimen Raum hinter Hängepflanzen im Trainingssaal dachte ich nicht darüber nach, ob es intelligent war, mit ihm dort hineinzugehen. Ich sollte mich doch eigentlich auf die Beherrschung meiner Gabe konzentrieren, aber das war mir in dem Moment vollkommen egal.

Wir traten ein und ich staunte. Die Wände waren in einem sanften Moosgrün gehalten, die Decke war beige. Der Boden erstreckte sich in hellem Parkett. Rechts stand ein Boxspringbett mit lindgrüner Bettwäsche, die äußerst gemütlich aussah. Auf der linken Seite des Raumes ragte ein weißer Kleiderschrank empor. Eine Tür stand offen, sodass ich den Inhalt erspähen konnte, der aus langen Wollmänteln, dunklen Jeans und Sneakers in den buntesten Farben bestand. Daneben befand sich ein Schreibtisch mit einer Lampe, die warm leuchtete, als Rick sie einschaltete. Ich erkannte auch einen Ordner, auf dem *Kulturgeschichte* stand. Er lernte hier also für die Uni? Neben dem Bett erblickte ich eine Hantelbank mit Hanteln sowie Dehnseile.

Hier lagerte er wohl auch sein privates Trainingsequipment. Auf dem Nachtkästchen stand ein Bilderrahmen. Das Bild zeigte ihn mit einem alten Mann, seinem Vater William und Magnus Pfefferstein.

»Ist das dein Opa gewesen?«, fragte ich ihn direkt. »Ja«, bestätigte er. Ich merkte, dass er nervös war. »Alles okay?«, wollte ich wissen. – »Wie gefällt es dir?«, stellte er eine Gegenfrage. Oh, darum ging es. »Gut«, beteuerte ich und lächelte ihn an. »Es ist schön hier. Gemütlich. Ich finde es toll«, beruhigte ich ihn und ließ mich aufs Bett fallen.

Die Lampen waren genauso positioniert, dass ein warmer, nicht zu heller Schein im Raum schimmerte. Es erinnerte mich daran, wie das Sonnenlicht in einem Wald durch dessen Baumkronen blinzelte. Dann schloss ich die Augen und genoss die Atmosphäre. Es war schön. Das Beste war, dass diesen Raum fast niemand kannte. Ich fühlte mich, als wäre ich außerhalb der Regelzone. Hier konnten wir sein, wer wir wollten, es würde uns niemand finden. Am liebsten wäre ich für immer hiergeblieben.

Ein Lächeln huschte über mein Gesicht. Da spürte ich seine Lippen erneut auf meinen. Seine Haarsträhnen kitzelten meine Wange und ich wog mich erneut in der Hingabe seiner Küsse. Vorsichtig tastete er sich meinen Körper entlang und zog mir meine Bluse aus. Mein BH hing ohnehin mehr schlecht als recht an meinen Schultern. Ich warf ihn in die Ecke des Raumes und zog auch ihm sein Shirt aus, während ich ihn weiterküsste. Er berührte meine Brüste und streichelte mit seinen Fingern sachte meine steifen Nippel. Gänsehaut machte sich auf meinem gesamten Körper breit. Mit seiner Zunge fuhr er bis zum Saum meiner Jeans und öffnete sie. Dann hatte ich es nicht mehr unter Kontrolle. Meine Jeans fand sich auf dem Boden wieder, seine ebenfalls und als er mein Höschen auszog, konnte ich mich nur mehr auf meine Schnappatmung konzentrieren. Wir liebten uns, obwohl wir es nie laut ausgesprochen hatten. Dieser Sex legte alles offen. Hier konnten wir es, hier in diesem Raum, von dem niemand wusste. Hier waren wir, was wir sein wollten. Vereint und voller Hingabe füreinander. Er war wunderbar bestückt und ich stöhnte, als er sanft und behutsam in mich eindrang. Wogen des Enzückens durchzuckten meinen Körper und ich spürte die aufkeimende Hitze, die mir in den Kopf stieg. Die Erfahrung war unglaublich. Ich hielt mich an seinem Rücken und sog den Duft von Zedernholz in mich auf. *Seinen* Duft. Mit meiner Zunge fuhr ich über seinen Hals und er massierte meine Brüste, während er konstant sein Becken bewegte. Kurz bevor ich kam, spannte sich mein gesamter Körper an und ich hielt die Luft an. Er tat es mir gleich und wir kamen gemeinsam. Ich spürte, wie sich mein Becken zusammenzog. Es war das Schönste, was ich jemals erlebt hatte. Dann ließ mein Körper alles los und ich ließ mich entspannt in die Laken sinken. Zufrieden sah er mich an und küsste meine Nasenspitze. Seine Augen strahlten Wärme aus. Das Moosgrün seines Zimmers spiegelte sich darin. Sein Haar hing ihm lässig ins Gesicht. Er war außer Atem. Mir ging es nicht anders. Rick betrachtete mich wie ein Kunstliebhaber ein Gemälde. Voller Hingabe und Faszination. Kurz darauf flüsterte er mir ganz leise in mein Ohr: »Ich habe mich in dich verliebt, Chelsea Stern.« Daraufhin sah er mich mit einem fast unmerklich schüchternen Blick an und wartete auf meine Reaktion. Sollte ich zugeben, dass es mir genauso ging? Seine Avalon-Augen zogen mich erneut in ihren Bann. »Ich …«, setzte ich an und küsste ihn leidenschaftlich. Ich wollte nichts sagen. In Worte hätte ich das, was ich in diesem Moment empfand, ohnehin so spontan nicht packen können, also entschied ich mich für die demonstrative Variante. Mit meinen Händen umfasste ich sein Gesicht und küsste ihn noch fester. Er war bereit, das als Antwort gelten zu lassen und berührte erneut meinen Körper, sodass ich nach Luft schnappte. Ich nahm mir vor, erst am nächsten Tag darüber nachzudenken, wie das nach dem Überschreiten dieser Grenze weitergehen sollte und wog mich in seinen Küssen und Berührungen.

KAPITEL 11

CHELSEA

Ich wachte auf und wollte sofort wieder einschlafen. Neuer Tag, altes Leben. Das warme Licht der Schreibtischlampe leuchtete mir freundlich entgegen. Ich war noch hier, bei ihm. Da ich mich nicht bewegen wollte, schielte ich zu ihm hinüber. Er schlief noch. Wie schutzlos er wirkte, wenn er so in seine Decke eingewickelt lag. Wie ein Baby atmete er sanft ein und aus. Er hatte nicht geschnarcht. Das rechnete ich ihm hoch an.

Ich dachte an gestern Nacht und schob den Gedanken daran zeitgleich beiseite, weil ich erneut Gänsehaut bekam. Wie sollte es nach einer Nacht wie dieser weitergehen? Hin- und hergerissen zwischen Verlangen und Bestreben, meine Gabe beherrschen zu lernen, grübelte ich eine Zeit lang vor mich hin, als sich Rick neben mir bewegte. Oh nein, was sollte ich sagen? Ich war noch nicht bereit, hatte noch keine Entscheidung getroffen, da fing er an zu blinzeln. Ich schrie innerlich und entschied mich schnell, so zu tun, als würde ich noch schlafen.

Toll, Chelsea. Sehr mutig. Wie war das mit der Queen? Der Löwin, die mutiger war als ein Mann? Fiel die auch in unangenehmen Situationen in eine Totenstarre?, stichelte mein inneres Ich. *Ja, du Ner-*

vensäge!, fauchte ich mir selbst in Gedanken zu und verhielt mich weiterhin ruhig.

Als er aufwachte, hörte ich, wie er seinen Atem überprüfte. Ich musste innerlich lachen. Daran hatte ich nicht gedacht, was mich nervös werden ließ. Ich nahm mir vor, meinen Mund geschlossen zu halten, egal was kommen mochte. Dann rückte er näher an mich heran und gab mir einen Kuss auf die Wange. Ich versuchte weiterhin die Schlafende zu spielen.

»Hey, du, aufstehen, das Training geht weiter«, flüsterte er mir ins Ohr. Ich war überzeugt, dass ich mich noch immer tot stellen konnte und reagierte nicht. »Chelsea, komm schon, nach deinem Kater hast du nicht so tief geschlafen, wie du es jetzt vorgibst zu tun.« Mist! Er hatte mich durchschaut. Ich war erledigt. Ich konnte nur noch verlieren. Das kam einem *Schachmatt* gleich.

Plötzlich wünschte ich mir nur noch, einfach dort zu sein, wo wir gestern aufgehört hatten, vor dem Kuss, in der Trainingshalle mit den vielen Spiegeln, den Trainingsmatten und den kleinen Wasserbrunnen in den Ecken der Halle. Ja, Wasser. Wasser brauchte ich dringend. Gesicht waschen, Mundgeruch loswerden, kultivieren. Ich sehnte mich an den Brunnen und als ich die Augen öffnete, war ich auch dort. Huch, ich wurde echt gut! Da sein Zimmer gleich nebenan und Rick nicht dumm war, hatte ich gerade mal Zeit, um zumindest meinen Mund auszuspülen.

Schmunzelnd betrat er die Halle. »Was sollte das eben?«, fragte er mit hochgezogenen Augenbrauen und verkniff ich ein Grinsen. »Was denn?«, gab ich mich naiv. »Du sagtest, dass wir trainieren sollen, also dachte ich, ich leg schon mal los«, konterte ich. Erstaunt schaute er mich an und grinste nun doch amüsiert. »Du trainierst jetzt also nackt?« Ich spürte, wie meine Mimik versagte und meine Gesichtszüge in den Keller ratterten. Das hatte ich nun davon. Jetzt war alles noch viel peinlicher. Hastig schielte ich durch den Raum. Puh, Glück gehabt! Wir waren allein, was sich allerdings jede Sekunde ändern konnte. Gerade als ich losspringen wollte, um meine Kleidung zu holen, streckte sie mir Rick mit einem soften Lächeln entgegen. Dankbar nahm ich sie an und schlüpfte hinein. Dann beamte ich mich hinter ihn und flüsterte ein provokantes »Danke« in sein Ohr. Überrascht drehte er sich um.

»Hey Chelsea, du wirst immer besser!« – »Ja, der Gedanke daran, meinen BH loszuwerden, bringt's«, zwinkerte ich ihm zu und verstand zeitgleich, dass meine Aussage sinnlos war, weil mich das ja eigentlich vom Beamen abhalten sollte. Offenbar war ich etwas nervös. Das passte mir gar nicht.

Mit Nervosität hatte ich keinerlei Erfahrung. Weder vor Dates noch vor Prüfungen oder großen Entscheidungen oder bei Ansprachen vor vielen Leuten war ich je nervös gewesen. Dass meine Aussage keinen Sinn ergab, überhörte Rick gekonnt. Er schaute mich ernst an und wirkte ebenso aufgeregt. Wenigstens waren wir gemeinsam nervös. Der Unterschied war, dass ich es überspielte und er mit dem Gefühl ehrlich umging. Wie edel und tugendhaft. Innerlich verdrehte ich die Augen. Sogar in solch einer Situation agierte er noch ritterlich.

Meine Haltung war ihm ganz offensichtlich zu ungezwungen: »Hey, Chelsea, wegen gestern Nacht. Willst du darüber reden?« Ich zögerte kurz. Wollte ich? Eigentlich wollte ich mehr als diese eine Nacht, doch wir wurden von Kriminellen in schwarzen Mänteln gejagt und ich beherrschte meine Kräfte noch unzureichend, weil ich erst seit einem Tag trainierte. Mir schien es ein ungünstiger Zeitpunkt, darüber zu sprechen, jedoch war ich auch eine richtige Niete darin, ihm etwas vorzugaukeln.

»Es war sehr schön«, sagte ich ehrlich. Daraufhin lockerte er sichtlich seine Körperspannung und lächelte mich an: »Das war es auch für mich.« – »Aber Rick ... wir werden von bösen Männern gejagt und ich beherrsche meine Fähigkeit noch nicht perfekt. Findest du nicht, dass der Zeitpunkt für all das momentan suboptimal ist?« Er schaute mich mehrere Momente lang an und seufzte dann tief.

»Vernünftig gesehen, ja, emotional gesehen, nein.« Was wollte er denn damit sagen? Er war gut darin geworden, meine Blicke zu deuten und antwortete, ohne dass ich die Frage gestellt hatte: »Das soll heißen, dass es nie wirklich optimal sein wird mit einer Fähigkeit wie dieser. Es wird immer böse Menschen geben, die versuchen werden, uns zu entführen, zu missbrauchen oder uns gar zu töten. Ich glaube, dass es einen Grund dafür gibt, dass wir uns genau jetzt, zu dieser Zeit getroffen haben. An dem Tag, an dem dein Gen aktiviert wurde und du deine Fähigkeit entdeckt hast. An dem Tag, an dem deine Mum aufgeflogen ist, weil sich ihre Rune aktiviert hat. Und nicht umsonst war mein Onkel der beste Freund deiner Mum gewesen. Das wären zu viele Zufälle auf einmal. Ich glaube nicht an Zufälle, das weißt du. Und du ebenso wenig.« Da hatte er recht.

Mit sehnsüchtigem Blick betrachtete ich seine kantigen und dennoch zarten Gesichtszüge. Ach, das sollte ich nicht tun! Er auch nicht. Mist, es war schon wieder vorbei mit meiner Selbstbeherrschung. Er küsste mich und ich ihn. Tatsächlich hatte er keinen Mundgeruch. Und ich dank meiner kurzen Morgenwaschung hoffentlich ebenso wenig. Trotzdem nutzte ich das nächste Fünkchen Selbstbeherrschung, das in mir auftauchte und schob ihn von mir weg, bevor der Funken erloschen war.

»Das darf keiner erfahren, einverstanden? Meine Mom hat momentan genügend Baustellen in ihrem Leben und deinen Dad kenne ich noch nicht lange genug, um mich ihm als seine Schwiegertochter vorzustellen. Mal abgesehen davon, dass Emma ganz offensichtlich ein Auge auf dich geworfen hat«, klärte ich die Situation und wartete gespannt auf seine Reaktion.

Zu meiner Überraschung antwortete er nicht mit einer schwachen Ausrede wie *»Ach komm, das ist mir nicht aufgefallen«*, sondern gab zu: »Das hatte ich gestern auch schon bemerkt.« Ich blinzelte ihn dementsprechend verwundert an. Er sah, dass ich auf einen Zusatz wartete und ergänzte: »Das ist mir aber egal, Chelsea.« Dann blickte er mir tief in die Augen. Zu ernst. Zu tief. Zu alles. Meine Knie schlotterten. »Aber wenn es dir wichtig ist, dann sind wir offiziell nur Freunde.« Ich murkste ein Lächeln hervor. »Gut«, bestätigte ich, wobei ich absolut nicht damit einverstanden war, nur Best Buddies zu spielen.

Mein inneres Teufelchen schrie förmlich: *Nein! Du willst ihn doch! Er zieht dich doch an … Pfeif auf den Trouble um dich herum und genieße die Zeit mit ihm.* Im Gegensatz dazu riet mir mein inneres Engelchen, welches eindeutig der langweiligere, risikoärmere und vernünftigere Part in mir war: *Überstürze nichts! Wenn ihr füreinander bestimmt seid, seid ihr es auch noch, wenn dich keine Kriminellen mehr jagen, die deine Gabe für ihren Nutzen missbrauchen wollen. Bleibt vorerst Freunde und konzentrier dich darauf, deine Gabe zu beherrschen!*

Mein inneres Teufelchen mochte ich tausendmal lieber als mein inneres Engelchen. Letzteres war immer bedacht, korrekt – und todlangweilig. Dank meines inneren Teufelchens erlebte ich schon ein paar riskante, dafür aber coole Sachen. *Bad decisions make good stories.* Ich lebte nach diesem Prinzip, aber jetzt ging es nicht mehr nur um mich. Meine Mutter steckte in dieser Sache mit drin. Obwohl sie in der Zentrale des Elbenkreisels sicher war, konnten wir hier ja schlecht einziehen. Und vor allem konnte und wollte ich mich nicht den Rest meines Lebens hier unten verschanzen.

So schön dieser Ort auch war – wenn wir nicht raus durften, hätte er für uns schneller zum Gefängnis werden können, als uns lieb gewesen wäre. Außerdem standen sich meine Mom und ich, wenn es um den Freiheitstrieb ging, in nichts nach. Die Situation mit den Plochinten musste geklärt werden. Ich musste lernen, meine Gabe zu beherrschen. Wir mussten die Männer, die mir auf den Fersen waren, loswerden und meine Mom von der Abschussliste der Plochinten bekommen. Ein schlauer Plan musste her und zwar schnell. So ungern ich das auch zugab: Bis wir das alles geschafft hatten, musste ich meinem inneren Engelchen einfach recht geben.

Seine moosgrünen Augen fixierten mich eindringlich, als wolle er mich umstimmen. Ich biss mir auf die Lippe und lächelte dann aufgesetzt. »Rick Empero, du bist hiermit offiziell gefriendzoned«, verkündete ich nach einer sehr langen Denkpause. Der musste mich sicherlich schon für verrückt erklärt haben, was für den Moment sogar gut gewesen wäre. Aber nein, er strahlte mich unverfroren an und meinte herausfordernd: »Mal sehen, wie lange wir das schaffen. Challenge accepted!«

RICK

Freunde also. Obwohl ich damit gerechnet hatte, traf es mich härter als erwartet. Da ich wusste, dass es absolut sinnlos gewesen wäre, Einspruch zu erheben, willigte ich ein. Ich glaubte ohnehin nicht, dass die Mauern unserer Friendzone lange halten würden. Außerdem war es für den Moment tatsächlich das Beste, wenn wir uns aufs Training und ihre Gabe konzentrierten. Schließlich hatte Chelsea Feinde – mächtige Feinde.

Ich hing meinen Gedanken nach, als eine große, schlanke Frau mit voluminösen, wilden Locken in sattem Braun zur Tür hereinkam. »Morgen, Violetta, wie geht es dir?«, begrüßte und umarmte ich sie. Dabei legte sie ihre Hände lose auf meinen Rücken, sodass ich das warme Metall der zahlreichen Silberringe, die ihre Finger schmückten, durch mein T-Shirt spüren konnte. Sie war ebenfalls ein Mitglied des Elbenkreisels Ihre grünen Augen sahen mich besorgt an, als sie sich aus der Umarmung löste und nervös mit dem Tigerauge-Amulett um ihren Hals spielte. Ich wusste sofort, dass sie eine Vision hatte.

»Was hast du gesehen?«, fragte ich ernst. Chelsea schaute mich leicht verwirrt an, verstand aber schnell und lenkte ihre Aufmerksamkeit ebenso auf Violetta. »Rick, ich habe von den

Plochinten geträumt. Und von ihr«, wobei sie auf Chelsea deutete. Dabei hob sich ihr Brustkorb, sodass die tätowierte Mondsichel zwischen ihren Schlüsselbeinen zu sehen war.

»Sie wollen sie. Ich sah Waffen. Einen Krieg in der Wüste. So viel Gewalt, so viel Hass!« Mit jedem Wort klang sie verzweifelter. »Sie wollen sie manipulieren. Es ist persönlich. Sie kennen sie. Ich weiß nicht, warum sie sie für diese Aufgabe auserwählt haben.« – »Für welche Aufgabe?«, warf Chelsea ein, ehe ich es tun konnte. Violetta wandte sich zu ihr: »Sie wollen dich zur Waffenschmugglerin machen. Aber nicht nur das. Sie wollen dich auf ihre Seite ziehen. Ich sehe eine Bindung. Du fühlst dich vom Bösen angezogen.« Sie atmete tief. Ihre Augen waren weiß. So sah es aus, wenn sie sich eine Vision zurück ins Gedächtnis rief. »Schütze sie!« Dabei nahm sie meinen Arm und drückte ihn fest an ihr Herz. Sie sah mich an, während ihre Augen wieder eine grüne Iris bildeten.

»Violetta, kannst du uns sagen, wann deine Vision eintreten wird? Hast du eine Uhrzeit oder ein Datum gesehen?«, erkundigte ich mich nervös. Doch Violetta schüttelte nur den Kopf. »Lange kann es jedoch nicht mehr dauern. Die Szenerie in London wirkte kühl, vielleicht war es schon Winter. Rick, bitte, wir dürfen nicht noch jemanden an sie verlieren!« Ich nickte und bedankte mich für ihre Sichtung.

Als Violetta ging, warf sie Chelsea einen mitleidenden Blick zu. Ich wusste, dass Chelsea es hasste, bemitleidet zu werden. Dementsprechend genervt fragte sie auch nach, als Violetta weg war: »Die übertreibt doch, oder? Das hattest du eh schon herausgefunden.« Ich sah sie ernst an und antwortete: »Ja, aber jetzt haben wir die Bestätigung. Bislang hatte ich nur Gerüchte auf der Straße gehört. Violettas Visionen hingegen bewahrheiten sich immer.« Chelsea schluckte. »Was meinte sie mit persönlich? Und wen habt ihr schon an die Plochinten verloren?« Sie sollte Journalistin werden. Da könnte sie ihre Neugierde als Berufskrankheit tarnen.

Ich wusste, dass Ausweichen unmöglich war und fing an, ihr von Violettas Schicksal zu erzählen: »Was es mit *persönlich* auf sich hat, weiß ich nicht. Die Visionen sind häufig sehr kryptisch und oft verstehen wir sie erst, wenn sie passieren. Bei ihrer Schwester zum Beispiel war das so. Da hatte sie die Vision, dass ihre Schwester ein schwarzes Schwert hervorzog. Ihre Aura war ebenso dunkel. Wir hatten alle nicht verstanden, was es damit auf sich hatte. Bis ihre Schwester zu den Plochinten wechselte. Wir haben Angelina seither nie mehr gesehen. Es ist eine wirklich tragische Geschichte«, seufzte ich und fuhr mir durch die Haare.

Chelsea guckte mich erschüttert an. »Das tut mir sehr leid.« – »Deshalb sollten wir Violettas Vision umso ernster nehmen!«, nutzte ich ihre Betroffenheit und mahnte sie mit einem eindringlichen Blick. Ihre Iriden zuckten erschrocken. »Dieses Mal war ihre Vision eindeutig. Sie wollen dich manipulieren, dich für sich gewinnen. Deine Magie für Waffenschmuggel entweihen, um im Jemen den Krieg aufrechtzuerhalten. Im Grunde hat uns Violetta soeben all unsere Vermutungen bestätigt. Deshalb sollten wir jetzt trainieren!« Ich klatschte auffordernd, ohne den Blick von ihr abzuwenden. Sie nickte und sprang motiviert hoch. »Yes, Sir!«, posaunte sie durch die Trainingshalle, während ich versuchte, nicht an gestern Nacht zu denken.

KAPITEL 12

RICK

Wir trainierten fast den ganzen Tag. Sie versuchte sich bewusst durch die Gefilde des Elbenkreisels zu beamen. Dann versuchte ich, sie zu triggern, indem ich sie mit Angst oder Sehnsüchten konfrontierte und sie hingegen, sich dabei eben nicht zu beamen. Es gelang ihr immer besser und ich war beeindruckt, wie schnell Chelsea lernte. Ich kannte niemanden, der innerhalb eines Tages so gut geworden war! Sie hatte Kampfgeist und das machte viel aus. Gerne behielt sie die Kontrolle, das hatte ich gestern gelernt. Ich ertappte mich dabei zu lächeln. Ich sollte doch nicht lächeln, wenn ich an sie dachte. *Du wurdest heute Morgen gefriendzoned, Rick! Reiß dich gefälligst zusammen!*, ermahnte ich mich. Wenn das nur so einfach gewesen wäre.

Nach fast sechs Stunden Training setzte sie sich kraftlos auf den Boden der Trainingshalle. Die Wasserfälle plätscherten sanft, als sie schwer atmend zugab: »Sorry, Rick, aber mir ist echt schon schwindelig vom ganzen Dasein und Nichtdasein. Das ist ziemlich anstrengend für meinen Körper, wenn er sich wieder und wieder zusammenbasteln muss«, klärte sie mich auf, als ob ich das nicht selber gewusst hätte. »Danke für diese

Information. Das ist mir bisher gar nicht aufgefallen«, entgegnete ich sarkastisch und zog eine Grimasse. Sie lächelte mich an. Warum machte sie das, wo sie doch wusste, wie schwer es mir fiel, ihr zu widerstehen? »Du hast recht, für heute haben wir genug trainiert. Du bist wirklich schon sehr gut und beherrschst deine Gabe immer besser. Und das nach nur einem Tag! Dabei hast du nicht einmal mit meinem Vater, dem eigentlichen Lehrer, sondern nur mit mir trainiert«, musste ich anerkennend zugeben. Tatsächlich war ich begeistert. Mit ihren hübschen, blauen Augen schaute zu mir hoch. Ich blickte zu ihr herab, sodass mir eine Haarsträhne ins Gesicht fiel. Natürlich erinnerte ich mich daran, dass wir uns auf Freundschaft geeinigt hatten, zumindest vorübergehend. Aber sie machte es mir nicht leicht, mich daran zu halten.

»Vielleicht warst gerade *du* die Motivation, die ich brauchte, um in so kurzer Zeit so gut zu werden?« Als wäre diese Provokation nicht schon genug gewesen, zwinkerte sie mir zu. Sie spielte. War das ein Test? Den wollte ich bestehen. Ich verstand die Hintergründe ihres Verhaltens nicht. Vielleicht war sie auch einfach nur vom langen Trainingstag erschöpft. Aber ich hatte ihr versprochen, dass wir, bis wir das Problem mit den Plochinten gelöst hatten, nur Freunde wären. Dass mir das nach so kurzer Zeit dermaßen schwerfallen würde, konnte ich nicht ahnen. Ich drehte mich von ihr weg und verkündete, während ich schon auf die Tür zusteuerte: »Komm, wir gehen was essen!«

Wir gingen ins *Shakespeare's Head*. In jenem Pub in der Carnaby Street hatten wir uns vorgestern noch betrunken, ahnungslos und leichtsinnig. Ein paar Stunden zuvor war sie viel zu spät in das Seminar über griechische Mythologie geplatzt und hatte meine Aufmerksamkeit auf sich gelenkt. Ich konnte mich noch gut erinnern, wie sie mit ihren Heels eintrat und einen energiegeladenen Wirbel der Beschwingtheit im Raum verbreitete. Sie hatte Charisma, das ließ sich nicht leugnen.

Am ersten Tag hatte ich Mühe, in irgendeiner Form mit ihr zu kommunizieren, weil sie so stark und fast ein wenig angsteinflößend wirkte. Dieses große Selbstbewusstsein verunsicherte mich als Mann. Und ich war mir sicher, dass sie das wusste. Wir fuhren mit der Tube und beamten uns nicht, weil unsere *Energiespuren* so nicht nachverfolgt werden konnten.

Magnus und mein Opa hatten mir dieses Phänomen des *magischen Fußabdrucks* einmal erklärt. Alle und alles auf der Welt hat Energie. Sogar Steine. Alles ist Schwingung und steht in Resonanz zueinander. Wenn wir Begabten unsere Fähigkeit in einer Schwingung verwenden, die nicht der unserer Gabe entspricht, fällt das auf. Setzen wir also unsere fünfdimensionale Gabe in der dritten Dimension, sprich unter Menschen ein, ist das erkennbar, und zwar von recht vielen Menschen mit Magie im Blut: den Aurasichtigen, den Empathen und den Fühlern. Prinzipiell hätte es keine Rolle gespielt, wären da nicht die Plochinten gewesen. Mein Opa hatte nie eine Antwort darauf erhalten, wieso die Plochinten unsere Energiespuren verfolgen konnten, wo sie doch keine Magie besaßen. Magnus wusste es bis heute nicht. Ich erklärte es mir mit den »*Konvertierten*«, jenen Begabten, welche die Seite gewechselt hatten. Doch meine Theorie war und blieb nur eine Vermutung.

Wir traten durch die dunkle Schwingtür und setzten uns an einen Ecktisch, als Chelsea mich erstaunt ansah und meinte: »Sieh mal, da sitzt Emma.« Sofort posaunte sie quer durchs Pub: »Hey Emma! Was machst du denn hier? Komm, setz dich zu uns!« Zwar mochte ich sie für ihre extrovertierte und spontane Art, aber in diesem Moment hätte ich sie am liebsten erwürgt, weil ich viel lieber mit ihr allein sein und über Dinge reden wollte, die wir mit Emma nicht bereden konnten, wie über unsere Gabe zum Beispiel.

»Hallo, Emma, wie läuft's?«, fragte ich höflich. – »Es freut mich riesig, euch hier zu treffen. Ich brauchte einen Drink und ihr wart ja nicht in der Uni. Die anderen wollten auch nicht mit, da hab ich mich entschlossen, alleine was trinken zu gehen. Ist richtig gemütlich hier. Was habt ihr denn getrieben?«, bohrte sie neugierig und schaute uns beide an, während sie sich setzte und ihr Handy auf den Tisch legte. Chelsea wurde rot. Sie wurde rot! Das deutete ich als ein gutes Zeichen hinsichtlich unserer eventuell fortwährenden Beziehung nach Beendigung des Waffenschmuggeldilemmas.

Während Chelsea ihr eine Lüge auftischte, dachte ich an den Waffenschmuggel und an die Vorstellung, dass sie sie auf ihre Seite ziehen könnten. Die Plochinten konnten sehr überzeugend sein. Häufig waren es Geschäftsmänner und -frauen, Sales Manager oder Hedgefonds Manager. Sie konnten gut mit Zahlen, waren top vernetzt und irre talentiert im Manipulieren anderer. Zudem scheuten sie keine Gewalt, um ihre Ziele zu erreichen. Darum galten sie auch als so gefährlich. Dass sie es ausgerechnet auf Chelsea abgesehen hatten, brach mir beinahe das Herz. Doch sie würde ihren Manipulationen standhalten, daran glaubte ich fest. Ich verstand nur nicht, warum sie dermaßen besessen Jagd auf sie machten. Diese Vorgehensweise war neu. Mein Gefühl sagte mir, dass Clarissa in der ganzen Situation eine größere Rolle spielte. Aber welche?

»Rick?«, riss mich Chelsea ins Jetzt zurück. »Hm?«, fragte ich verwirrt. »Schön, dass du von den Toten zurückgekehrt bist, Rick. Emma hat dich was gefragt«, blinzelte sie mir entgegen. »Ich war in Gedanken«, entschuldigte ich mich und steuerte gekonnt einen Themenwechsel an. Wieder voll da, fragte ich die beiden: »Was wollen wir essen? Ich hab einen Mordshunger!«

CHELSEA

Er wirkte zerstreut. War es wegen meines Vorschlags, einen Schritt zurückzugehen? Im Grunde konnte ich ihm keinen Vorwurf machen, denn meine Gefühle waren mindestens genauso gemischt. Einerseits begehrte ich ihn, andererseits hatte ich momentan keinen Kopf für die Liebe. Ich wollte die Plochinten besiegen. Und wenn der Preis dafür war, auf Rick zumindest vorerst zu verzichten, dann sollte es so sein.

Unsere Fish and Chips wurden serviert. Emma quatschte beim Essen unentwegt, was mir ganz gelegen kam. Ansonsten hätten Rick und ich uns angelächelt, es bereut und angeschmachtet und es wieder bereut. Emma tat uns wohl beiden gut. Vor allem tat Rick jedoch Emma gut. Ich nippte seit gefühlten zwanzig Minuten an meinem Wodka Cranberry, den ich mir nach der harten Arbeit echt verdient hatte und beschloss nun, Emma kurz Luft holen zu lassen.

»Wie gefällt dir denn das Studium so, Emma?«, wollte ich wissen und blinzelte lächelnd. Das Luftholen war schnell vorbei. Es folgte eine überausführliche, detailverliebte Antwort. Da ich gefragt hatte, nickte ich nun eifrig, um Interesse vorzutäuschen. Ich mochte sie wirklich, aber nach dem heutigen Tag war sie mir etwas zu energiegeladen. Ich gestand es ihr ganz offen: »Hey, Emma, sorry, aber ich bin wirklich müde. Ich werde kurz auf die Toilette gehen und mich dann aufs Ohr hauen«, unterbrach ich sie und lächelte sie mit einem müden Blick an. *Wenigstens war ich ehrlich,* dachte ich mir.

»Oh, ist schon okay. Ich komme mit dir aufs WC, muss eh auch«, verkündete sie mit schnellen Worten und schob mich Richtung Toilette. Alles klar, das mit *Ruhe haben wollen* muss sie falsch verstanden haben.

»Es ist echt schön, dass ich euch beide getroffen hab! Ihr seid echt toll.« – »Oh, wir kennen uns selbst erst seit ein paar Tagen«, gab ich zu. Ihr Gesicht wurde ernst. »Ihr wirkt, als wärt ihr schon ewig Freunde!« Tja, da hatte sie recht. Rick und ich gingen miteinander um, als würden wir uns schon lange kennen. Es schien fast, als wären wir füreinander bestimmt. *Bleib am Boden!,* schleuderte mir mein inneres Teufelchen entgegen. Ich merkte, dass Emma auf eine Antwort wartete.

»Ja, das stimmt, ich mag ihn echt gern, er ist ein toller Freund!« Emma schaute mich neugierig an. »Ist er auch mehr als das?« Ich war verblüfft. Mit solch einer direkten Frage hatte ich nicht gerechnet. Jetzt verstand ich auch, warum sie mit mir auf die Toilette wollte. Sie versuchte, die Jagdgebiete zu eruieren. Ich fing an zu stammeln. Oh Mann, es war so offensichtlich. *Reiß dich zusammen!*, schnauzte mich mein inneres Ich schon wieder an.

Dann sammelte ich mich und war wieder voll da, in meiner Rolle: »Hey, Em, echt jetzt: Wir sind nur Freunde.« Dafür hätte ich einen Oscar bekommen sollen. Sie glaubte mir und wirkte sichtlich erleichtert. »Okay gut, denn ich muss schon zugeben …«, rückte sie etwas näher zu mir, wobei ich natürlich wusste, was jetzt folgen würde: »Ich finde Rick wirklich ziemlich – Achtung!«

Erschrocken schubste sie mich von sich weg und starrte zur Tür. Zwei große Männer traten ein, bullig und massiv, die sich ganz offensichtlich nicht in der Toilette verirrt hatten. Oh nein, die Plochinten! Ihre schwarzen Mäntel waren mir mittlerweile nur allzu vertraut. Jeder von ihnen hatte den silbernen Anstecker auf der Brust. Die beiden liefen – wie immer im All-Black-Look gekleidet – auf uns zu.

Entsetzt sah ich zu Emma, die mir wiederum entschlossen in die Augen schaute. Ich wusste nicht, was ich tun sollte. Hätte ich mich gebeamt, hätte auch sie von meiner Gabe erfahren. Andernfalls musste ich mich und Emma hier rausbringen. Während es mich innerlich zerriss und ich gerade ihre Hand nehmen wollte, um uns wegzubeamen, passierte plötzlich alles ganz schnell.

Emma zögerte kurz, biss sich auf die Lippe und schleuderte dann den beiden Angreifern die Toilettentür entgegen. Mit Magie! Mit dieser Aktion erledigte sie den Größeren, den die Tür genau am Kopf traf. Der andere Plochint riss erschrocken die Augen auf und starrte Emma mit zunehmendem Respekt an. Damit hatte er wohl nicht gerechnet. Da waren wir schon zu zweit. Ich hoffte nur, dass das gerade niemand mitbekommen hatte.

Gerade als ich ihr helfen wollte, wirbelte sie dem zweiten Angreifer den Seifenspender direkt an die Schläfe. Er sank zu Boden, fing jedoch gleich darauf an, sich zu regen. Ich war wie erstarrt. Nicht mal aus Angst vor den beiden Plochinten, sondern vor Staunen ihretwegen. »Erklärungen später!«, rief sie hektisch, während sie mich am Arm nahm und aus der Toilette zerrte.

»Rick, wir müssen gehen. Sofort!«, betonte Emma eindringlich. Er verstand in dem Moment nicht viel, ließ ein paar Scheine auf dem Tisch liegen und nahm seine Jacke. Sie zerrte uns aus dem Pub. Ich war unglaublich froh darum, dass sie die Fassung behielt. Die letzten paar Tage waren ziemlich viel für mich gewesen.

Emma schleifte uns in ein Café in der Oxford Street. »Was wird das, Em?«, fragte ich ungeduldig. Auf Shopping und Kaffee hatte ich echt keine Lust. Vielmehr hätte ich noch einen Wodka Cranberry vertragen können. »Unter all diesen Leuten sind wir sicher«, erklärte sie und wartete offenbar auf Zustimmung. Wir verstanden beide und nickten.

Rick verhielt sich geduldig und ließ sie drei Cappuccini bestellen. Als wir uns aber an einem Ecktisch des Cafés niedergelassen hatten, wollte er Klartext hören: »Was ist hier los, Mädels?« – »Ja, was ist denn los, Emma?«, hakte ich gleich nach und starrte sie voller Erklärungsbedarf an. »Woher kannst du das?« Dabei fasste ich mir an die Schläfen, die wie wild pochten. *Wodka würde helfen*, dachte ich nur, denn Alkohol erweiterte die Blutgefäße und ließ so die Kopfschmerzen verschwinden. Ich akzeptierte jedoch erst mal den Kaffee als Alternative.

»Woher kann sie was?«, wollte Rick wissen. Der arme Kerl hatte gerade so gar keinen Durchblick. Ich linste fordernd zu Emma. Sie hingegen starrte beharrlich auf den Schaum ihres

Cappuccinos oder besser gesagt *in* ihn hinein. Es schien, als wäre sie am liebsten darin versunken. Plötzlich war sie nicht mehr die toughe Retterin. Ich vermutete, dass sie genau wie ich in der Toilette abgewogen hatte, ob sie ihre Gabe offenbaren sollte oder nicht. Nur hatte sie ihre Entscheidung schneller getroffen. Sonst wäre ich vielleicht an ihrer Stelle und müsste mich erklären.

Sie trank einen großen Schluck ihres koffeinhaltigen Heißgetränkes, als sie mit vollem Mund murmelte: »Beamen.« Ricks Gesichtszüge formten ein klar ersichtliches *Hä?* und ich musste schmunzeln. Er sah süß aus, wenn er keinen Durchblick hatte.

»Sorry, Emma, ich hab dich akustisch nicht verstanden. Es hörte sich an, als hättest du *beamen* gesagt.« Er lachte leicht hysterisch. Ja, mir persönlich war das auch alles zu viel. Aber *er* sollte doch an Begabte gewöhnt sein, schließlich war er Teil des Elbenkreisels und kannte viele Mitglieder sogar persönlich. Ich ergriff das Wort, um seine Verwirrtheit zu beenden, denn Emma war stumm wie ein Fisch geworden und ich wollte ihr aus der unangenehmen Situation helfen, in der auch ich hätte sein können, wenn ich mich schneller entschieden hätte.

»Rick, du hast dich nicht verhört. Sie kann beamen. Aber nicht sich selbst, sondern Dinge. Ich wurde im *Shakespeare's Head* auf der Toilette erneut von den Plochinten angegriffen. Emma hat sie durch ihre Gabe abgewehrt und wir konnten entkommen. Es bleibt nur zu hoffen, dass die Plochinten uns nicht hierher gefolgt sind.« Er starrte erst mich und dann Emma ungläubig an. Mit großen, geweiteten Augen meinte sie zu mir: »Was meinst du mit *erneut angegriffen*? Ist euch das schon mal passiert? Woher kennst du die Plochinten?«

Hilfesuchend lenkte ich meinen Blick zu Rick. Mist. Jetzt hatte ich uns wohl verraten. Mir blieb nichts anderes übrig als uns zu outen. Oder? Ungeduldig wartete ich auf eine Reaktion von ihm, während er nur überfordert mit den Achseln zuckte. *Danke für deine Unterstützung, Herr Empero,* dachte ich mir und rollte im Geiste meine Augen. Emma wartete mit einem sekündlich schneller werdenden Wimpernaufschlag, der uns verdeutlichen sollte, dass wir uns nicht so viel Zeit für eine Antwort lassen sollten.

»Ja, wir wurden schon einmal angegriffen«, gab ich zu. – »Von den Plochinten. Von denen du offenbar weißt?«, bohrte sie nach. »Ja genau.« Für sein Schweigen hätte ich Rick mit meinem Blick töten können. Ich hoffte, dass er die eisigen Blitze, die ich aus meinen Augen schoss, wenigstens als kalten Schauder spürte. Emma rückte näher an mich ran, streifte sich eine ihrer blonden Strähnen hinters Ohr und guckte mich mit einem sensationsgierigen Ausdruck an: »Woher kennst du sie? Nur Menschen wie ich wissen von ihnen beziehungsweise nennen sie so.«

»Ähm.« Ich wusste nicht, ob ich sie einweihen sollte. Plötzlich meinte Rick: »Weil wir das auch können, Em.« Ohne Vorwarnung hatte er uns geoutet. Gut, so klappte es auch. Emmas Reaktion wäre ohnehin dieselbe gewesen, ob mit viel oder wenig Gefasel: Ihre Lippen bildeten ein erstauntes *O* und ihre Brauen zog sie bis zum Scheitelansatz. Dabei machte sie eine schwungvolle Geste von mir weg, um ihrem überraschten Gesicht mehr Ausdruck zu verleihen.

Dann fing sie langsam zu grinsen an. Ihre Mundwinkel reichten ihr bis zu den Ohren, sodass ich sie unweigerlich mit einem Clown vergleichen musste. Freudig strahlten uns ihre Augenpaare entgegen, als sie auch verbal reagierte: »Ich habe endlich Freunde gefunden, die so sind wie ich!« Voller Begeisterung umarmte sie mich und hüpfte dann zu Rick, um auch ihn fest zu drücken. Sie lachte fröhlich.

Okay. Zugegebenermaßen kam das unerwartet. Ich ging davon aus, dass sie negativer reagieren würde. Umso mehr freute ich mich über eine neue Gefährtin im Bunde. »Na dann: Willkommen in unserer Gang«, lud ich sie offiziell ein. Rick schmunzelte. Ich wusste, was er sich dachte, lenkte meine Aufmerksamkeit jedoch bewusst auf Emma. »Du besitzt also die Gabe, Dinge zu teleportieren?«, wollte ich wissen. Sie nickte eifrig.

»Sind deine Eltern auch begabt?«, fragte Rick. »Nur meine Mom«, erklärte Emma. »In unserer Familie wird das Gen mit der Gabe von Frau zu Frau weitergegeben.«

»Wie bei mir«, warf ich ein. Emma nahm verbündend meine Hand und meinte erleichtert: »Ich bin froh, dass ihr es auch könnt. Ich hatte Angst, ihr würdet mich verurteilen.«

Verständlich. Dabei musste ich an die Nacht denken, in der ich glaubte, auswandern und meine Identität wechseln zu müssen, weil ich mich vor Rick teleportiert hatte. Man wusste schließlich nie, wie normale Menschen auf so etwas reagierten. Ich dachte an Dad. *Im schlimmsten Fall wie er*, warf mein inneres Ich zynisch ein.

RICK

Ich musste schlucken. Es war keine Woche her, da führte ich noch ein gemütliches Leben und konzentrierte mich auf die Uni. Hier und da half ich mit meiner Gabe Menschen in Notsituationen, blieb aber stets unentdeckt, wie mein Opa und mein Vater es mich lehrten. Und jetzt?

Dann Ich lernte Chelsea kennen, verliebte mich in sie, erfuhr, dass sie dieselbe Gabe wie ich besaß und ihre Mutter die legendäre Clarissa war. Außerdem wurden wir von den Plochinten verfolgt. Violetta hatte in ihrer Vision die Mission gesehen, Waffen in den Jemen zu schmuggeln und jetzt entpuppte sich unsere neu gewonnene Freundin als ebenso begabt!

Mir brummte der Schädel. Chelsea offenbar auch, denn ihr Blick war finster und starr. »Alles okay, Chel?« Mit meinen Worten befreite ich sie von dem Gedanken, der sie gerade beschäftigt hatte. »Ja«, bestätigte sie sanft.

Sie sah mir in die Augen. Das hatte sie lange nicht mehr getan. Ich vermisste es: den Blick in den Ozean mit den grauen Nebelschwaden, welchen ich in ihrer Seele erblickte. Darin lag etwas

Mächtiges und gleichsam Ruhiges, was sich ebenso schnell in etwas Tobendes verwandeln konnte. Es wirkte schön und trotzdem ehrfürchtig. Bislang hatte ich noch nie in die Augen von jemandem gesehen, welche solch eine Geschichte erzählten. Ich hatte aber auch noch nie eine Frau wie Chelsea kennengelernt.

»Wieso werdet ihr eigentlich von Plochinten verfolgt?«, unterbrach Emma unser offensichtliches Anschmachten. »Das ist eine lange Geschichte«, begann Chelsea. »Das erklären wir dir am besten auf dem Weg in eine Bar«, schlug ich ergänzend vor. Chelsea sah mich schmunzelnd an. Ich wusste, dass es ihr gefiel, wenn ich so war. So unvernünftig. Tief in ihrem Herzen war sie genauso, auch wenn sie momentan versuchte, die Vernünftige zu spielen und ihre Gefühle beiseitezuschieben. Ich wusste, dass sie das Gleiche für mich empfand wie ich für sie. Entschlossen blickte sie mich an. »Klingt nach einem guten Plan«, stimmte sie zu, nahm ihr Jäckchen und trieb uns an, das Café zu verlassen.

Wir empfanden es alle drei als willkommene Ablenkung von all dem Trubel. Da wir die Plochinten offensichtlich abgehängt hatten, mussten wir auch nichts befürchten und freuten uns auf einen entspannten Abend unter Freunden. Unter neuen Freunden und jenen, die bewusst als solche betitelt wurden, obwohl sie es nicht waren.

Ich seufzte, als ich nach Emma aus dem Café hinaus in die kühle Nacht trat. Chelsea drehte sich um, sodass ihr der Wind das Haar um ihre Wange blies. Sie lächelte. Wie sollte ich diese *Freundschaft* bloß überstehen?

KAPITEL 13

CHELSEA

Wir gingen in einen Club eine Seitenstraße weiter und weihten Emma in alles ein, was bisher geschehen war. Der Club verzweigte sich in diverse Themenräume auf mehreren Etagen und war gut gefüllt. Als wir eintraten, begrüßten uns grelle Laser und Bierdunst. Hyperaktive Tanzwütige schüttelten ihre Körper zu den dumpfen Basstönen aus den Boxen. Hier fühlten wir uns sicher. Zu dritt sogar noch mehr als sonst. Es gefiel mir, dass Emma nun Teil unseres Gespannes war. Auch um die Distanz zwischen Rick und mir zu wahren, erfüllte ihre Präsenz eine wichtige Funktion. Obwohl ich insgeheim gar keine Distanz wollte. Doch zuerst mussten wir die Plochinten abwimmeln und im Idealfall besiegen.

»Drei Wodka Cranberrys, bitte«, orderte Rick. Ich staunte. Hatte er sich tatsächlich meinen Lieblingslongdrink gemerkt? *Süß*, dachte ich. Emma war d'accord mit der Bestellung und wenig später stellte der Barmann unsere kalten, rosafarbenen Getränke auf den Tresen.

»Cheers!«, begann ich meinen Toast. »Auf unsere Freundschaft und besondere Gaben! Und darauf, dass mich Emma heute gerettet hat!« Wir prosteten uns zu, ich exte mein Glas. Emma sah mich perplex an. »Ich hab euch doch gesagt, dass die letzten Tage echt hart waren«, erklärte ich schulterzuckend. Rick konnte sich ein Schmunzeln nicht verkneifen. Offenbar mochte er die nach Wodka gierende Version von mir. Und ich mochte ihn dafür, sehr sogar.

»Dann hätte ich den Longshot genauso nötig. Nach allem, was ich soeben erfahren habe.« Emma kippte ihren Drink ebenfalls auf ex runter. Rick warf die Hände auseinander, sah uns beide mit einer *Echt jetzt?*-Attitüde an und zog dabei eine Augenbraue hoch. Mit schüttelndem Kopf kippte auch er seinen Wodka Cranberry auf einmal runter.

»Das soll aber nicht so ausarten wie im *Shakespeare's Head*, okay?«, mahnte er. Dann ging er zur Bar und orderte drei weitere Drinks. Dass der Abend noch lustig werden würde, wusste ich jetzt schon. *Hoffentlich nicht so lustig, dass ich bestimmte Friendzones vergaß.* Ich nahm mir fest vor, es heute nicht zu übertreiben. Da kam auch schon die nächste Runde Drinks.

Nach drei Stunden war ich dezent angeheitert, das konnte ich nicht leugnen. Ich musste dringend auf die Toilette. Kaum war ich mehr als fünf Meter von Rick entfernt, kam auch schon der erste Sprücheklopfer daher. »Hey, du, was hast du denn vor? Willst du nicht bei mir bleiben? Wie heißt du denn, Schöne?«, fragte er plump. Himmel, Männer konnten ja so bescheuert sein! Er bekam ein Augenrollen von mir. »Jetzt komm schon, wie heißt du denn?«, wollte er wissen. Da war ich schon fast am WC.

»Geht dich nichts an und jetzt verzieh dich«, warf ich ihm entgegen. Mir war sehr wohl bewusst, wie unhöflich das war, wiegte mich aber in der Sicherheit, dass er sich morgen ohnehin an nichts mehr erinnern würde. Böse schnaubte er mich an und ich verschwand auf die Toilette.

Als ich diese wieder verließ, stand er immer noch da! Hatte der was an den Ohren? Er starrte mich an. Seine Augen wirkten gierig und sein Gesicht plump wie seine Anmache von vorhin. Die Augenbrauen hingen schlapp über den Augen, sodass er nicht unbedingt intelligent wirkte. Irgendwie tat er mir leid. Ich versuchte, seine beharrliche Präsenz zu ignorieren und ging an ihm vorbei. Er war dunkel gekleidet und sah aus wie einer von den bulligen Türstehern.

Plötzlich spürte ich, wie ich über etwas stolperte und fiel. Da mein Gleichgewicht noch nie das stabilste war, knallte ich recht ungalant auf den Boden. Meine Hände blieben an dem schwarzen Laminat kleben, welches von verschüttetem Alkohol besudelt war. Hier unten roch alles noch viel ekliger als auf Kopfhöhe. Mein Arm tat weh und mir war schwindlig. Ich spürte, dass mich jemand aufhob und den umliegenden Gästen im Club mitteilte, dass alles okay sei, ich nur zu viel getrunken habe und er seine Freundin jetzt nach Hause bringe.

Stop, nein! Er war es! Er hatte mir ein Bein gestellt, damit er mich unverdächtig aus dem Club bringen konnte. Ich kapierte schnell, was hier vor sich ging. Er wollte mich entführen. Na ja, faktisch gesehen tat er das gerade. Und ich konnte mich nicht einmal wehren, weil mir vom Sturz noch immer schwindlig war. Der Aufprall auf den Boden war härter gewesen als gedacht. *Shit!*, fluchte ich innerlich. »Lass mich los!«, versuchte ich laut zu schreien, doch er drückte mein Gesicht fest in seine Brust. *Arschloch*, dachte ich nur. Hoffentlich würden mich Emma und Rick sehen. Ansonsten würde ich von einem Macker, der heute keine abgekriegt hatte, entführt werden. Wenigstens konnte ich mich wegbeamen, sobald er mich losgelassen hatte. Momentan war es nicht möglich, weil wir uns sonst beide in Luft aufgelöst hätten und das in dieser Menschenmenge nur für Aufruhr und Panik gesorgt hätte.

Ich spürte, dass es frisch wurde. Fuck, wir waren draußen. Emma und Rick hatten mich also nicht gesehen. Die Chance war zugegebenermaßen auch gering gewesen, schließlich war der Club prall gefüllt und sie hatten das Licht mit Heranrücken späterer Stunden immer mehr gedimmt. Von der jetzigen Warte aus betrachtet war der Club eigentlich gar keine so gute Idee gewesen, um sich sicher zu fühlen. Der Türsteherverschnitt schob mich in einen schwarzen Van. *Das war ja wie im Film!* Er ließ mich keine Sekunde los. Fast so, als wüsste er, dass ich …

»Mein Boss will dich sehen, Chelsea«, brummte er mit selten tiefer Stimme. »Welcher Boss?«, fragte ich. Mir schwante Übles. Er grinste nur blöd und ich wusste, dass mich die Plochinten dieses Mal erwischt hatten.

RICK

Der Abend entpuppte sich als äußerst lustig. Wir lernten Emma besser kennen und zwischen Chelsea und mir herrschte das erste Mal, seitdem sie uns ihre *Friendzone* aufgezwungen hatte, tatsächlich ein freundschaftliches Verhältnis. Mein Drink trank sich zwar wie ein Saft, doch mehr und mehr klopfte die Wirkung des Wodkas an. »Leute, ich muss mal kurz. Danach gehen wir auf die Tanzfläche!«, warf Chelsea die Hände in die Höhe und schwang ihre Hüften. Ich nickte und Emma versuchte, ihren Kopf in irgendeiner Form zu rotieren.

Sie war betrunken. Nicht wie Chelsea, die mittelmäßig angeheitert war, sondern so richtig betrunken. Aufmunternd zwinkerte ich ihr entgegen: »Wenn Chelsea zurück ist, gehen wir nach Hause, okay, Em?« Sie nickte dankbar. Ich wollte ohnehin nicht, dass die Nacht erneut so ausartete wie vor einigen Tagen im *Shakespeare's Head*. Betrunken war Chelsea ein leichtes Opfer.

»Wo bleibt eigentlich Chelsea?«, lallte Emma nach einiger Zeit fragend in Richtung ihres Bauches. Die Frage traf mich wie ein harter Schlag ins Gesicht. Sie musste schon über fünfzehn Minuten weg gewesen sein. Viel zu lange, als dass es noch irgendwie begründbar gewesen wäre. Selbst sich zu übergeben dauerte nicht so lange. In mir wuchs Panik. Mein Herz pumpte gegen meine Brust, sodass gleichzeitig mein Hirn pochte. Der Wodka verstärkte den Effekt noch zusätzlich.

Ich rannte zur Damentoilette. Da waren nur viele Mädels, die sich schminkten und sich ihre Push-up-BHs zurechtrückten. »Chelsea?«, rief ich gehetzt, um zu checken, ob sie vielleicht doch noch in einem der WCs war. Keine Antwort. Nur verwirrte Blicke von Frauen und einige Beschimpfungen, dass ich mich verziehen solle.

Im Licht der grellen Laserstrahlen stürmte ich durch die tanzende Menge und versuchte, Chelsea zu finden. Vielleicht hatte sie jemanden getroffen und es war falscher Alarm. Ich kämpfte mich über eine halbe Stunde durch die Massen, in jeden Themenraum dieser verwinkelten Diskothek und verfluchte die Raumstruktur. Sie war nicht da.

Ich ging vor den Club. Keine Chelsea. Nur vereinzelt lallende, singende Alkoholleichen, die den Weg nach Hause nicht mehr fanden. Sie hatten sie. Die Plochinten hatten Chelsea entführt. Und das vor meinen Augen! Ich hasste mich dafür. Und ich hasste die letzten drei Drinks, ohne die vielleicht alles anders verlaufen wäre. Ich hätte sie beschützen können. Nein, ich hätte sie beschützen *sollen*. Noch nie in meinem Leben hatte ich mich derartig geschämt. Wenn ihr etwas passierte, könnte ich mir das nie verzeihen.

Emma, schoss es mir durch den Kopf. Wenigstens sie musste ich beschützen. Ich hastete zurück in den Club und fand sie am selben Platz an der Bar, an dem wir den ganzen Abend gestanden hatten. Betrunken, aber nicht entführt. Ich nahm sie unter meine Arme und verließ mit ihr den Club.

»Emma, schaffst du's, dass wir uns beamen und du dich dabei nicht übergibst?« Sie schaukelte nur von links nach rechts. Na toll, dann also die Tube. Ich ging mit ihr zur nächsten U-Bahn-Station und kaufte ihr bei einem der kleinen Supermarktläden an der Straße eine Flasche Wasser. Wir brauchten jetzt einen klaren Kopf. Ich hatte meinen durch den Schock wiedererlangt.

Wir stiegen in *South Kensington* aus, auf geradem Weg zur *Princes Street*. Ich musste Emma immer wieder zu mir auf den Gehsteig ziehen, weil sie so stark torkelte. Geduldig griff ich ihr unter die Arme, um unser Ziel zu erreichen. Dann klopften wir an die Tür eines zierlichen Reihenhauses, welches den alternativen Eingang zum Elbenkreisel barg. Es war ein unscheinbares Reihenhaus – gepflegt, in gedeckter Farbe gestrichen, mit schlichtem Zaun, mitten in London. Die perfekte Tarnung für einen Zugang in eine andere Dimension.

Magnus Pfefferstein öffnete uns die Tür. Der Mann, den ich für seine Taten bewunderte und dessen Ahnenreihe den Elbenkreisel ins Leben gerufen hatte. Magnus war für mich immer wie ein Ersatzopa gewesen und hatte mir sogar ein geheimes Zimmer im Elbenkreisel geschenkt. Er musterte uns einige Sekunden, ehe sein Blick Mitleid und Verzweiflung ausströmte. Er wusste, was passiert war. Plötzlich strömten mir Tränen über das Gesicht.

»Magnus, sie haben Chelsea!«, stieß ich verzweifelt aus. Außerdem hatte ich Angst, dass sie ihr etwas antun oder sie auf ihre Seite ziehen und sie nie mehr zurückkehren würde. Ich wollte sie nicht verlieren. Meine gedankliche Abwärtsspirale half nicht besonders, meine Emotionen zu beherrschen. Die Tränen wurden mehr, sein Blick besorgter. Magnus kam auf mich zu, umgriff meinen Oberarm und zog Emma und mich ins Haus.

Dann bettete er sie auf seine schmuddelige, jedoch gemütliche Couch und brachte ihr ein Glas Wasser. Sie schlief sofort ein. Er seufzte schwer, ehe er mir tief in die Augen blickte. Ich wiederum sah in seinen, dass er die Gefahr, die uns bedrohte, besser kannte als ich. Da mir noch immer schwindlig war von all dem Trubel und dem Wodka, beschloss ich, mich nicht nach unten zu beamen, sondern den herkömmlichen Weg zu wählen. Für all jene, die eine andere Gabe als die des Beamens verliehen bekamen, errichteten Magnus' Vorfahr und sein Partner mithilfe der Elben ein Portal im Haus, durch das man in den Elbenkreisel gelangen konnte.

Das Haus wurde stets an die Nachkommen mit einer vertraglichen Vereinbarung vererbt, dass der Besitz nicht verkauft oder vermietet werden dürfe. Da sein Partner keine Nachkommen hatte, fiel das Erbe auf die Pfeffersteins. Fortan war das Portal zum Elbenkreisel stets in sicherer Hand. Durch einen Schutzwall konnten nur Menschen mit einer Gabe diesen Zugang nutzen. Dieser Schutz galt nicht nur uns vor den Plochinten, sondern auch jenen, die ohne Begabung in den Elbenkreisel zu kommen versuchten. Was in der Regel nur dann geschah, wenn Magnus normale Menschen zu sich zum Tee einlud. Jenen würde bei einem solch abrupten Wechsel in eine höhere Dimension übel werden. In den meisten Fällen würden sie das Bewusstsein verlieren. Selbst für uns war der Switch zwischen der dritten und der fünften Dimension anstrengend.

Der weißbärtige Mann starrte mich immer noch an, als ich mich schluchzend von ihm löste und mich in Richtung Aufzug bewegte. Er schwieg die ganze Zeit über, doch in seinem Ausdruck erkannte ich das tiefe Bedauern, das er hegte. »Ich muss sie retten«, erklärte ich. Er nickte anerkennend und ließ mich gehen. Ohnehin hätte er mich nicht aufhalten können. »Pass auf dich auf, Junge. Und handle nicht unüberlegt. Ich achte währenddessen auf deine Freundin.«

Dankbar nickte ich ihm zu und stieg in den Aufzug, um tief unter die Erde in den Elbenkreisel zu fahren und die Schreckensbotschaft zu verkünden. Beim Gedanken daran schnürte sich mein Hals zu. Trotzdem winkte ich Magnus in der Hoffnung, einen letzten tröstenden Blick zu erhaschen. Ich bekam ihn.

KAPITEL 14

RICK

Ich fühlte mich gehetzt. Es machte mich wahnsinnig, nicht zu wissen, wo Chelsea war und was ihr gerade widerfuhr. Die Situation kam einem Wettlauf mit der Zeit gleich. Jede Sekunde zählte. Ich kannte die Methoden der Plochinten nicht, was meine Fantasie grässliche Vorstellungen spinnen ließ. Meine Finger zitterten, mein Brustkorb tat weh, mein Magen krampfte. Mir war schlecht. Unten angekommen, stürmte ich durch die Halle und rief verzweifelt nach meinem Vater. Der Mond beziehungsweise dessen Illusion schien romantisch durch die Kuppel der Elbenkreiselhalle. Mein Rufen hallte unbeantwortet zu mir zurück. Wie ein Puma sprintete ich zu den Trainingshallen, dem Ort, wo sich mein Vater häufig aufhielt. Dort war er auch. Mit Clarissa.

»Sie haben Chelsea, sie haben sie entführt! Bitte helft mir!«, keuchte ich atemlos. Claudias Gesichtsausdruck erstarrte. Sie wurde blass wie Kalkstein. Dad sah mich erschüttert an. Beide standen unter Schock. Diese Sekunden des Stillstands quälten mich aufs Innerste. Das war mir zu viel. Ich sank zu Boden und vergrub mein Gesicht in meine Hände. Am liebsten hätte ich wieder geweint, aber ich konnte nicht. Ich war wie gelähmt.

Es schmerzte mich zu sehr, dass ich sie im Club verloren hatte, obwohl ich anwesend war. Wir hätten uns nicht so sicher fühlen dürfen, denn wir waren es nicht gewesen. Vermutlich hatten uns die Plochinten den gesamten Abend lang beobachtet. Wie naiv von uns zu glauben, wir hätten sie abgehängt. Sie waren überall. Man konnte sich nicht vor ihnen verstecken. Unsere defensive Strategie ging nicht auf. Wir mussten offensiv vorgehen, um Chelsea aus ihren Fängen zu befreien.

Ich fand meine Fassung wieder und rief: »Vor Schock in Totenstarre zu fallen, hilft uns jetzt auch nichts, wir müssen sie finden!« Mein Dad und Clarissa versuchten, sich zu sammeln. Clarissa gelang das nur kurz. Ein paar Momente später fiel sie mit einem hauchenden »meine Tochter« zu Boden.

»Clarissa!«, erschrak mein Vater und fing sie im letzten Moment auf. Er sah mich entschlossen an: »Ich kümmere mich um sie. Am besten suchst du Violetta. Vielleicht findet ihr in ihrer letzten Vision noch Hinweise, die uns weiterhelfen könnten.« Zielstrebig stand ich auf und war froh darüber, eine Anweisung erhalten zu haben. Stoisch schloss ich die Augen und löste mich in helles Licht auf, um unsere Seherin aufzusuchen.

CHELSEA

Wir fuhren schon eine ganze Weile. Leider hatte ich meine Armbanduhr in der Trainingshalle liegen gelassen und somit keine Ahnung, wie spät es wirklich war und wie lange wir schon in diesem Van saßen. Der Mann, der mich entführt hatte, sprach eine gefühlte Ewigkeit lang nichts. Ich starrte ihn nur mit finsterem Blick an, bis er irgendwann weich wurde. »Was schaust du denn so? Das ist ein Auftrag, okay? Ich kann nichts dafür, dass man dich in der Zentrale unbedingt haben will«, murrte er grimmig. »Du bist aber derjenige, der mich entführt hat!«, keifte ich ihn an und schob die Augenbrauen noch näher zusammen. Spielte der doch tatsächlich den Unschuldigen! Das konnte unmöglich sein Ernst sein. Er erwiderte meinen Blick mit finsterer Miene. »Kannst du mich vielleicht mal loslassen, das nervt! Ich werde dich wegen sexueller Nötigung verklagen«, drohte ich ihm. »Dazu müsstest du erst mal wissen, wer ich bin«, konterte er selbstsicher. Arschloch. »Außerdem kann ich dich nicht loslassen, sonst würdest du dich sofort wegbeamen.«

Ich schluckte. Es herrschte kein Zweifel mehr: Ich war in den Händen der Plochinten gelandet. Gott sei Dank hatte mich der ganze Trubel mittlerweile wieder komplett ernüchtert und das ohne stechenden Kopfschmerz. Mein gesamter Organismus war in Alarmbereitschaft. Meine Sinne arbeiteten auf Hochtouren und versuchten, jeden Geruch, jedes Geräusch, jede Fluchtmöglichkeit und aber auch jede Gefahr wahrzunehmen. Erst jetzt sah ich den silbernen Anstecker an seiner Brust. Im Geiste griff ich mir an die Stirn. Ich war so naiv, dass es mir schier wehtat.

Der Wagen hielt. »Wir sind da«, verkündete er und zog mich aus dem Van. Ich blinzelte in die Dunkelheit. Es war mitten in der Nacht. Das machte das Ganze noch furchterregender. Bei strahlendem Sonnenschein hätte der Türsteherverschnitt bestimmt nicht so angsteinflößend und böse gewirkt.

Er brachte mich zum Seiteneingang eines großen Gebäudes, das wie ein stillgelegter Bauernhof aussah. Allzu genau urteilen konnte ich darüber nicht, weil mir dazu das nötige Licht fehlte. Als er mich in den Seiteneingang schob – und mich dabei natürlich nie losließ – erhellte sich ein Gang, sodass ich unweigerlich die Augen zusammenkniff. Er war ultramodern, obwohl mich die grellen Halogenlampen an eine Klinik erinnerten. Ich überlegte, wie mir eine Flucht gelingen könnte. Selbst wenn ich es bewerkstelligen würde, mich von seiner Klaue loszureißen – er war einfach zu nah. Während des Beamens könnte er nach mir greifen und mich zurückholen oder noch schlimmer:

sich mit mir beamen. Ich biss mir auf die Lippe. Es gab da keinen Weg raus. Hoffentlich hatten Rick und Emma mittlerweile bemerkt, dass etwas nicht stimmte und im Elbenkreisel Alarm geschlagen. Ein bisschen Unterstützung hätte ich gerade echt gut gebrauchen können.

Ich musste zugeben: Ich hatte Angst. Angst davor, dass mir niemand zu Hilfe eilte. Vor allem hatte ich jedoch Angst davor, dass den anderen etwas passierte, wenn sie versuchten, mich hier rauszuholen. *Stark bleiben, Chelsea!*, rief mein inneres Ich mir motivierend zu. *Alles wird gut werden, du musst jetzt nur stark bleiben!* Es hatte recht. Ich bekam das schon irgendwie hin. Auch wenn ich das Ganze erst zu fünfzig Prozent beherrschte. Ich glaubte an mich, wie ich es immer tat. Das baute mich auf.

Ich hob meinen Kopf, streckte meinen Hals und stolzierte königlich den Gang entlang. Es genügte, eine Gefangene zu sein, ich musste ja nicht gleich deren Attitude annehmen. Der Gang schien unendlich lang und erinnerte mich an ein Raumschiff. Falls ich hier lebend wieder rauskommen sollte, würde es mich wirklich interessieren, wie das Gebäude von außen aussah.

Wir kamen am Ende des Ganges an. Eine hohe, dunkle Tür mit Metallverzierungen thronte vor uns. Die Klinke war aus schwarzem Eisen gefertigt und im Verhältnis zu der großen Tür recht klein. Ich war gespannt und angespannt zugleich, was mich dahinter wohl erwarten würde. Erneut rekelte ich meinen Kopf gen Himmel, streckte meinen Hals, merkte dabei, dass ich sehr wohl noch unter Alkoholeinfluss stand, ließ meine Gelenke deshalb in Ruhe und wartete darauf, dass mein Entführer mir zumindest die Tür öffnete.

Der Türsteherverschnitt griff an die Türklinke, drehte sich zu mir und fragte: »Bist du bereit?« Verdattert fragte ich ihn: »Wofür denn?« – »Für den Boss«, sagte er ernst. Ich sah ihn an und nickte grazil. Meine Rolle als eitle Gefangene lag mir wirklich sehr. Er erwiderte mein Nicken mit einem diabolischen Lächeln und öffnete die Tür.

RICK

Violetta rannte mir bereits entgegen, als ich mich im Aufenthaltsraum neben den Trainingsräumen rematerialisierte. »Es tut mir so leid«, hauchte sie kurzatmig. »Was genau hast du gesehen?« Sie bat mich, mich zu setzen, also ließen wir uns an dem Ecktisch nieder, an welchem wir damals gesessen hatten, als mein Vater Chelsea die Legende ihrer Mutter offenbarte. Nervös rutschte ich auf meinem Stuhl hin und her, schenkte ihr aber dennoch meine volle Aufmerksamkeit. Dann nahm sie meine Hände in die ihren und atmete tief ein. Kurz lächelte sie mir zu, schloss daraufhin die Augen und hob ihr Gesicht weit nach oben. Im Aufenthaltsraum war gerade niemand. Kein Wunder, es war mitten in der Nacht.

»Ich sah, wie Chelsea auf den Boden knallte. Ein Mann stellte ihr ein Bein und trug sie aus einem dunklen Club. Außerdem konnte ich sehen, wie sie in einem Van saß. Das Fahrzeug sah ich jedoch nur von innen, weshalb ich dir nicht sagen kann, um welche Sorte Van es sich handelte. Der Plochint ließ sie nicht los. Es war zweifelsohne ein Plochint, das stand in meiner Vision nicht zur Debatte. Dann sah ich Chelsea vor einem Mann auf einem Thron, einem sehr selbstgefälligen. Ich fühlte Gewaltfreude und eine Kriegsatmosphäre. Noch dazu sah ich Waffen. Es war an einem heißen Ort, einer Wüste vielleicht. Ich konnte nur Bruchstücke erkennen oder spüren.

Dann wurde die Vision wieder klarer. Er wollte sich unbedingt mit ihr vereinen und meinte: ›Ich habe Großes mit dir vor! Zusammen können wir die Welt beherrschen und Seite an Seite das mächtigste Duo der Unterwelt werden! Ich wäre so stolz auf dich!‹ Dann verschwamm alles und ich erwachte.«

»Wie sah der Mann aus?«, fragte ich nervös. »Das habe ich nicht gesehen, in meinem Traum hatte er kein Gesicht. Aber bestimmt kannst du dich an meine erste Vision über Chelsea erinnern, oder?« Ich nickte eifrig, neugierig darauf, was Violetta zu sagen hatte. »Bei jener spürte ich eine mir fremde Schwingung in Bezug auf die Plochinten. Ich fühlte in der Vision eine Besessenheit, eine persönliche Zerrissenheit. Und in meinem Traum spürte ich dieses Gefühl erneut.«

»Kannst du mir sagen, wo sich Chelsea befindet?« Entschuldigend blickte sie mir entgegen: »Sorry, Rick. Es war stockdunkel. Ich konnte nur erkennen, dass es ein abgelegenes Gebäude war, mehr nicht.« Beschämt zog sie die Schultern hoch und steckte ihren Kopf in die Schulterhöhle. Sie wollte helfen. Mir dafür nicht alle nötigen Informationen liefern zu können, musste sie quälen.

Ich brauchte zumindest einen ungefähren Standort. Der Blick von Violettas großen, grünen Augen bohrte sich regelrecht durch mich hindurch. Ihre Gesichtszüge waren ernst. »Du kannst sie retten, Rick. Aber bitte pass auf dich auf. Wenn wir euch beide verlören …« Ihr stiegen Tränen in die Augen. Den Verlust ihrer Schwester Angelina an die Plochinten hatte sie nie richtig verkraftet. Jeden Tag fehlte sie ihr. Doch Angelina hatte sich vor Jahren dazu entschlossen, die Seite zu wechseln und war ein offiziell anerkanntes Mitglied der Plochinten.

»Ich werde auf mich aufpassen, Violetta. Ich verspreche es.« Sie nickte beruhigt und nervös zugleich. Dankbar, jedoch mit einem Puls von 180, umarmte ich sie und kehrte zu den Trainingshallen zurück.

Mein Vater saß mit Clarissa vor einer Skizze auf den Trainingsmatten. Chelseas Mutter war wieder bei vollem Bewusstsein und offenbar in den Kriegsstrategiemodus übergegangen. »Konntet ihr etwas herausfinden?«, wollte mein Vater sofort wissen. »Nein, nichts Genaues. Violetta sah lediglich einen abgelegenen Standort.« Clarissa schluckte. Sie wirkte nicht sehr stabil. Hoffentlich würde sie diese Aktion psychisch heil überstehen. Das wünschte ich mir auch für mich.

»Und ihr?« Ich hoffte auf etwas mehr Glück bei Clarissa und meinem Dad. »Wir versuchen, die Zentrale der Plochinten zu lokalisieren, weil wir glauben, dass sie Chelsea dorthin gebracht haben«, erklärte mir mein Vater. »Gut möglich, denn Violetta sah einen Thron in ihrer Vision. Meist steht solches Interieur nicht in jeder beliebigen Lagerhalle.«

»Das bestätigt unsere Annahme mit der Zentrale. Doch das Pendel schlägt nicht an.« Er senkte seinen Blick zu Boden. »Keine Sorge, wir probieren es weiter«, wollte er mich beschwichtigen. »Das dauert doch ewig!«, rief ich empört. »Wir könnten uns genauso gut einfach dorthin beamen!« Mein Vater schaute ernst zu mir hoch: »Und uns freiwillig in die Hände der Plochinten begeben? Auf keinen Fall. Wir können uns nicht einfach zu Chelsea beamen. Im schlimmsten Fall würden wir mitten in einer Plochintenversammlung landen. Die Chance, bei einer solchen Aktion von keinem gesehen zu werden, liegt bei null. Oder glaubst du, dass es in der Zentrale keine Plochinten gibt?« Dad setzte seinen väterlich lehrenden Blick auf.

Dann versuchte Clarissa, mich zu beruhigen: »Rick, wir können uns tatsächlich nicht einfach in diese Zentrale teleportieren. Die Plochinten kennen Chelseas Geheimnis – ihre Gabe – und werden sie festhalten, damit sie sich nicht teleportieren kann. Das bedeutet, dass wir sie sowieso nicht ohne Strategie befreien können.«

Ich erstarrte. Vor Wut! Wie konnten sie in solch einer Situation nur so dermaßen vernünftig agieren? Es ging um ihre Tochter. Und Dad wusste, wie viel Chelsea mir bedeutete. Das war doch Wahnsinn! »Plochinten hin oder her, Chelsea ist in Gefahr! Genauso wie der komplette Jemen. Wenn die Waffenlieferung dort ankommt, herrscht in dem Land erneut Krieg. Wollt ihr das etwa?«

Sie blickten mich geduldig an. Vermutlich dachten sie, ich würde mich von selbst besinnen. Wie naiv sie doch waren. »Wir müssen auch auf die Mitglieder unserer Institution achten, Rick«, fing mein Vater an zu erläutern. »Wir können sie nicht in eine Mission schicken, die zum Scheitern verurteilt ist.«

Zum Scheitern verurteilt? Ich sah rot. Sollten sie doch mit ihren bescheuerten Skizzen und Pendeln nach Chelsea suchen. Ich würde sie da jetzt rausholen. Ernst blickte ich meinem Vater in die Augen. »Ich werde nicht untätig hier rumsitzen und warten, bis ihr eine Strategie ausgearbeitet habt.« – »Rick, nicht!«, warnte mein Dad und versuchte, nach mir zu greifen. Es war zu spät. Ich war schon auf dem Weg zu Chelsea.

CHELSEA

Wir betraten eine große Halle. Sie war düster, ganz anders als die des Elbenkreisels. Die Wände waren dunkelrot bemalt oder besser gesagt beschmiert. Fackeln beleuchteten die lieblose Streicherei. Fast schwarz erstreckte sich der Boden unter uns. Er war so glatt poliert, dass er wie ein Spiegel wirkte, und erzeugte einen seltsamen Kontrast zu den mittelalterlichen Wänden. Die Decke war grau und niedrig gehalten. Der Geruch von Blut und Moder lag in der Luft und ich versuchte mit voller Willensstärke, nicht über den Grund zu sinnieren. Mir stellte es die Nackenhärchen auf.

Hier war es eiskalt. Diese Halle wirkte unangenehm bedrückend. Zudem wimmelte es nur so von Plochinten. Überall standen Männer mit langen, schwarzen Ledermänteln, vereinzelt auch ein paar Frauen. *Was für eine antifeministische Organisation*, dachte ich abschätzig. Zumindest hätten sie eine gendergerechte Aufteilung etablieren können. An den Mänteln erkannte ich erneut das Symbol: *das Viereck ohne Unterkante in Silber*. Ich hatte keine Ahnung, was es bedeutete. Zumal mir die Erkenntnis ohnehin nicht mehr viel gebracht hätte, schließlich hatten sie mich schon in ihren Fängen und geleiteten mich soeben zu einer Audienz mit ihrem Boss. Ich hoffte darauf, dass Rick genügend Vernunft besaß, sich nicht blindlings zu mir zu teleportieren.

Wir durchquerten die finstere Halle. Dabei entging mir nicht, wie mich ausnahmslos jeder anstarrte. Manche guckten nur blöd, andere tuschelten wissend. Einige wenige pfiffen mir provozierend nach. Arschlöcher. Die flackernden Fackeln an der Wand schufen eine gruselige Atmosphäre. Wie klischeehaft das doch war. Als Erstes würde ich dem Big Boss empfehlen, sich eine gute Innenarchitektin zu suchen. Der Interior-Look hier ging gar nicht.

Da fiel mir ein, dass *mein* Look ebenso miserabel war. Ich hatte mich ewig nicht mehr nachgeschminkt und mein Liquid Eyeliner klebte an meinem Oberlid wie Honig auf Brot. Mein Lidschatten musste in die kleinen Augenfältchen gerutscht sein und sich vermutlich in feinen Streifen über meinem Augenlid erstrecken. Und der Kajal verlief wahrscheinlich bis zu meinen Wangenknochen. Als wäre das nicht schlimm genug, war ich nach dem Training mit Rick nicht duschen, weil wir für ausgiebige Körperpflege zu hungrig gewesen waren. So war ich ordentlich verschwitzt. Meine Kleidung hätte auch dringend gewechselt gehört. *Du hast ein bisschen was von einer Crackhure*, flüsterte mein inneres Teufelchen mir böse zu. Wenigstens konnte ich dieses modische Debakel auf meine Entführung schieben.

Einer der Plochinten – wohl einer der aggressiven Sorte – kam auf mich zu und fauchte mich an: »Endlich wieder mal eine *Auserwählte*!« Dann grinste er verachtend und kehrte mir den Rücken zu. Das Wort *Auserwählte* betonte er dermaßen abschätzig, dass ich mich unweigerlich fragte, ob alle Plochinten einen Groll gegen Menschen hegten, in denen eine Begabung schlummerte und ob dieser wohl aufgrund ihres Mangels an eigener Individualität existierte.

KAPITEL 15

CHELSEA

Am Ende der großen, düsteren, stillos eingerichteten Halle mit all den neugierigen Plochinten kamen wir zur nächsten Tür. *Meine Güte, die machten es aber spannend*. Wieder fragte mich der Türsteherverschnitt, ob ich bereit sei. Ich schnauzte ihn nur mehr mit einem »öffne die verdammte Tür, du Arsch« an. Ihm missfiel mein Umgangston, was er mit einem dumpfen Grummeln deutlich zeigte. Dennoch machte er auf, wenn auch mit missbilligender Miene.

Dieser Raum sah anders aus: pompöser, mächtiger. Immer noch hässlich, jedoch um einiges besser als die Halle. Am Ende des Raumes – er dürfte zirka hundert Quadratmeter groß gewesen sein – ragte ein Thron sowie links und rechts von diesem noch zwei kleinere. Augenscheinlich waren die Plochinten keine Anarchisten. Die Throne waren aus rotem Stahl gefertigt und mit grauen sowie schwarzen Verzierungen versehen. Auf jedem prangerte das Viereck ohne Unterkante in Silber. Der in der Mitte hatte sogar ein Polster.

Darauf saß ein Mann. Gut gebaut, aber nicht der größte. Er trug das Zeichen als Silberring am kleinen Finger. Erwartungsvoll blickten mir seine ebenfalls blauen Augen entgegen. »Chelsea! Welch Freude, dass du uns beehrst!« Der Türsteherverschnitt schob mich näher an den Big Boss, ohne mich dabei loszulassen.

»Danke für die … ›Einladung‹. Gut, dass ich ohnehin nichts Besseres vorhatte und ihr mir ein spektakuläres Nachtprogramm geliefert habt. Am Ende hätte ich sonst noch – wer weiß – vielleicht in meinem kuscheligen Bett geschlafen?«, eröffnete ich meine sarkastische Ode. »Übrigens habt ihr da eine recht gewöhnungsbedürftige Einrichtung. Ich wüsste eine tolle Innenarchitektin, die euch die Halle dort draußen ein bisschen aufwerten könnte. Rote Wände und graue Decken wirken extrem düster, selbst für Plochinten.« Er schmunzelte. »Danke für den Tipp, meine Liebe, ich werde ihn gewiss überdenken.« Würde er nicht. Während er mich musterte, starrte er mir auffordernd in die Augen.

»Was willst du von mir? Und warum ich?«, stellte ich die Frage, die mir schon so lange auf der Zunge lag, hob dabei mein Kinn an und machte einen Schmollmund. Erscheinung war alles.

Er erhob sich von seinem Thron und kam zu mir. Jetzt wirkte er gar nicht mehr so klein. Dennoch fehlten ihm ein paar Zentimeter zu meiner Körpergröße. Ich streckte meinen Hals noch mehr, um größer zu wirken. Der Plochintenboss trug einen schon leicht angegrauten Dreitagebart und kurze, dunkle Haare mit ein paar grauen Strähnen. Sein langer, schwarzer Mantel war aus glänzendem Material gefertigt, nicht matt wie die der anderen Plochinten. Mit dem Ding wirkte er ziemlich schmierig.

Er sah mir tief in die Augen. Dass er dieselbe Augenfarbe wie ich hatte, störte mich. Blau mit einem Hauch von Grau und dunklem Rand um die Iris. Ich wartete geduldig wirkend auf seine Antwort, während ich innerlich mehrmals implodierte. Dabei musterte ich ihn weiter und hoffte, dass er mein inneres Feuerwerk nicht in meinen Augen erkannte.

Hässlich war er nicht, zumindest nicht äußerlich. An seiner verdorbenen Seele zweifelte ich dennoch nicht. Der Teufel kann auch Prada tragen und dass Kleider Leute machen, war ein modisches Grundgesetz. Seine Erscheinung bewies das Erbe guter Gene. Die Wangenknochen waren hoch, wodurch der Kiefer definiert hervortrat. Seine Nase fiel größer aus, der Mund ebenfalls. Die Stirn erstreckte sich hoch über seinen buschigen Brauen, die als einzige Haarpartie nicht von grauen Strähnen durchzogen waren. Er wirkte nicht alt, war aber auch keine dreißig mehr. Dass er trainierte, war trotz der Lederkluft an seiner Statur und dem Umfang seiner Oberarme zu erkennen. Der schmierige Mantel machte sein Bösewichtdasein allerdings etwas kitschig. Damit wirkte er so gewollt böse. Ich war mir sicher, dass er den Mantel nicht gebraucht hätte, um diesen Effekt zu erzielen. Seine Erscheinung strahlte Dunkelheit aus. Zudem war er der Boss der bestvernetzten kriminellen Institution der Welt.

Ich sinnierte soeben tiefer über seine modischen Entscheidungen, als er einen Schritt näher auf mich zukam. Uns trennten nun höchstens dreißig Zentimeter voneinander. Am liebsten wäre ich weit nach hinten gesprungen, doch der Türsteherverschnitt stand noch immer hinter mir und quetschte mir langsam, aber sicher meine Hand. Sie fühlte sich verschwitzt an, weil sie schon seit mehreren Stunden in seiner lag. Ich wusste nicht, was mir unangenehmer war: dass der eine Typ hinter mir in meine Hand schwitzte oder der andere vor mir obsessiv das Gespräch mit mir suchte.

Der Plochintenboss musterte mich von unten nach oben, blieb bei meinem Augenpaar hängen, tauchte in meine Iris ein und lächelte dann nostalgisch. Ich assoziierte seinen Blick mit Italien, als er seinen Kopf schrägte und mich fragte: »Chelsea, Liebes, erkennst du denn deinen Vater nicht mehr?«

Ich riss die Augen auf und glaubte, dass in diesem Moment mein Puls aussetzte. Alles in mir schrie nach Widerstand, doch mein Verstand ratterte, versuchte, Indizien für die Richtigkeit seiner Aussage zu finden. Mein Herz hämmerte nun panisch gegen meinen Brustkorb, als wolle es die Pulsaussetzer kompensieren. Doch mein Verstand spielte mir Error in Dauerschleife. Das konnte unmöglich sein. Das durfte unmöglich sein! Ich betrachtete ihn voller Entsetzen. »Du bist … Joe Stern? Mein Vater?«, presste ich entsetzt hervor. Er nickte und lächelte mich mit schiefem Blick an.

Kaum hatte ich das Wort *Vater* ausgesprochen, da explodierte der in mir brodelnde Vulkan, den ich seit geraumer Zeit unterdrückt hatte: »Sag mal, spinnst du?!«, begann ich ihn anzufauchen. Schließlich hatte der Typ meiner Mutter das Leben jahrelang zur Hölle gemacht. Er wich erschrocken zurück. Damit hatte er wohl nicht gerechnet, was nur zeigte, wie verkorkst er war. Glaubte er tatsächlich, ich würde ihm versöhnend in die Arme fallen, nachdem er mich tagelang jagen und schließlich entführen ließ?

»Du hast Mom das Leben zur Hölle gemacht! Sie hat alles für dich aufgegeben. Weil du gierig warst, weil dir Macht wichtiger war als Familienglück. Du hast sie verraten! Nur, weil du nicht damit klargekommen bist, dass sie eine Gabe hatte und du nicht. Wie krank ist das denn? Und jetzt lässt du deine eigene Tochter jagen und entführen. Findest du das normal?«

Er sah mich weder reumütig noch entschuldigend an, sondern meinte lediglich: »Ich sehe das größere Ganze. Kollateralschäden interessieren mich nicht.« Meinem Entsetzen konnte ich gar nicht genug Ausdruck verleihen. »Kollateralschäden? Mom war für dich ein Kollateralschaden? Du hast sie geliebt. Du hast *mich* mit ihr ins Leben gerufen! Wie kannst du es wagen, sie einen Kollateralschaden zu nennen! Sie hat dich nach deiner miesen Aktion sogar noch verteidigt und mir eine Lüge erzählt, um dich zu schützen. Dabei hat *sie* sich als die Böse verkauft und mir erzählt, sie hätte eine Affäre gehabt und dass du *deswegen* gegangen bist. So viele Jahre war ich sauer auf sie gewesen und hatte dich vermisst. Einerseits wollte ich dich zurück, andererseits hätte ich dich nicht mehr willkommen geheißen, schließlich hattest du uns verlassen, Affäre hin oder her. Nicht nur sie, auch mich hast du verlassen. War ich auch ein Kollateralschaden?«

Hätten ihn Blicke töten können, wäre er umgefallen und nie mehr aufgestanden. Er ging nicht auf meine letzte Frage ein. »Das war der Deal, den ich mit Clarissa damals geschlossen hatte. Zugegeben: Der Teil mit der Geheimhaltung meiner Taten war meine Bedingung, nicht die der Plochinten.«

Ich kniff meine Augen voller Abscheu zusammen und schaute ihm tief in seine, um meinen kommenden Worten mehr Ausdruck zu verleihen: »Ich hasse dich.« Ermuntert sah er mich an: »Ach, meine liebe Tochter. Hass und Liebe liegen nahe beieinander. Wenn du mich jetzt hasst, habe ich auch eine Chance, dass du mich wieder lieben lernst. Und das wirst du.« Er schaute mich ermahnend an. Dann wieder ganz sanft und nostalgisch. Litt er unter Schizophrenie? Als normal galt dieses Verhalten wohl kaum. Befehl, Sympathie, Drohung, Hinwendung, Gefühlskälte, Zuneigung.

»Erzähl mir, was damals passiert ist.« Wieder sah er mich liebevoll an. Meine Verwirrung schob ich beiseite, weil er sich zurück auf seinen Thron setzte, seinen Kopf streckte, tief ausatmete, seine Mundwinkel nach oben zog, den Moment der Aufmerksamkeit noch ein wenig genoss und dann anfing zu erzählen: Von Mums Gabe, wie er von ihr erfuhr und welch Potential für seine Karriere er darin sah. Dabei betonte er ständig, wie vergeudet er Mums Einstellung fand, diese Gabe nur für das Gute einzusetzen. Freiwillig. Unbezahlt. Selbstlos. Mir brummte der Schädel vom vielen Kopfschütteln, das bei jeder seiner Aussagen energischer wurde.

»Weißt du, ich wollte auch etwas bewirken. Nur war es mir egal, ob ich Gutes oder Böses tat. Mir war nur die Macht wichtig, das gebe ich offen zu. Macht ist etwas Wundervolles, es verleiht einem ein Hochgefühl. Es verleiht einem Dominanz, das Gefühl von Beherrschung.

Eines Tages trat ein Mann an mich heran. Damals war er der Vorstandsvorsitzende der Plochinten gewesen und fragte mich, ob ich bei ihnen einsteigen wolle. Er wusste von der Gabe deiner Mutter, denn sobald ich ihm meine Zusage erteilte, wollte er, dass ich Clarissa ebenfalls dazu bringe, für die Plochinten zu arbeiten. Aber ich kannte sie und wusste, dass sie kriminelle Machenschaften nie unterstützt hätte. Deshalb lockte ich sie unter einem Vorwand in die Zentrale der Plochinten, weil ich mir sicher war, mit einigen Druckmitteln mein Ziel zu erreichen. Schließlich hatte ich nicht vor, gleich bei meinem ersten Job bei den Plochinten zu versagen. Sie nahmen sie fest und wollten sie zwingen, zu kooperieren. Ohne Erfolg. Als sie ihr Folter und Tod androhten, blieb sie ebenfalls standhaft.

Dann brachten sie dich ins Spiel und ich wollte einen Rückzieher machen, doch es war nicht mehr möglich gewesen. Deshalb handelte ich einen Deal mit den Plochinten aus. Ich erklärte dem damaligen Vorstandsvorsitzenden, dass Clarissa nie einlenken würde und dass wir ihr, selbst wenn wir sie zwingen würden, für uns zu arbeiten, nie zu hundert Prozent vertrauen könnten und dass es besser wäre, sie gehen zu lassen. Natürlich nicht ohne sie zu bestrafen. Gnade gehört nicht zum Stil der Plochinten. Um sie nicht sterben sehen zu müssen und dich nicht allein aufwachsen zu sehen, schlug ich vor, Clarissa ihrer Gabe zu berauben. Ich erklärte den Plochinten damals, dass das genug Folter für deine Mutter wäre.«

Er machte eine kleine Atempause und schnippte mit den Fingern. Gleich zwei Plochinten hechteten zu ihm und warteten auf eine Anweisung. »Bringt mir ein Bier!«, befahl er ruppig. »Chelsea, Liebes, hättest du auch gerne eine Erfrischung?«, richtete er sein Wort an mich. »Nein.« Mehr brachte ich nicht raus, ohne erneut zu schreien.

In mir brodelte so viel Hass. Die Art, wie er die Geschichte erzählte, quälte mein Innerstes. Ihm schien die Mutter seines Kindes so egal. Unwichtig. War ihm bewusst, dass er mit seiner

Machtgier Menschen verletzt hatte? Ich funkelte ihn an. Wäre er nicht so weit weg gewesen, hätte ich ihm ins Gesicht gespuckt. Er erkannte den Hass in meinen Augen. Schier ergötzte er sich daran, das verriet das Funkeln in *seinen* Augen. Der Plochintenboss ließ meine angewiderte Reaktion unkommentiert und fuhr fort: »Sie brandmarkten deine Mutter mit einer Rune, die mit dem Zellgewebe der Haut verwoben wurde. Hätte sich deine Mutter verstofflicht, also gebeamt, hätte sich das Zellgewebe verändert und die Rune in unserer Zentrale einen Alarm ausgelöst.

Was wir Clarissa allerdings verheimlichten, war der stille Alarm. Wir hatten die Rune so programmiert, dass sie auch einen Alarm in unserer Zentrale auslöste, wenn sich jemand neben ihr teleportierte. Damit wollten wir andere Begabte aufspüren und versuchen, sie auf unsere Seite zu ziehen. Schließlich ist nicht jeder so durch und durch gut wie deine Mutter, Chelsea.«

Er zwinkerte mir zu. Ich wollte mich übergeben. »Da der stille Alarm nicht die Mutation des Zellgewebes selbst erfasste, sondern nur zellmutierte Rückstände im Energiekörper deiner Mutter, tat diese Form der Runenaktivierung weniger weh, als wenn sie sich selbst gebeamt hätte. Hätte sie durch den Einsatz ihrer Gabe und dem damit einhergehenden Schwurbruch ihre eigene Zellstruktur verändert, wäre sie wohl vor Schmerz ohnmächtig geworden.« Ich schluckte und war in diesem Moment froh darüber, dass *ich* die Rune und den Alarm aktiviert hatte und nicht Mom selbst. Seine Worte bestätigten auch Ricks und Williams Vermutungen. Obwohl ich einige seiner Offenbarungen bereits kannte oder vermutete, war es gut, es von *ihm* zu hören.

Redselig ergänzte er: »Deshalb nannten wir den zweiten Alarm auch den *stillen Alarm*. Erstens, weil er weitaus weniger schmerzlich war und zweitens, weil Clarissa nichts davon wusste.« Er sprach von der Rune wie von einem Meisterwerk. Ich hätte sie eher mit einer zellmutierenden Fessel verglichen. Plötzlich wurden seine Gesichtszüge düster und er fügte hinzu: »Übrigens wusste ich nicht, dass diese Gabe weitervererbt werden kann. Das hatte mir Clarissa damals verschwiegen.«

»Warum nur?«, konterte ich sarkastisch. »Woher wusstest du, wo wir wohnen? Wie konntest du mich finden?«, hakte ich nach. Ich ging aufs Ganze und wollte einfach alles wissen. Solange er glaubte, er könnte dadurch eine Bindung zu mir aufbauen, war ich im Vorteil.

Geduldig beantwortete er mir auch diese Frage: »Nachdem deine Mutter in den Deal eingewilligt hatte, wurde sie mit der Rune gebrandmarkt. Ich wusste, dass dies das Ende unserer Ehe bedeutete und ich dich nie mehr wiedersehen würde. Zumindest nicht gewünscht. Deshalb ließ ich dich all die Jahre observieren und schickte immer wieder Plochinten zu eurem Haus und ließ mir berichten, wie es dir ging. Ich wollte zumindest passiv an deinem Leben teilhaben.«

»Du bist krank«, schleuderte ich ihm voller Hass ins Gesicht.

»Nein, Liebes«, konterte er. »Ich bin lediglich ein liebender Vater.« – »Du bist ein Stalker, Joe!«, schrie ich mit aufkeimenden Tränen in den Augen. »Du hast Mom ihre Bestimmung genommen und mich verlassen! Dass du keinerlei Gewissensbisse hast, zeigt, wie verkorkst deine Wahrnehmung ist!« Ich wusste gar nicht mehr, wohin mit der ganzen Wut, die sich in mir aufstaute. Aber ich musste jetzt durchhalten. Ich musste alles erfahren.

KAPITEL 16

CHELSEA

»Woher wusstest du, dass ich es auch kann?«, wollte ich von ihm wissen. »Das ist eine schöne Geschichte, Liebes«, begann er zu erzählen. Schon wieder machte sich Brechreiz in mir breit. Ich wusste nicht, wie lange ich ihn noch unterdrücken konnte. Meine Galle stand mir bis zum Hals. »An dem Morgen, an dem du dich teleportiert hast, hatte ich wieder einen meiner Handlanger geschickt, um mir berichten zu lassen, wie es meiner Tochter ging. Er erzählte mir, dass du zerstreut aus dem Haus gerannt bist und deine Mutter allein in der Küche sitzen blieb. Währenddessen wurde der stille Alarm der Rune in der Zentrale ausgelöst. Da mein Handlanger mir berichtete, dass niemand sonst außer dir zu dieser Zeit bei deiner Mutter gewesen war, wusste ich, dass du die Gabe auch besitzt.«

Mist. Ich musste zugeben, dass deren System echt gut war. Endlich verstand ich, wieso sie es auf mich abgesehen hatten und wie sie, bevor ich es selbst richtig verstehen konnte, von meiner Gabe wussten. Deshalb hatte sich Mom bei unseren Gesprächen den Unterarm gehalten. Er tat weh, weil sich die Rune nach meiner versehentlichen Beam-Aktion »still« aktiviert hatte.

Ich schaute ihn noch immer hasserfüllt an. Er ignorierte meine Antipathie beinhart und wurde nostalgisch: »Ach, meine liebe Tochter! Du kannst dir gar nicht vorstellen, wie glücklich ich war, als ich das erfuhr! So erhielt ich eine zweite Chance! Und in meiner jetzigen Position – als Vorstandsvorsitzender der Plochinten – stehen mir auch ganz andere Mittel zur Verfügung. Ich ließ dich holen und hier bist du, mein liebes Kind.«

Ja, ja, labere ruhig, dachte ich mir und verdrehte sichtlich genervt meine Augen. *Vorstandsvorsitzender.* Es klang beinahe beeindruckend, doch ich wusste, was hinter dieser Position steckte: Auftragsmorde und Kriegsführung. Strategische Planung zur Erschaffung von Chaos. Im Grunde war mein vermeintlicher Vater ein Terrorist. Ich schniefte verächtlich, während ich das dachte.

Aus tatsächlichem Interesse erkundigte ich mich, wie er zum Oberhaupt der Plochinten wurde. Die Frage danach sah ich als willkommene Ablenkung, um seinen nostalgischen Schwärmereien zu entgehen: »Wie wurdest du zum Big Boss? Wir dachten, du wärst tot.« Er lächelte mich mit Genugtuung an und antwortete selbstgefällig: »Kontakte, Beziehungen, Ehrgeiz und ein klares Ziel vor Augen. Das war es, was mich antrieb und was man generell im Leben braucht, um Erfolg zu haben.« Leider hatte er damit gar nicht mal so unrecht. Trotzdem wollte ich mir nicht vorstellen, wie viele Menschen ihr Leben lassen mussten, damit mein Vater auf diesem Thron sitzen konnte.

Abrupt wechselte er das Thema und strahlte mir wieder freudig und motiviert entgegen: »Ich habe Großes mit dir vor! Zusammen können wir die Welt beherrschen, indem wir Seite an Seite das mächtigste Duo der Unterwelt werden! Ich wäre so stolz! Und ich habe schon einen spannenden Auftrag für dich, Chelsea!«

Okay, ich hatte schon bemerkt, dass er einen leichten Hang zur Schizophrenie besaß, aber dass er tatsächlich glaubte, ich würde ihn unterstützen, bestätigte, dass er absolut irre war.

»Ich werde weder etwas *für* dich noch mit dir gemeinsam tun!«, verneinte ich seine Vision. – »Aber Chelsea, du weißt doch noch gar nicht, worum es geht«, versuchte er mich zu ködern. Doch, das wusste ich, aber das sagte ich ihm nicht. Schließlich hatte ich keine Ahnung, ob er wusste, dass Begabte mit anderen Gaben existierten. Ich wollte Violetta nicht in Gefahr bringen. Da fiel mir ein, dass ihre Schwester Angelina die Seiten gewechselt hatte. Sie musste hier also irgendwo sein. Vielleicht wusste er es doch? Ich entschied mich dazu, kein Risiko einzugehen und mich besser dumm zu stellen.

»Worum geht es denn?«, fragte ich wimpernklimpernd und scheinheilig, um das Spielchen mitzuspielen. Außerdem musste ich Zeit schinden, bis Mom, Rick und William mich gefunden hatten. Emma schlief vermutlich ihren Rausch aus, mit ihr rechnete ich nicht.

Er erkannte meinen Sarkasmus nicht oder ignorierte ihn gekonnt und strahlte mir freudig entgegen, als er kundtat: »Es geht um einen Waffenschmuggel. Kriegsführer im Jemen orderten eine beträchtliche Ladung Waffen. Sie sind noch nicht auf dem Markt und werden es unter uns gesagt auch nie sein. Es sind Spezialanfertigungen mit einer besonderen Form von Atomspaltung und GPS-Tracking. Die Waffen können ihr Ziel nicht verfehlen. Du gibst die Koordinaten des Ziels ein und die Waffe findet ihren Weg dorthin. Ganz neu und eine absolute Sensation!

Da die Waffen vollends verboten sind, brauchen wir dich. Wir würden nicht einmal sicher sein, wenn wir sie auf illegalem Weg in den Jemen brächten, weil sie so gefragt sind. Deshalb ist es der sicherste Weg, sie dorthin zu beamen, mit deiner Hilfe. Was sagst du, Kind?«

Er strahlte mich erwartungsvoll an. Ich glaubte zu träumen. Unmöglich konnte ein Mensch eine solch verdrehte Realitätswahrnehmung haben. Es war absolut undenkbar, dass Joe, mein vermeintlicher Vater, tatsächlich annahm, ich würde ihn unterstützen. Nach all den Lügen und der Jagd auf mich. Nach all den Observierungen, die er jahrelang betrieb und von denen wir nicht einmal wussten.

Da glaubte er allen Ernstes, ich würde mal einfach so die Seiten wechseln und für ihn einen Krieg unterstützen? Ich, die Pazifistin? Mir fiel ein, dass er das gar nicht wissen konnte. Darum teilte ich ihm meine Einstellung zu Gewalt vorwurfsvoll mit: »Wenn du ein guter Vater gewesen wärst, wüsstest du, dass ich Pazifistin bin. Ich werde dir also *nicht* helfen, einen Krieg zu führen.« – »Wir führen ihn ja nicht, Liebes. Wir unterstützen ihn«, verbesserte er mich. »Nur über meine Leiche«, entgegnete ich. In dem Moment wurde es hell im Raum und Rick stand vor mir.

Ich schloss die Augen und betete, dass Rick wieder weg sein würde, wenn ich sie wieder öffnete. Dem war nicht so. »Chelsea!«, rief er erleichtert und rannte zu mir, ohne sich überhaupt im Raum umzusehen. »Rick, pass auf!«, kreischte ich, denn drei Plochinten versuchten schon, ihn zu schnappen. Er beamte sich in eine andere Ecke des Raumes. Ich nutzte den Moment, um mich von dem Türsteherverschnitt loszureißen und wollte mich ebenfalls in Sicherheit beamen. Doch mein Vater war schneller. Er behielt mich offenbar im Auge und ließ sich nicht von Ricks Ablenkungsmanöver beeinflussen. Mit einem seltsam primitiven Wikingerschrei sprang er auf mich zu und hinderte mich daran, mich in Licht aufzulösen. Er ergriff meinen linken Unterarm und hielt ihn eng umklammert, sodass es wehtat. Ich blickte zur schmerzenden Stelle und musste feststellen, dass mein Arm bereits blau wurde.

»Du tust mir weh – Vater«, presste ich mit zusammengebissenen Zähnen hervor. Gespalten lächelte er mich an – drohend und liebend zugleich. Gott, nach dieser Aktion brauchte ich eine Therapie. Bestimmt entwickelte ich soeben einen ausgeprägten Vaterkomplex.

»Liebes, indem du gehst, tust du *mir* weh«, konterte er. Ich verdrehte die Augen und musste entsetzt feststellen, dass sie Rick gefangen hatten. Enttäuscht senkte ich meinen Blick. Mist. Mir war klar, dass es nun vorbei war. Jetzt musste ich die Waffen schmuggeln, weil sie mich mit einem Druckmittel erpressten, welches ich nicht opfern konnte. Nicht opfern *wollte*.

Ich suchte Ricks Augenkontakt. Seine wundervollen grünen Augen mit den grauen Nebelschwaden, welche sanft die Iris durchzogen, leuchteten mich niedergeschlagen an. In ihnen erkannte ich, wie sehnlichst er mich befreien wollte und welch ein Feuer für dieses Vorhaben in ihm entfacht worden war. Dann schenkte ich ihm einen aufmunternden Blick. Ich war ihm nicht böse. Wäre er entführt worden, hätte ich vermutlich genauso unvernünftig reagiert. Wir waren ineinander verliebt, selbst wenn ich versuchte, das zu leugnen und dieses Gefühl von mir wegzudrängen. Am liebsten hätte ich ihn jetzt geküsst.

Ich dachte an unseren ersten Kuss in der Trainingshalle. Er war so leidenschaftlich und voller Liebe. Ganz vertraut, innig und vollkommen. Ich spürte eine tiefe Verbindung zu diesem Mann, und die wollte ich nicht mehr missen, was die ganze Situation nur noch verschlimmerte.

»Oh, das muss dein Freund sein, Liebes. Willst du ihn deinem Dad nicht vorstellen?«, provozierte mich Joe. Rick riss erschrocken die Augen auf. Schön, dass wir bei dieser Offenbarung gleich reagierten. Ich sagte nichts. Der Moment war schlimm genug, auch ohne meine sarkastischen Worte. »Tja, wenn du ihn mir nicht vorstellen willst, kann ich ihn ja gleich umbringen lassen«, provozierte er weiter.

»Nein!«, fauchte ich ihn an und warf ihm einen drohenden Blick zu. »Hast du denn deine Meinung zum Thema Pazifismus geändert?«, wollte er auffordernd wissen. Wehmütig schaute ich zu Rick. Mir blieb keine andere Wahl. »Okay, ich schmuggle die Waffen für dich, wenn ihr ihm kein Haar krümmt«, lenkte ich ein.

Joe hatte gewonnen. Der machthungrige, gierige, wahnsinnige, kriminelle Vorstandsvorsitzende der Plochinten, der mein Vater war und trotz aller bösen Absichten nach Harmonie und Vereinigung mit seiner Tochter strebte, hatte seinen Willen bekommen. Dementsprechend selbstgefällig und zufrieden war auch sein Gesichtsausdruck. Wie gerne hätte ich ihm eine reingehauen, aber er hielt meinen linken Unterarm noch immer fest und ich war Linkshänderin. Mit der rechten Hand konnte ich nur halb so gut schlagen.

Rick wehrte sich am anderen Ende des Raumes mit Händen und Füßen und flehte mich an, es nicht zu tun. Doch was blieb mir anderes übrig? Die Alternative wäre gewesen, ihn sterben zu sehen und das hätte ich bei Gott nicht zugelassen. Außerdem hatte ich einen vagen Plan. Man hätte es auch als naiven Optimismus bezeichnen können. Trotzdem. Ich war der festen Überzeugung, dass ich es schaffen würde, den Krieg im Jemen zu verhindern. *Das Gute wird stets siegen.* So lautete das Motto des Elbenkreisels. Rick hatte den Leitspruch sogar als Tattoo auf seinem Unterarm. All meine Hoffnung lehnte ich an diesen Glaubenssatz. *Das Gute wird stets siegen.* Irgendwie. Ich brauchte einen konkreten Plan. Einen guten, und das schnell!

»Sperrt ihn in eine Zelle, bis wir fertig sind. Und lasst mich mit meiner Tochter allein«, befahl Joe. Seine Untertanen in meist schwarzen, vereinzelt aber auch grauen Mänteln oder Lederjacken verließen den Raum. Nur wenige Männer blieben. Offenbar war das die Basisgarde, die Joe beschützen sollte.

Mich hätte interessiert, ob die beiden abwesenden Jungs, für welche die zwei kleinen Throne gedacht waren, normalerweise auch mit schwarzen Mänteln dort saßen. Augenscheinlich war der All-Over-Black-Look ja der Dresscode hier. Etwas mehr modische Individualität könnte man ja schon erwarten – vom einflussreichsten kriminellen Netzwerk der Welt.

Ich musterte meinen Vater erneut. Trotz des ganzen Wahnsinns war ich neugierig auf ihn. Schließlich hatte ich ihn jahrelang nicht gesehen. So lange nicht mehr, dass ich ihn gar nicht wiedererkannt hatte. Diese Tatsache stimmte mich schon fast traurig. Aber nur fast.

Während sie Rick aus der Halle schafften und ich ihm noch einen sehnsüchtigen und alles-wird-gut-versprechenden Blick zuwerfen konnte, fielen mir erst die Details von Joes Outfit auf. Er trug einen langen, schwarzen Mantel aus Leder wie fast alle hier. Leider verpasste man seinem Exemplar ein fragwürdiges Upgrade. Sein Mantel war mit roten Bändern und purpurnen Stickereien versehen. Jedoch glich diese Verzierung den ersten Versuchen eines vierjährigen Kindes, handwerklich tätig zu werden. Noch schlimmer war das schwarze Poloshirt, welches er darunter trug. Der Kragen lag chaotisch unter jenem des Mantels. Das Material hatte eine seltsame Struktur, die ich nicht beschreiben konnte. Ach herrje, konnte hier mal bitte jemand die Modepolizei rufen? Er hätte definitiv in einen Stylisten investieren sollen. Ich blickte kurz an mir selbst herab und musste mir eingestehen, dass ich in diesem Moment nicht in der Position war, über die Mode anderer zu lästern.

Die Tür fiel zu. Rick war weg. Das dumpfe Geräusch holte mich zurück in die Situation und weg von der gewöhnungsbedürftigen Uniform meines Vaters.

»Ich finde es so schön, dass du zur Vernunft gekommen bist und dein wahres Ich, deine wahre Bestimmung endlich annimmst, Chelsea!« Er war so unglaublich verkorkst, dass er mir fast schon wieder leidtat.

»Du zwingst mich ja dazu. Wie kann man nur dermaßen die Fakten verdrehen?«, erwiderte ich schon leicht hysterisch, weil ich diesen Wahnsinn nicht wahrhaben wollte. Er lachte nur amüsiert. Der Mann gehörte dringend in psychologische Betreuung.

Kein Wunder, dass die Welt von Chaos und Zerstörung beherrscht wurde. Sollten mehr Männer mit Egokomplex, Selbstbewusstseinsmangel und verzerrter Realitätswahrnehmung solche Positionen besetzen, wunderte mich nichts mehr.

Das bestätigte meinen feministischen Ansatz, dass Frauen bessere Führungskräfte waren, weil sie Empathie besaßen. Sie achteten nicht bloß auf den eigenen Vorteil, sondern auch auf andere. Ihnen ging es nicht um Macht, sondern um Inspiration, um das Verkörpern eines Role Models. Außerdem waren sie stärker, weil sie Schwierigkeiten mit dem eigenen Ich nicht wie Männer mit Machtdemonstration kompensieren mussten. Zumindest die meisten davon. Sie konnten Liebe geben, ohne sich dabei schwach zu fühlen. Und sie inspirierten.

Mit Frauen an der Macht wäre ein Großteil der Kriege gar nicht zustande gekommen. Immerhin wurden die meisten Kriege aus den primitivsten Gründen geführt: Weil sich beispielsweise ein Oberbefehlshaber vom anderen angegriffen oder sich in seiner Position bedroht fühlte. Immer ging es um Macht und Machtdemonstration, ums Rechthaben, um den Wettbewerb. Kurz: ums Ego. Natürlich bestätigten Ausnahmen die Regel. Zweifelsohne gab es auch Frauen, welche wie die eben beschriebenen Männer agierten, doch generell gesehen stimmte meine These.

Während ich über die politische Lage und Geschlechterfragen philosophierte, ließ Joe die Waffen bringen. Es waren mindestens fünfhundert Stück, aufgeteilt auf mehrere riesige Kisten. Ich hatte keine Ahnung, wie er die ohne meine Hilfe hätte befördern wollen. In kleineren Kisten waren zudem mindestens hundert Stück Sprengsätze gelagert, soweit ich das erkennen konnte. Schließlich beschränkte sich mein Wissen über Waffen auf Infos aus Actionfilmen. In einer sehr kleinen Kiste, die ich mühelos mit den Händen hätte tragen können, befanden sich kleine Reagenzgläser. Auf der Kiste befand sich das Symbol, was *Vorsicht, hochansteckend* bedeutete. Das ließ mich nervös werden.

»Was ist das?«, wollte ich wissen und zeigte auf die kleine Box. – »Das ist ein zusätzliches Geschenk.« – »Was für ein Geschenk?«, hakte ich nach. »Du musst nicht alles wissen. Transportiere einfach die Waffen und du bekommst deinen Freund wieder.«

Ich berührte die gesamte Ladung, die schön kompakt zusammengebunden war. »Wo muss ich sie hinbeamen? Der Jemen ist groß«, witzelte ich, während sich mein Blick wie ein Todespfeil durch ihn hindurchbohrte. Wenigstens hatte ich meinen Humor nicht verloren, wenn schon meine Prinzipien, Tugenden und meine Ehre den Bach runtergingen.

»Hier sind die Koordinaten des Basislagers. Der Oberbefehlshaber wird dich dort empfangen. Wenn er die Lieferung in seinen Händen hält, wird er mich anrufen und dies bestätigen. Dann beamst du dich zu mir zurück. Solltest du die Lieferung nicht an die vorgegebenen Koordinaten bringen oder nicht zurückkommen, kannst du dir ja denken, was deinem süßen Freund zustoßen wird. Ich mag ihn übrigens. Er ist so leidenschaftlich. Er passt zu dir.« Dabei lächelte er mich an. Ich hielt das nicht länger aus.

Seine gespaltene Persönlichkeit verlangte mir alles ab. Sie verwirrte mich. So hatte ich meinen Vater nicht in Erinnerung. Zwar war ich erst zehn Jahre alt gewesen, als ich ihn das letzte Mal gesehen hatte, doch damals war er nicht so ... gestört gewesen. Ich musste hier weg. Weg von ihm. Und wenn ein Ausflug in den Jemen bedeutete, hier wegzukommen, war mir das im Moment auch recht.

Einen kriminellen Vater zu haben, war das eine. Aber einen mit gespaltener Persönlichkeit obendrein, der sich einbildete, er würde eine Beziehung zu seiner Tochter aufbauen, indem er sie zwang, kriminell zu sein und ihr gleichzeitig drohte, ihren Freund umzubringen – das war zu viel. Vor allem nach dieser Woche.

Mir wurde schwindlig und ich hielt mich am nächstbesten Plochinten fest, der dummerweise mein Vater war. Fürsorglich erkundigte er sich: »Geht es dir gut?« – »Nein«, antwortete ich. »Natürlich nicht. Du zwingst mich, kriminell zu sein, bedrohst meinen Freund und hast meine Mutter erpresst. Was glaubst du denn, wie ich mich damit fühle?«

Seine Fürsorge verflog schnell und er zeigte wieder die gefühlskalte Version seines Selbsts. »Komm schon, los jetzt. Für Schwäche haben wir keine Zeit. Du bist meine Tochter! Meine Tochter ist nicht schwach!« Ich konnte nur mehr den Kopf schütteln. So viel Wahnsinn auf einem Haufen tat nur noch weh.

Daraufhin konzentrierte ich mich auf die Koordinaten, die er mir gegeben hatte und stellte mir brütende Hitze und heißen Sand unter meinen Füßen vor. Ich spürte, wie ich mich mit der enormen Ladung an Waffen verstofflichte und wie sehr das Vorhaben meinen Energiekörper anstrengte. Noch nie teleportierte ich dermaßen viel Masse. Jedoch musste ich es schaffen. Ricks Leben hing davon ab. Ich glaubte ganz fest an mich und nahm all meine Kraft und Energie, um die Ladung zusammenzuhalten. Plötzlich spürte ich Sand unter meinen Füßen.

Ich öffnete die Augen und erblickte die aufgehende Sonne in weichem Rot und Orange. Tatsächlich hatte ich es geschafft und mich von London nach Vorderasien gebeamt. Stolz erfüllte mich. Ich stand auf einer Sanddüne, hinter der sich das Rote Meer erstreckte. Ein Gefühl von Freiheit durchzuckte meine Sinne. Der Horizont war in warme Farben getaucht, welche die Dünen feurig wirken ließen. Ich setzte mich, um den Sand durch meine Finger rieseln zu lassen. Er war noch ganz kalt von der Nacht. Die Diskrepanz zwischen feuriger Erscheinung und kühler Haptik beruhigte mich.

Nicht nur in der Natur gab es Widersprüchlichkeiten. Auch ich war ein guter Mensch, der jedoch in diesem Moment etwas Schlimmes tat. Vielleicht war Mom egoistisch und dennoch fürsorglich. Möglicherweise hatte Dad keine Gefühle und suchte dennoch den Kontakt zu mir. Ich versuchte, die Dinge nicht bloß schwarz-weiß zu sehen und gab mich der Sonne hin, die meine Nase kitzelte. Ich genoss den Moment. Die immer wärmer werdenden Strahlen küssten mein Gesicht und ich konnte die Energie in mich aufsaugen. Vielleicht brauchte ich sie noch.

Von Minute zu Minute wurde der Horizont heller und verdrängte das Rot mit einem satten Gelb. Dieses Naturschauspiel war atemberaubend. Dieser Ort war wunderschön. Und ich hatte soeben eine Waffenladung hierher beschafft, die all das zerstören sollte.

Ich schämte mich. Sollte ich diese Aktion überleben, würde mich früher oder später mein Gewissen auffressen. Außerdem hatte ich noch immer keinen konkreten Plan, wie ich mich aus dem Schlamassel hinausmanövrieren sollte.

KAPITEL 17

CHELSEA

Ein Mann tippte mir auf die Schulter und ich zuckte zusammen. Seine Berührung fühlte sich kalt und herzlos an. Furcht erschütterte mein Innenleben.

»Bist du Joes Tochter?«, fragte er in gebrochenem Englisch. Ich drehte mich zu ihm um und nickte beherrscht. Der Jemenit blickte abschätzig zu mir herab. Er gab mir das Gefühl, nichts wert zu sein. Seine eisige Stimme bekräftigte diesen Eindruck. Dass ich im Sand hockte und er über mir emporragte, machte die Situation nicht angenehmer. Darum beschloss ich, aufzustehen. Ich konnte seine Kälte regelrecht spüren. Wollte ich wissen, wie viele Unschuldige dieser Mann auf dem Gewissen hatte?

Ich stand nun aufrecht vor ihm. Obwohl ich selbst nicht gerade klein war, überragte er mich um einen Kopf. Er trug einen schwarzen, langen Mantel aus leichtem, fast seidigem Material. Dieser schien im Vergleich zu denen der Plochinten in London nicht schwer zu sein und wirkte eher wie ein Umhang – was bei der Hitze sicher erträglicher war. An seiner Erscheinung hätte ich ihn nicht sofort für einen Plochinten gehalten, doch der silberne Anstecker auf seiner Brust verriet ihn. Er war also mehr als ein Kunde, er war einer von *ihnen*. Warum wunderte mich das? Seine Aura sprach für sich.

Die Sonne brannte mir mittlerweile auf der Haut. Mit jeder Minute stieg sie höher und tauchte die Dünen in helles Licht. An der Küste konnte ich eine kleine Siedlung erkennen. Sie musste mindestens zehn Kilometer entfernt sein, doch man sah sie gut, weil hier sonst weit und breit nichts war. Ich befand mich mitten im Nirgendwo. Die Sonne fing an, mich von der Seite zu blenden, sodass ich die Augen zusammenkniff. Ihm warf sie einen dunklen Schatten ins Gesicht, der seine kantige Nase noch kantiger wirken ließ. Er war nicht alt, vielleicht Mitte dreißig und trug einen vollen Bart, der an den Ohren in Koteletten überging. Seine Augenbrauen waren buschig und sein Blick war noch immer so eiskalt wie jener der Schneekönigin.

Wir musterten uns gegenseitig. Was er wohl über mich dachte? Sein Gesichtsausdruck verriet mir, dass es nichts Gutes sein konnte, weil er angewidert an mir herabschaute. Ich folgte seinem bohrenden Blick und erkannte, was ihn offenbar irritierte: mein Look. Imaginär klatschte ich mir auf die Stirn. Ach ja, andere Länder, andere Sitten. Hier war mein Outfit wohl vergleichbar mit dem einer Prostituierten. Schön, da fühlte ich mich gleich besser. Jetzt verstand ich, warum er mich anstarrte, als wäre ich nichts wert. Weil ich es als Frau in diesem Land auch nicht war.

Mein sarkastisches Ich klatschte innerlich. *Von der Geschichtsstudentin zur Waffenschmugglerin zur wertlosen Frau. Applaus, Chelsea! Was für eine steile Karriere!*

Er fing an, die Ladung zu kontrollieren. »1 000 Stück der programmierbaren Atomwaffen, 600 Stück der Sprengkörper und 1 000 Kalaschnikow-Sturmgewehre mit Waffengurt«, checkte er die Lieferliste. Ich hatte mich wohl mächtig verschätzt, da es viel mehr Waffen waren, als ich dachte.

»Und die biochemischen Substanzen«, schmunzelte er zufrieden. Biochemische Substanzen?! »Wofür braucht ihr die denn?«, fragte ich angespannt. – »Zur Vernichtung der zivilen Bürger natürlich. Um Epidemien auszulösen und dadurch bei unseren Feinden Druck aufzubauen und uns Respekt zu verschaffen. Niemand will eine Epidemie, weil dies immer wirtschaftliche Einbußen bedeutet. Außerdem gewinnt man ohne Soldaten keinen Krieg. Diese Substanzen verleihen uns Macht und einen gehörigen Vorteil gegenüber unseren Widersachern.« Er lachte triumphierend. Ich schaute ihn entsetzt an.

»Wer sind eure Widersacher?« – »Die Jemeniten.« – »Ihr bekämpft euch selbst?«, fragte ich fassungslos. »Nein, wir bekämpfen die Jemeniter. Wir selbst sind vom saudi-arabischen Militär. Dies ist eine Militärintervention, die ihr übrigens auch als Staat unterstützt. Dein Vater sollte dich besser unterrichten«, betonte er missbilligend.

Der Mann aus Saudi-Arabien, den ich für einen Jemeniten gehalten hatte, verkündete diese Informationen dermaßen unverblümt, dass ich keinen Zweifel an deren Wahrheitsgehalt hegte. Ein Teil von mir starb in diesem Moment der Erkenntnis. Was hatte ich bloß getan?! Ich hatte Instrumente in die Hände eines Menschen gelegt, der bereit war, eine gesamte Nation zu vernichten, um sich Respekt zu verschaffen. Noch schlimmer traf es mich, dass mein eigenes Land daran beteiligt war. In was für eine Welt wurde ich bloß geboren? Ich spürte, wie mir Tränen in die Augen stiegen. Verdammt! Doch ich musste da jetzt durch, das war meine Rolle. Ich schluckte meinen Kummer hinunter und hob mein Kinn an.

»Wann werdet ihr die biochemischen Waffen einsetzen?«, fragte ich entsprechend streng, um meine Angehörigkeit zur dunklen Seite vorzugaukeln. Offenbar wusste der Oberbefehlshaber nicht, dass ich von meinem Vater gezwungen wurde, Waffen zu schmuggeln, und das versuchte ich auszunutzen. Ich wollte so viel wie möglich erfahren, weil mir das vielleicht eine winzige Chance bot, meine Taten zu tilgen.

Er offenbarte mir seine Kriegsstrategie, während er mich erneut abschätzig beäugte: »Zuerst werden wir die herkömmlichen Atomwaffen einsetzen, bei denen ja, wie du bestimmt weißt, ein GPS-Tracking installiert ist, mit dem zu hundert Prozent ein Ziel getroffen werden kann. Wir codieren die Waffen auf Sehenswürdigkeiten und alle wichtigen Stätten. Diese zerstören wir als Erstes. Nur die Moscheen lassen wir aus, wir sind ja keine Unmenschen.«

Nein, natürlich nicht, dachte ich sarkastisch. *Ihr zerstört ja nur ein ganzes Volk durch eine Epidemie, das ist absolut okay.* Ich fühlte mich wie Alice im Wunderland, weil ich in einer solch verdrehten Realität gelandet war, dass ich zu glauben begann, *ich* sei hier die Verrückte.

Nach einer kurzen Wirkungspause, die mir wohl vermitteln sollte, dass er das mit der Humanität ernst meinte, fuhr er fort: »Dann legen wir Sprengsätze in die Dörfer und in die Soldatenlager unserer Feinde. Dafür haben wir schon Spitzel postiert, die uns helfen werden, einzudringen. Nachdem wir ihre Kultur zerstört und Angst geschürt haben, kommt zu guter Letzt unsere Geheimwaffe zum Einsatz: das AI-Virus. Das soll die Bevölkerung dahinraffen.«

Er vollendete diesen Satz so verkorkst heroisch, dass man ihn für ein Buch hätte verwenden können. Wirkungsvoll hob er seine Hände gen Himmel und richtete seinen Blick nach oben, als ob der Plan gut oder gar göttlich gewesen wäre.

Fassungslos und mit leicht geöffnetem Mund starrte ich ihn an. Wie viel Gehirnwäsche es wohl für eine solch inhumane Einstellung brauchte? Langsam dämmerte mir, worum es hier wirklich ging. Dieses »Geschenk«, wie es Joe bezeichnete, war die eigentliche Waffe. *Das* war der wahre Schmuggel, den ich hier vollbracht hatte. Nichts war katastrophaler als eine Epidemie, die Völker auszulöschen vermochte.

Ich schaute gezielt zur Sonne empor, welche dieses Land in goldener Pracht erstrahlen ließ. Ich würde es nicht zulassen, dass hier irgendetwas zerstört werden würde. Mein ganzer Körper spannte sich an. Meine Hände formten sich zu Fäusten, die Entschlossenheit bedeuteten. Dann blickte ich zu dem kleinen Dorf an der Küste. Diese Menschen hatten vermutlich nicht die geringste Ahnung, was einige Kilometer entfernt von ihnen geplant wurde: ihre *Auslöschung*.

Alles in mir aktivierte sich, ich war voll da. Mein Kampfgeist war entfacht, die Müdigkeit verflogen, das Gefühl, hier nichts wert zu sein, verschwunden. Die Sonne füllte mich mit Mut und Energie. Ich strahlte aus meiner Mitte heraus und kam mir unschlagbar vor. Noch einmal schenkte ich dem kleinen Dorf einen hoffnungsvollen Blick. Ich musste die Plochinten von diesem grausamen Plan abhalten und all die unschuldigen Menschen von ihrem vermeintlichen Schicksal befreien.

Ich war ein Mensch, der fest daran glaubte, dass alles im Leben aus einem bestimmten Grund passierte. So glaubte ich auch, dass ich nicht umsonst erfahren sollte, was die Plochinten hier vorhatten. Vielleicht musste es so kommen, damit ich diese Aktion aufhalten konnte. Diese Vorstellung schenkte mir Kraft und Mut.

Da ich die Rolle der treuen Tochter zu spielen hatte, erkundigte ich mich, ohne mit der Wimper zu zucken, nach der weiteren Vorgehensweise. »Gute Strategie. Wann startet ihr?« – »Gleich morgen früh«, verkündete der Oberbefehlshaber. Erst in diesem Moment fiel mir auf, dass ich keine Ahnung hatte, wie spät es war. Ich wusste lediglich, dass es Morgen war, weil kürzlich erst die Sonne aufging.

»Darf ich fragen, wie spät es *jetzt* ist?« – »Sieben Uhr morgens«, antwortete der Mann aus Saudi-Arabien. Ich war froh, dass er hinter meinen Fragen und dem damit einhergehenden Unwissen keinen Verdacht schöpfte. Er vertraute meinem Vater offenbar sehr. Seine Antwort bedeutete, dass es in London vier Uhr morgens sein musste, denn der Zeitunterschied lag bei drei Stunden. Somit hatten wir einen knappen Tag, um den Genozid an den Jemeniten zu verhindern.

»Ich tätige den Anruf und gebe die Zahlungsanweisung in Auftrag. Ich komme gleich wieder.« Er pfiff in die Dünen und schnippte mit den Fingern. Ich verstand die Geste nicht, bis zwei Männer aus dem Nichts auftauchten. »Meine Offiziere bleiben inzwischen bei dir, damit du dich nicht alleine fühlst«, bot er an und erwartete offenbar Freude. Ich lächelte ihm dankend zu und dachte mir nur, dass ich schon wieder dringend einen Wodka Cranberry nötig hätte. Die beiden Offiziere kamen auf mich zu und postierten sich mit massiven Sturmgewehren links und rechts von mir. Dabei waren sie eher bedrohlich als eine angenehme Gesellschaft. Zum Glück kam der Oberbefehlshaber nach nur wenigen Minuten zurück.

»Alles okay, du kannst dich zurückteleportieren«, teilte er mir mit. »Hier noch ein kleines Dankeschön für die schnelle Lieferung.« Er drückte mir einen Beutel in die Hand. Ich öffnete ihn und fing an, überschlagsmäßig zu zählen. Darin befanden sich 280 000 Jemen-Rial. Ich hatte keine Ahnung, wie viel Geld das umgerechnet war, aber ich wollte es nicht haben.

»Danke, aber nein danke. Ich führe meine Befehle ohne Geschenkgaben aus. Sauber, schnell und ohne in Schuldverhältnisse zu treten«, log ich. Er nickte anerkennend: »Schön zu sehen, dass du deine Gabe für solch weltbewegende Ereignisse einsetzt.« Mein Kinn senkte sich militärisch in Richtung Schlüsselbein, während innerlich meine Unschuld verwelkte. In meinem ganzen Leben hatte ich mich noch nie so schlecht gefühlt. Ich wollte hier nur noch weg … um wiederzukommen. Ich hatte eine Mission: die Rettung des Jemen innerhalb von 24 Stunden.

In meiner Rolle als Plochintin bedankte ich mich bei dem Mann mit der kantigen Nase und den buschigen Augenbrauen, der nun verhältnismäßig nett mit mir umging, und beamte mich zurück in die mir so verhasste Zentrale der Plochinten.

Ich war noch gar nicht richtig angekommen, da ertönte schon die Jubelhymne meines Vaters: »Gut gemacht, mein Kind! Ich bin stolz auf dich. Wie hat es sich angefühlt?« Missbilligend starrte ich ihn an. »Schrecklich. Noch nie in meinem ganzen Leben habe ich mich so schlecht gefühlt. Und das ist deine Schuld.« – »Ach, du gewöhnst dich daran, gib dir doch selbst ein bisschen mehr Zeit«, wollte er mich aufmuntern und winkte meine innere Zerrissenheit mit einer Handbewegung weg. Ich war – schon wieder – sprachlos wegen seiner Worte.

»Und das mit den biochemischen Waffen? Warum musste ich das von einem Saudi-Araber erfahren?«, fauchte ich ihn an. »Cheeelseaaaa«, zog er meinen Namen lang. »Das hätte dir doch nur unnötig das Herz beschwert. Ich wollte dich damit nicht belasten. Du hast einen guten Job gemacht und wir haben einen Haufen Geld damit verdient. Natürlich wird dir dein Anteil überwiesen, sobald der Zahlungstransfer abgeschlossen ist.« Verächtlich schnaubte ich und schüttelte dabei den Kopf. Dachte er tatsächlich, sein Geld würde mich interessieren?

»Ich habe deinen Job erledigt, du kannst mich jetzt gehen lassen – und Rick auch«, forderte ich und verschränkte die Arme vor der Brust. Er lachte jedoch nur voller Selbstgefälligkeit auf seinem hässlichen Thron. »Hast du tatsächlich geglaubt, ich würde dich einfach wieder gehen lassen? Du bist meine Tochter! Wir können gemeinsam so viel erreichen! Diese Gelegenheit lasse ich mir nicht noch einmal entgehen.«

Noch einmal? Zweifelsohne spielte er auf die misslungene Überredung meiner Mutter an. »Du weißt, dass ich nie so sein werde wie du!«, schleuderte ich ihm entgegen. Ich wollte ihn verbal verletzen, aber es funktionierte nicht. Alles, was er nicht hören wollte, prallte an ihm ab. Er war wie ein Roboter. Nett, wenn er etwas erreichen wollte, ohne jegliche Gefühle und Skrupel. Mein Vater war ein Monster und ich half ihm dabei, eines zu sein.

»Gar keine Bodyguards mehr, die mich festhalten, Daddy?«, fragte ich provokant. »Wo solltest du dich denn hinbeamen wollen – ohne deinen Freund?«, argumentierte er vernichtend.

Er wusste, dass er mich so in der Tasche hatte. Verdammt. Ich konnte nicht weg, ohne Rick dabei in noch größere Gefahr zu bringen. Aber ich hatte noch 23 Stunden Zeit, also gab ich die Hoffnung nicht auf. Noch 23 Stunden, um alles wieder gutzumachen und Rick zu befreien. Der Zeitplan war straff, das musste ich zugeben. Dennoch blieb ich optimistisch. Ich konnte den Jemen vor seinem Untergang retten.

KAPITEL 18

WÄHRENDDESSEN IM ELBENKREISEL

»Ich habe den Standort!«, rief Clarissa aufgeregt. William kam hoffnungsfroh herbeigeeilt. »Na Gott sei Dank. Hoffentlich ist Rick und Chelsea noch nichts passiert. Wie hast du den Standort finden können?« – »Ich habe Ricks Trainingsuhr angezapft.« William lächelte sie an. »Du bist wahrhaftig ein Genie, darauf wäre ich nicht gekommen.« Clarissa schenkte ihm ein dankbares Lächeln, bevor sie abrupt ernst wurde und sich wieder auf die Mission bezog: »Wir dürfen keine Zeit mehr verlieren. Ist Emma wieder fähig, ihre Gabe einzusetzen?«

William nickte. »Magnus hat sie gut gepflegt und ihr einen Virgin Mary zubereitet. Ihr geht es wieder gut und sie ist nüchtern. Sie hat lediglich ein schlechtes Gewissen, weil sie die ganze Misere nicht mitbekommen hat.« – »Hol sie bitte«, bat ihn Clarissa. »Wir brauchen sie für die Offensive, sie ist ein wichtiger Bestandteil unseres Plans.«

Emma war dazu in der Lage, Gegenstände nach den Plochinten zu werfen, die ihnen in die Quere kamen. Ihre Gabe des Beamens war eher defensiv. Zwar konnte sie nicht aktiv angreifen, doch mit ihrer Hilfe konnten andere schnell verschwinden. Darum war sie so wichtig für die Befreiungsmission.

William holte Emma und kam mit einem weiteren Mitglied des Elbenkreisels zurück. Clarissa war dermaßen mit der Planung der Mission beschäftigt, dass sie nicht sofort bemerkte, dass noch jemand dabei war. Er räusperte sich, um die gewünschte Aufmerksamkeit von ihr zu erhalten. Als sie aufsah, traute sie ihren Augen kaum. Ihre Kinnlade senkte sich nach unten und ihre Augen weiteten sich ungläubig. Für kurze Zeit war ihr Gesicht wie eingefroren, bis ihre Emotionen sie überwältigten und sie laut und freudig ausstieß: »Paul!«

Clarissa sah ihren langjährigen besten Freund zum ersten Mal seit Jahren wieder. »Hallo Clarissa«, sagte er mit sanfter Stimme und lächelte, sodass sich kleine Fältchen um seine Augen legten. Seine Aura war überwältigend geerdet und ruhig, seine Energie fast überirdisch. Hingebungsvoll blickte er Clarissa in die Augen. Sie stand auf, er ging auf sie zu und sie umarmten sich voller Herzlichkeit. Zufrieden beobachtete William die Wiedervereinigung.

»Ich dachte mir, du könntest Unterstützung brauchen, Clarissa. Du hast deine Gabe schließlich fünfzehn Jahre lang nicht angewandt«, bekannte sich William zu der Aktion. Mit einem sanften Blick bedankte sie sich bei ihm. Dann besann sie sich, um die Mission zu starten und drehte sich wirbelnd zu Paul: »Wir müssen Chelsea und Rick retten. Sie werden von den Plochinten gefangen gehalten!«

Auch das kam abrupt und unerwartet. Clarissa hatte ihre Gefühle noch nie gut unter Kontrolle gehabt. Entweder verdrängte sie diese komplett, wie sie es fünfzehn Jahre lang vor Chelsea getan hatte, oder es herrschte das reinste Gefühlschaos. Seit sich ihre Rune aktiviert hatte, ähnelte ihr Verhalten der einer zwiegespaltenen Persönlichkeit. All die Jahre der unterdrückten Gefühle hatten offenbar erheblichere Spuren hinterlassen, als allen lieb war.

Paul blieb ruhig und tolerierte den spontanen Szenenwechsel geduldig. Sanft bestätigte er ihr: »Ich weiß, Clarissa, William hat mir alles erzählt. Von deiner Tochter, dem Deal mit den Plochinten, der Rune und dem Waffenschmuggel. Es tut mir so leid. Wir holen sie da raus. Ich hatte keine Ahnung, was du damals durchmachen musstest. Sonst wäre ich für dich da gewesen.« Er sah sie schuldbeladen an.

»Im Herzen warst du bei mir. Ich musste auch dich schützen. Mehr als mir bewusst war. Und jetzt muss ich Chelsea retten. Hier sind die Koordinaten«, sagte Clarissa, verteilte diese an alle Anwesenden und erläuterte den Plan: »Paul, wir beide suchen Chelsea. William und Emma – ihr sucht Rick.«

Die drei nickten, als Magnus den Raum betrat. »Ich wollte euch viel Glück wünschen«, beteuerte er, »und dass ihr mir ja alle wiederkommt!« Er lächelte die Gruppe motivierend an und zwinkerte Emma zu. »Danke Magnus, wir werden auf uns aufpassen, das ist gewiss«, beruhigte ihn William. Clarissa lächelte Magnus an und schaute dann in die Runde. »Seid ihr bereit? Wir teleportieren uns *vor* die Plochintenzentrale und bahnen uns dann den Weg durch das Gebäude«, gab sie die letzte Anweisung, bevor sich alle in Licht auflösten.

CHELSEA

Ich konnte noch immer nicht fassen, dass mein Vater zu einem der gefürchtetsten Menschen dieser Erde zählte. Wie konnte meine Mom mit so jemandem zusammen gewesen sein? Das kam einer Kreuzung aus Teufel und Engel gleich. Was wurde ich dadurch? Ich wusste nicht mehr, wer ich war. Vor ein paar Stunden hätte ich mich noch als einen zweifelsohne guten Menschen bezeichnet. Aber da hatte ich noch nicht gewusst, dass ich von einem Machtgierigen mit gespaltener Persönlichkeit abstammte. Ich hatte auch noch keine Waffenladung geschmuggelt, die ein gesamtes Land in Schutt und Asche legen könnte. Am liebsten hätte ich geweint, aber ich wollte vor Joe keine Schwäche zeigen. Ich sah ihn feindlich an.

»Ach komm Chelsea, sei ein braves Mädchen. Früher hast du deinem Daddy doch auch vertraut.« – »*Früher* hatte mein *Daddy* aber auch noch keine Tausende von Menschen auf dem Gewissen und alle, die ihn einst liebten, verraten«, konterte ich sarkastisch und betonte *Daddy* dabei besonders niedlich. Mein Sarkasmus griff ihn leider nicht an. Er hörte nur, was er wollte.

»Chelsea, du hast die Wahl. Entweder du lebst hier mit mir ein erfolgreiches Leben voller Ruhm und Reichtum oder dir widerfährt dasselbe Schicksal wie deiner Mutter. Niemand sollte so eine Macht haben. Schon gar nicht eine Frau. Deine Mutter hielt sich immer für etwas Besseres«, wertete er sie ab. Jetzt war er auch noch zum Sexisten mutiert. Er und der Typ im Jemen hatten wohl etwas gemeinsam.

»Mom hielt sich nicht für etwas Besseres, sondern *du* dich für etwas Geringeres. Du hast bewiesen, dass du das auch bist!« Das saß. Er schwieg. Und dann fing er an zu lachen. Ganz seltsam, wie ein Wahnsinniger. Er war wohl auch wahnsinnig. Eindeutig. Ein paar Stunden mit ihm und ich fühlte mich wie am Rande eines Abgrunds. Dieser Mensch war durch und durch böse und nur auf seinen eigenen Vorteil bedacht. Mom war ihm egal, ich war ihm egal, alles war ihm egal. Alles außer seine Macht und seine Position. Arme Seele. Aufgrund meines Dranges, anderen zu helfen, hätte ich auch ihn am liebsten aus seiner Abwärtsspirale geholt, was er jedoch nie zugelassen hätte. In seiner Welt war das alles normal, das machte es so schrecklich tragisch. Ich sah ihn nur an. Ich wollte nichts mehr sagen. Ich betete, dass Mom und William kommen würden. *Bitte, bitte, bitte.*

RICK

Wie konnte ich nur so naiv sein und glauben, ich wäre in der Lage, Chelsea allein zu befreien? An einem Ort, an dem es von Plochinten nur so wimmelte. Ich schloss die Augen. Die beiden Plochinten, die mich links und rechts festhielten, brachten mich immer tiefer in ihre Gefilde. Ich vermutete, in einen Bunker gebracht zu werden, was mir etwas Angst machte und so einige Komplikationen mit sich brachte: Ich war nicht lokalisierbar. Ausbrechen war schwieriger, mich befreien ebenso.

Ich biss mir auf die Lippe, bis sie blutete. Irgendwie musste ich die Wut auf mich loswerden. Am liebsten hätte ich mich für meine Unüberlegtheit geschlagen. Wegen mir hatte sich Chelsea gezwungen gefühlt, die Waffen in den Jemen zu schmuggeln. Es war meine Schuld, dass es in diesem Land auf der arabischen Halbinsel Krieg geben würde. Ich leckte mir das Blut von den Lippen.

Außerdem war Chelseas Vater der Anführer der Plochinten! Dieser Gedanke triggerte mich. Ich spürte, wie sich neben nervöser Unruhe und Wut auch das dringende Verlangen in mir ausbreitete, an der jetzigen Situation etwas zu verändern, bis es schließlich meinen Körper übernahm. Dem linken Plochinten stieß ich mit meinem Fuß ins Knie und dem rechten mit meinem Knie in die linke Magengrube. Beide sackten zusammen, sodass ich mich befreien und wegbeamen konnte. Das dachte ich zumindest.

Recht unsanft prallte ich auf den Boden, genau auf die beiden Plochinten. Was sollte das denn jetzt? Ich sah mich um und erkannte, dass ich noch immer da war, wo ich nicht sein wollte. Dabei hatte ich mich sehr stark auf den Elbenkreisel konzentriert. Mir dämmerte Grauenvolles: Ich konnte nicht weg. Dennoch gab ich nicht auf und versuchte es erneut. Dieses Mal wählte ich als Ziel den Anfang des Ganges. Es funktionierte!

Allerdings war die Tür verriegelt und ich wusste nur zu gut, wer sie hätte öffnen können. Ich saß hier fest.

Der Bunker musste magisch geschützt sein. Wieso aber konnte ich mich *in* die Zentrale beamen? Meine Suche nach einer logischen Erklärung wurde von den beiden sich erhebenden Plochinten beendet: »Du dachtest wohl, du würdest hier rauskommen? Falsch gedacht, Freundchen! Hier unten ist alles energetisch gesichert, sonst würde sich doch jeder von eurer Sippschaft sofort in Luft auflösen, sobald wir euch loslassen und in eine Zelle sperren. Durch die Magie reinkommen kann jeder, aber nicht wieder hinaus. Dadurch können wir alle tapferen Rettungshelfer für uns behalten.« Er grinste mich widerwärtig an und lachte dumpf und diabolisch.

Wie hinterhältig und böswillig diese Menschen waren. Und ich war mitten unter ihnen. Mir kam meine Festnahme im Thronsaal der Plochinten in den Sinn und meine Gedanken verfinsterten sich. Chelseas leiblicher Vater war der Anführer dieser dunklen Institution. In diesem Moment schnappten mich die beiden Plochinten wieder und warfen mich am anderen Ende des Ganges in eine Zelle. In eine dunkle und kalte Zelle voller schattiger Ecken und bedrohlicher Energie. Eine Zelle, die der Seele der Plochinten in nichts nachstand.

CHELSEA

Ich betete gefühlte zehn Minuten zum Universum, dass es mir Hilfe vom Elbenkreisel zukommen lassen solle. Es kam mir vor wie eine Ewigkeit, bis mein Wunsch endlich erhört wurde.

Die hässliche Tür schwang auf und Mom kam mit einem Mann im Kampfmodus in den Saal geschossen. Sie beamte sich vor einigen auf sie zukommenden Plochinten weg und scannte jedes Mal, wenn sie sich erneut materialisierte, nervös den Raum. Sie suchte mich. Ich half ihr, mich zu sichten, indem ich wild mit den Händen fuchtelte. Zwar war der Raum nicht allzu groß, jedoch recht befüllt. Außerdem ließ die Beleuchtung hier drinnen zu wünschen übrig. Die Suche kam jener in einer Diskothek gleich. Hätte ich es mir aussuchen können, hätte ich lieber in einem Club gestanden als hier inmitten von Kriminellen.

Den soeben eintrudelnden Wunsch nach einem Wodka Cranberry ignorierte ich gekonnt, weil Mom mich erkannte und die Augen erfreut und erleichtert weitete. Der Typ neben ihr – wer auch immer das war – folgte ihr auf Schritt und Tritt. Er war wohl der defensive Part in ihrer Kampfstrategie. Ihr Beschützer. Ich beschloss, später die Personalien zu klären und fuchtelte erneut mit meinen Händen, weil mir das in diesem Moment sinnvoll vorkam. »Chelsea, Liebes!«, rief meine Mutter und wollte gerade zu mir, als ihre Augen zum Thron schweiften und ihr Körper entsetzt innehielt.

Sie erstarrte wie eine Statue. »Joe«, hauchte sie stoisch. Ihre Augen waren weit aufgerissen und ihr Mund stand leicht offen. Es amüsierte mich schon fast, die vielen Facetten von Entsetzen zu erkunden – zuerst bei Rick, nun bei meiner Mom.

Eine seltsame Aura durchfloss plötzlich den Raum. Niemand wagte es mehr, meine Mutter anzugreifen, alles war still. Keiner reagierte, jeder wartete auf eine Reaktion des Mannes auf dem Thron. Für einen Moment wusste wohl niemand, ob sie es mit einem tatsächlichen Feind zu tun hatten.

Tja, Leute, darf ich vorstellen: meine sich innig liebenden Eltern, dachte ich und lobte mein sarkastisches Ich innerlich dafür, dass es die Sache so locker nahm. Die Ehrfurcht der Plochinten vor meinem Vater erstaunte mich.

Joe genoss den Überraschungseffekt und fing an zu grinsen. Er rückte sich auf seinem Thron zurecht, bevor er mit einer einladenden, eventuell sarkastischen Geste durch die Halle posaunte: »Clarissa, Darling, lange nicht mehr gesehen!«

KAPITEL 19

CHELSEA

So sehr ich mich auch freute, dass meine Gebete erhört wurden – der folgenden Situation wäre ich liebend gern ferngeblieben. Denn ich wusste, was uns allen hier im Raum nun bevorstand. Der Kampf der Titanen. Mom fing schon an, sich aufzubäumen. Der Mann, der mit ihr kam, wurde von allen ignoriert, denn die hasserfüllte Energie, die sich zwischen meinen vermeintlichen Eltern aufbaute, verschlug jedem den Atem.

»Was soll das, Joe? Was machst du hier – auf einem *Thron*?« Sie sagte das so abschätzig und herablassend, dass es selbst mich traf. Ihre Augen scannten ihn dabei zusätzlich betonend langsam von oben nach unten, während sie die Lippen kräuselte und eine Augenbraue hob. *Autsch*, dachte ich mir und wartete auf Joes Reaktion. Eins musste ich ihr lassen: Für die Wut, die sie – und das spürte wohl jeder hier im Raum – in sich trug, spielte sie die Coole ziemlich gut.

»Oh, meine liebe Clarissa. Tja, wie soll ich es sagen«, täuschte er vor, die passenden Worte zu finden. Es wusste jeder im Saal, dass er den Moment aufbauschen wollte, um Folgendes loszuwerden: »Ich bin der König der Plochinten! Ich und nur ich bestimme!«

Er verkündete das so heroisch, dass es schon wieder arm wirkte. Man merkte, wie wichtig ihm diese Position war. Ich, die an die Liebe und an das Gute im Menschen glaubte, hielt solche Aussagen wie diese einfach für primitiv und lächerlich. Dennoch mischte ich mich nicht ein, weil ich meine Mom kannte. Sie würde es auch alleine schaffen, ihn verbal zu vernichten.

»Ich gratuliere dir, Joe. Wie viele Menschenleben hat dich diese Position gekostet?«, versuchte sie ihn zu triggern. *Touché, Mom!*, jubelte ich ihr in Gedanken zu. Joe witzelte: »Och, nur ein paar Tausend. Verkraftbar.« Er grinste Mom mit seinem schrägen Blick an. Das Traurige dabei war, dass er das vermutlich nicht erfand, sondern im wahrsten Sinne des Wortes *todernst* meinte.

Ich versuchte erneut, den Gedanken, dass sein Blut in meinen Adern floss, beiseitezuschieben. Das musste nichts heißen. Deshalb konnte ich trotzdem ein durch und durch guter Mensch sein. Meine Mutter funkelte ihn voller Hass an, als er weitersprach: »Weißt du, Liebes. Ich verstehe, dass dir einige Fragen auf der Zunge brennen und ich werde sie dir beantworten, denn ich habe heute einen guten Tag, weil mir Chelsea geholfen hat, einen großen Waffenschmuggel durchzuziehen.«

Er wandte sich zu mir. »Das ist meine Tochter! Ich bin so stolz auf dich, Chelsea!«, lobte er theatralisch mit in meine Richtung gestreckten Händen, die »sein« Prachtexemplar von Tochter präsentieren sollten, und schickte mir einen Kuss. O Gott, mir wurde schon wieder übel. Meine Antipathie brachte ich ihm gegenüber auch unmissverständlich zum Ausdruck. Natürlich ignorierte er das. Aber *ich* konnte Moms Reaktion nicht ignorieren.

Sie schaute mich voller Entsetzen und Angst an. Mein Herz zerbrach in dem Moment in zwei Teile. Ich hatte sie noch nie so enttäuscht gesehen. Mit ihrem Blick spießte sie mich auf. Ich schüttelte den Kopf und flehte sie mit meinen Blicken an, mir zu vertrauen. Ich konnte ihr ja schlecht vor Joe offenbaren, dass ich vorhatte, den Mist, den ich gebaut hatte, rückgängig zu machen. Zuerst schaute sie mich verwirrt an, doch dann verriet mir ihr Blick, dass sie verstand, dass ich einen Plan hatte. Daraufhin widmete sie sich wieder voll und ganz meinem vermeintlichen Vater. Ich war dankbar für diesen Vertrauensvorschuss und ging einen halben Schritt zurück.

Unauffällig wollte ich mich nach hinten mogeln, bis ich nicht mehr im direkten Sichtfeld meines Vaters stünde, um mich zu teleportieren. Dabei hoffte ich angespannt, dass ich diese enorme Ladung Waffen erneut heil beamen könnte. Diese Mission war sogar für einen Profi heftig. Außerdem standen mehr als ein Dutzend Plochinten hinter mir, weshalb ich schnell sein musste. Dass Mom und der andere Mann hier waren, deutete ich als ein gutes Zeichen, dass auch Rick befreit werden sollte, vermutlich von William. Ich betete erneut zum Universum für das Gelingen und widmete mich dann meiner eigenen Mission: der Auflösung meines soeben produzierten schlechten Karmas.

Meine Mutter erholte sich wieder von dem leichten Schock über meine Mittäterschaft und konterte: »Wie hast du sie gezwungen, das zu tun?« Joe antwortete ohne Skrupel: »Ihr schnuckeliger Freund ist unten im Verlies. Sie hatte die Wahl: Entweder die Waffen in den Jemen zu schmuggeln oder bei der Ermordung ihres Loverboys zuzusehen.«

»Du widerwärtiger Mistkerl!«, fauchte ihn meine Mutter an. »Och, Liebes«, säuselte Joe, was sie noch mehr zur Weißglut brachte. »Irgendwann kommt das alles zu dir zurück, Joe! Das Leben ist ein Spiegel deiner eigenen Taten. Und ich warte nur darauf, dass du zur Rechenschaft gezogen wirst für all das, was du getan hast!«

Das saß. Joe sah sie eindringlich an. Für einen kurzen Moment hätte man glauben können, dass es ihm leidtat, was er meiner Mom und mir angetan hatte. Doch kurz darauf mutierte er sofort wieder zu jenem Ekel, das er eben war.

»Clarissa, denkst du, es tut mir leid, dass wir dir damals eine Rune verpasst haben? Eine Rune, die übrigens ein kleines Hintertürchen für uns offenließ.« Dabei zwinkerte er mich an. Der

Mann, der hinter Mom stand und noch immer ignoriert wurde, verstand offenbar, was Joe soeben andeutete. Meine Mutter ebenso.

»Dieser sogenannte stille Alarm in deiner Rune wurde auch ausgelöst, als sich jemand *neben dir* beamte.« Dabei schwenkte er stolz seine Hand in meine Richtung. *Ich werde ihn heute noch ankotzen*, dachte ich mir. Aber zuerst musste ich diese Waffenladung zurückholen. Leider lag der Themenschwerpunkt der Diskussion meiner Eltern noch viel zu sehr auf mir.

»Wie konntest du nur deine eigene Tochter in deine primitiven Vorhaben involvieren?!«, schrie Mom ihn an. »Liebste Clarissa, du verstehst das falsch. Ich eröffne Chelsea jene Welt, für die sie bestimmt ist, wo sie hingehört. Zu ihrem Vater! Seite an Seite könnten wir so tolle Dinge tun und Macht generieren. Gemeinsam, als Vater und Tochter, hätten wir die Möglichkeit, den gesamten Erdball zu beherrschen.«

Er schaute zur Decke und schwelgte offenbar in Träumen. Seine Besessenheit mir gegenüber gefiel mir gar nicht. Dass er auch nur eine Sekunde glaubte, diese Wunschvorstellung würde Realität werden, ließ mich ernsthaft an seinen kognitiven Fähigkeiten zweifeln.

»Fasel hier nicht von Vater und Tochter, du warst nie für Chelsea da! Du hast sie verlassen, weil *du* ein Egoproblem hattest! *Du* bist gegangen, nicht wir. Wie konntest du nur so tief sinken, Joe? Wann bist du in den Abgrund gerutscht und hast die schönen Dinge des Lebens aus den Augen verloren?«

Mom schaute Joe entsetzt, enttäuscht und voller Mitleid an. Ich erkannte, dass sie nicht glauben wollte, dass der Vater ihrer Tochter so ein Monster geworden war. Ein Monster mit Realitätsverweigerung, wohl gemerkt.

»Ich war immer da, ich wusste alles!«, keifte er. Meine Mom schaute ihn verdattert an. Sogleich erklärte er sich: »Seit dem Tag, an dem ich gegangen war, ließ ich euch beschatten. Ich wusste ganz genau, wie Chelsea aufwuchs, ich wusste alles über sie. Meine wachsamen Augen waren immer bei ihr. Auch an dem Tag, an dem sie sich das erste Mal beamte.«

Erschrocken blinzelte meine Mom ihn an, sagte aber nichts. Er führte weiter aus: »Einer meiner Spitzel hatte Chelsea an dem besagten Morgen aus dem Haus rennen sehen. Da nur du zu Hause warst und sich der stille Alarm in der Zentrale aktivierte, wusste ich, dass auch meine Tochter die Gabe hat.« Er hob die Hände gen Himmel. Okay, den Hang zur Dramatik hatte ich eindeutig von ihm.

Sein Blick verfinsterte sich, während seine Mundwinkel diabolisch lächelten. »Durch die innovative Idee der Plochinten, die Gabe nicht nur für Rettungskram, sondern auch für bedeutendere Dinge wie Kriegsführung einzusetzen, sah ich eure Bestimmung mit anderen Augen.« Bedeutendere Dinge? Jap, er war wahnsinnig. Das war ja noch schlimmer als ich dachte.

»Seit vielen Jahren arbeiten die Plochinten mit Begabten zusammen, die sich für ein machtvolleres Dasein entschieden haben. Ich war stolz auf diese Arbeit und stand voller Begeisterung dahinter. So sehr, dass ich schnell zum Vorstandsvorsitzenden des Aufsichtsrates ernannt wurde. Die beiden anderen Aufsichtsräte sind übrigens geschäftlich verhindert«, erklärte er die zwei leeren Throne links und rechts neben ihm. »Sie hätten dieser rosigen Familienzusammenkunft bestimmt gerne beigewohnt«, säuselte er.

Mom stand nur da und blickte ihn verhasst an. Vermutlich wollte sie nicht wahrhaben, wie tief ihr einstiger Lebenspartner gesunken war. Ich verstand sie, weil ich auch nicht wahrhaben wollte, wie verrückt mein Vater geworden war.

»Wie auch immer«, fuhr er fort. »Als ich von der Gabe meiner Tochter erfuhr, schuf ich in meinem Geist die Vision, mit ihr zusammen die Welt zu regieren.« Er machte erneut seine übertriebene, theatralische Handbewegung. Bitte schicke den Mann jemand ins Theater. Dann schaute er zu Mom und beendete seine Rede: »Deshalb ließ ich meine Tochter zu mir holen.«

Ihr stoischer Gesichtsausdruck veränderte sich, wobei ihr Mitleid und ihr Entsetzen über die negative Entwicklung meines Vaters verschwanden und ihre Augen zu funkeln begannen. Ich sah ihre Wut förmlich in ihr aufsteigen, wie das Quecksilber eines Thermometers, das nach oben raste. Ihre Zornesfalte war lediglich noch ein Hinweis für jene, die so gar kein Gespür dafür hatten, Mimik und Gestik zu deuten. Sie kochte vor Wut. Kerzengerade stand sie da, wie ein Spielzeugzinnsoldat.

Joe hatte sie getriggert, indem er gewissenlos verkündete, dass er ihre Tochter entführt hatte und sie so einer Gefahr aussetzte. Der Mutterinstinkt überkam sie. »Zu dir holen? ZU DIR HOLEN?«, wiederholte sie die Worte langsam und sarkastisch. »Du hast sie entführt! Deine eigene Tochter! Wie krank ist das denn?«

Okay, es war so weit. Mom eskalierte komplett. Und das nutzte ich für mich. Dies war der Moment, an dem ich mich zurück in den Jemen beamen konnte.

KAPITEL 20

CHELSEA

Im Jemen feuerte die Sonne ihre Energie erbarmungslos auf die Erde. Der Sand glühte. Es waren gefühlte fünfzig Grad. Ich wusste, dass ich schnell sein musste, sonst hätte ich den Transport der Waffen körperlich nicht mehr geschafft. Natürlich verfehlte ich mein Ziel ein klein wenig und landete ungefähr fünfhundert Meter entfernt vom Waffenlager im glühend heißen Sand. Ich hatte die Koordinaten nicht mehr richtig im Kopf. Außerdem stand ich unter Stress. Mal abgesehen davon, dass ich noch eine absolute Anfängerin war und meine Gabe noch nicht zu hundert Prozent beherrschte. Eigentlich gefiel mir das Land. Schon immer hatte ich von einer Reise auf die arabische Halbinsel geträumt. Der Nahe Osten faszinierte mich, seit Mom mir als Kind die Märchen aus 1001 Nacht vorgelesen hatte. Doch leider war ich nicht zum Urlauben und Vitamin-D-Tanken hier. Ich rief mir in Erinnerung, dass ich dieses schöne Land vor einer Epidemie retten musste, die in wenigen Stunden wüten würde, wenn ich diese verdammten Waffen nicht bald hier wegschaffte.

Ich erblickte das Waffenlager vor mir. Doch je näher ich diesem kam, desto mehr musste ich feststellen, dass es weniger leicht werden würde als geplant, den Schlamassel auszubaden. Es war von allen Seiten vom Militär bewacht. In jede Himmelsrichtung standen zwei Männer, ausgerüstet mit mehreren Waffen. Kleinere trugen sie quasi schussbereit in ihren Händen und dazu Sturmgewehre quer um die Brust. Außerdem zierten Gürtel mit Utensilien, von denen ich keine Ahnung hatte, welchem Zweck sie dienten, ihre Monturen. Ich schaute mich weiter um. Ganz hinten im Lager standen fünf große, schwarze Vans mit offenen Hecktüren. Mehrere Soldaten hoben Kisten in die Autos. *Meine* Kisten. Die Kisten, die wegen mir erst hier gelandet waren. *Mein* Schlamassel wurde soeben verladen!

Schnell war mir bewusst, was das bedeutete: Die Waffen wurden zu den jeweiligen Außenstellen gebracht, der Konvoi wurde vorbereitet. Mist. Somit war die Ladung kein kompakter Haufen mehr, was bedeutete, dass ich sie auch nicht mehr als ein Ganzes wegbeamen konnte. Das war dann wohl die Rache dafür, dass ich für meine Gefühle und gegen das Wohl der Welt gehandelt hatte. *Danke aber auch,* murmelte ich leise und sah dabei nach oben. Irgendjemand im Universum würde sich schon angesprochen fühlen.

Warum hatte man denn auch mich auserwählt? Wie konnte man mir nur solch eine große Bestimmung auferlegen? Ich wusste nicht mal, ob ich am Morgen den grünen oder schwarzen Eyeliner verwenden sollte und jetzt hing das Schicksal einer Nation von mir ab. Darüber musste ich lachen. Als ob die Frage nach dem passenden Eyeliner relevant gewesen wäre. Dass vor meiner Nase Waffen verlagert wurden, war von Relevanz.

Da schweiften meine Gedanken zu Rick. Der hätte einen sarkastischen Kommentar parat gehabt. Während ich an ihn dachte, Sehnsucht in mir aufstieg und ich mich zeitgleich um meine Mutter sorgte, die in den Fängen meines Vaters war, litt ich zunehmend unter dieser drückenden Hitze hier im Jemen. Ich musste mich beeilen, sonst wäre ich zu schwach geworden, um die gesamte Ladung wegzuschaffen.

Ich tastete mich immer weiter an die Waffen heran und entschloss mich, zu warten. Genau auf den Zeitpunkt, wenn alle Söldner in den Vans saßen. Dann konnte ich mich in die einzelnen Autos teleportieren und die Ladungen Stück für Stück wegbeamen. Ich spekulierte darauf, dass die Söldner alle auf der Vorderbank saßen und niemand hinten im Laderaum der Konvois die Ware bewachte. Es hätte mir mein Wiedergutmachungsvorhaben beträchtlich erleichtert, wenn ich nicht auch noch im Zweikampf bewaffnete Männer überwältigen musste. Immerhin hatte ich nun einen Basisplan! Blieb lediglich zu hoffen, dass meine Gabe und mein Körper mitspielten.

Der Konvoi bestand aus fünf Autos und ich hoffte, dass ich genug Kraft hatte, um zumindest die biochemischen Substanzen zu vernichten. Dieses fiese Virus jagte mir mit Abstand am meisten Angst ein.

Wie krank war es, eine komplette Gesellschaft vernichten zu wollen, nur um einen Krieg zu gewinnen? Wie konnte mein Vater das nur mit sich und seinem Gewissen vereinbaren? Gerade als ich darüber nachdachte, stiegen die ersten Söldner in ihre Autos. In den vier hinteren Vans stieg jeweils ein Fahrer ein. Im ersten Van des Konvois nahmen vier Söldner auf der Vorderbank Platz, Fahrer inklusive. Super! So konnte ich die Waffen leichter aus den Autos beamen. Als alle eingestiegen waren, teleportierte ich mich in den Laderaum des letzten Vans des Konvois.

Hier drin war es noch schwüler als draußen. Ich wischte mir mit meinem linken Unterarm den Schweiß von der Stirn und konzentrierte mich auf die erste der fünf zu vernichtenden Ladungen. Dabei kam eine elementare Frage auf: Wohin mit dem Zeug?

Mir fiel beim besten Willen kein geeigneter Ort ein, an dem ich die Waffen eliminieren beziehungsweise mir sicher sein konnte, dass sie niemand verwendete. Ein Wald vielleicht? Das wäre wegen der Jäger und eventueller Abenteurer zu gefährlich gewesen. Gab es denn einen Ort, an dem absolut niemand war? Mein Gehirn ratterte. Mein gesamter Brustkorb pochte. Mein Mund war so trocken. Wann hatte ich das letzte Mal etwas getrunken? Mein Geist erschuf das Bild eines erfrischenden Wodka Cranberrys vor meinen Augen. Wie eine Fata Morgana erweckte dieses Bild tiefe Bedürfnisse in mir. Ich sehnte mich nach etwas Flüssigem, Kühlem. Ich spürte, dass mein Kreislauf dabei war, sich zu verabschieden. Mir war so heiß, dass es sich anfühlte, als würde sich mein Kopf ausdehnen.

Ich brauchte Wasser. *Erfrischung*. Ich wollte kühles Nass auf meiner Haut spüren. Keine Hitze mehr. Vorsichtig ließ ich mich auf die Waffen nieder und sehnte mich nach Abkühlung. Dann schloss ich die Augen und spürte, wie mein Körper sich verabschiedete. Mir schien, als würde ich nichts mehr wiegen, als wäre ich Luft.

Platsch! Da war sie, die Abkühlung! Jedoch hatte ich sie mir angenehmer vorgestellt. Hohe Wellen peitschten mir mit salzigen Zungen ins Gesicht. Oh Mann. Offenbar beherrschte ich meine Gabe weniger souverän als vermutet. Ich spürte, wie ich sank. Es fühlte sich an, als hätte ich Tonnengewichte an meinen Füßen. Hatte ich auch! Panisch schwante mir, dass ich die Waffen mitgebeamt hatte. An und für sich wäre das sogar gut gewesen, doch in meiner momentanen Lage leider schlecht. Die Waffen – nun nicht mehr sortiert in Boxen – sanken tief hinunter ins Meer und der Sog des Waffenguts zog mich nach unten. Ich ging unter! In meiner Panik versuchte ich, weg von den Waffen zu rudern, verhedderte mich aber mit meinem Fuß in einem Abzug, was mich nur noch panischer werden ließ. »Hilfe! Hilfe!«, schrie ich, wohlwissend, dass mich hier im absoluten Nirgendwo wohl kaum jemand hören würde. Da musste ich nun allein durch.

Ich holte noch einmal tief Luft, bevor mich die Ladung komplett unter Wasser zog. Es ging rasend schnell. Ich konzentrierte mich auf die verhedderte Stelle und versuchte, mich daraus zu befreien. Nach langem Zerren gelang es mir, mich aus dem Waffengurt des Sturmgewehrs loszulösen – indem ich meinen Schuh mit der Ladung untergehen ließ. Mit meinen Armen hechtete ich an die Oberfläche und versuchte, meiner Angst vor Haien keine Beachtung zu schenken. Endlich oben angekommen, schnappte ich tief nach Luft, die mir um ein Haar ausgegangen wäre. O Gott! Die nächste Ladung musste ich eindeutig durchdachter loswerden.

Vergeblich suchte ich nach Land. Ich war mitten im Ozean. Bevor der Konvoi sein Ziel erreichte, musste ich die anderen vier Ladungen vernichten beziehungsweise versenken. Ich fand die Idee gar nicht mal dumm, die Waffen im Ozean zu versenken. Am besten über dem Marianengraben. Dann würden sie 10 000 Meter in die Tiefe sinken.

Das war der Plan. Endlich ein konkreter Plan! Mein Blick richtete sich gen Himmel, hoffend, dass die Strategie aufginge. Dabei schwappte mir regelmäßig Salzwasser ins Gesicht. Um nicht vor Erschöpfung zu ertrinken, schloss ich die Augen, um mich auf den Jemen zu konzentrieren und mich in Luft aufzulösen.

Ich teleportierte mich in den vorletzten Konvoi und schenkte mir eine Minute, um im Quickcharger-Modus meine Batterien aufzuladen. Tief atmete ich durch die Nase ein und aus. Hierauf besann ich mich auf meine Mission und beamte – erfrischt von der Nässe des Meeres – die zweite Ladung in den Ozean. Dabei stellte ich mir eine konkretere Stelle als das Meer vor: die Wasseroberfläche über dem Marianengraben. Ich wusste, dass ich hier exakt sein musste, denn hätte ich mich zum Marianengraben *gefühlt*, hätte sich mein Körper 10 000 Meter in der Meerestiefe erneut materialisiert und wie das für mich ausgegangen wäre, wollte ich nicht zu Ende denken.

Das Anvisualisieren der Wasseroberfläche des Marianengrabens funktionierte. Dieses Mal war ich vorbereitet, ließ die Waffen sofort los und schwamm schnell aus jener Zone, wo ich vermutete, dass der Sog entstehen würde. Sofort beamte ich mich zurück zum Konvoi. Auch bei der dritten Ladung gelang meine Strategie einwandfrei. Und bei der vierten. Doch von der biochemischen Substanz war keine Spur, was bedeutete, dass sie sich im ersten Auto des Konvois befand. Dort, wo gleich vier Söldner auf der Vorderbank saßen und drei davon Zeit hatten, zur Ladung nach hinten zu lugen, weil sie sich nicht aufs Fahren konzentrieren mussten. Das würde am schwierigsten werden. Und ich hatte schon einen Großteil meiner Ressourcen verbraucht. Warum hatte ich nicht vorne angefangen? Die Frage konnte ich mir schnell selbst beantworten: Weil ich sonst sofort Aufmerksamkeit erregt hätte und die hinteren Autos eventuell gar nicht mehr hätte leerräumen können. Außerdem hatte ich nicht gewusst, in welchem der fünf Wägen das Virus transportiert wurde.

Als ich so im Wasser schwamm, irgendwo im Meer über dem Marianengraben, und die Ladung unter mir kleiner wurde, fiel mir auf, wie träge ich wurde. Mein Körper bibberte schon, mir war kalt und ich war erschöpft von all den Teleportationen. Trotzdem war ich stolz darauf, dass ich diese Misere bis jetzt ganz allein bewältigt hatte. Ich hoffte lediglich, Mom würde das verbale Gefecht mit Dad auch überstehen. Ich machte mir Sorgen. Was, wenn mein liebenswerter Daddy ihr etwas antat? Ich konnte nur hoffen, dass der Typ, den sie dabeihatte, wer auch immer das war, ihr zur Seite stand und sie beschützte.

Meine Arme wurden schlaff. Mit letzter Kraft dachte ich inbrünstig an den Laderaum des ersten Konvoi-Autos – und war alsbald erneut inmitten einer Ladung voller Waffen.

Ich triefte vor Salzwasser, was meine Bewegungsfähigkeit erheblich einschränkte. Zum Glück saßen alle Söldner vorne. Trotzdem musste ich mich still verhalten. Wenn sie mich gesehen hätten, wäre ich innerhalb von Millisekunden tot gewesen. Schließlich war ich umgeben von Waffen und Sprengsätzen. Wenn die Söldner auf mich geschossen hätten … Ich kniff die Augen zusammen, um den Gedanken wegzuwischen.

Wo war das Virus? Jenes konnte ich nicht im Meer versenken, weil ich keine Ahnung hatte, welche Folgen dies mit sich brachte. Wenn es den gesamten Jemen umbringen konnte, würde es vermutlich auch das Meeresleben des gesamten Pazifiks zerstören können. Ich fing an, so leise wie möglich die Waffen zu durchsuchen, wie ich es bei den vorherigen Ladungen ebenfalls tat und betete zum Universum, dass ich dieses Virus bald finden würde. Aber es war nirgendwo.

Einer der Männer drehte sich um und lugte durch das längliche Fenster, welches den Sitzbereich vom überdimensional großen Kofferraum des Vans trennte. Ich duckte mich so schnell es ging und hoffte, dass er mich nicht entdeckt hatte. Während ich mit eingezogenem Kopf auf dem Boden kniete, sah ich einen Zettel, auf welchem etwas auf Jemenitisch-Arabisch gekritzelt stand. Hätte ich mal besser einen Sprachkurs in Arabisch absolviert. Darauf prangten ein großer Totenschädel und ein gelbes Dreieck mit schwarzem Ausrufezeichen und Rahmen. Ich wusste sofort, was die beiden Zeichen bedeuteten, denn sie waren international: Es waren die Symbole für »tödlich« und »Achtung«. Augenscheinlich handelte es sich um eine Botschaft, die das Virus betraf.

Ein Geistesblitz erinnerte mich daran, dass ich erst kürzlich auf meinem Smartphone die App »Google Translate« installiert hatte. Blieb nur zu hoffen, dass ich hier ein Netz hatte. Das Universum war auf meiner Seite. Wie durch ein Wunder empfing mein Smartphone mitten in der Pampa ein Signal. Ich nahm mir vor, meinem Netzanbieter später dafür zu danken. Die Übersetzung lautete: *Die Reagenzgläser mit größter Vorsicht transportieren! Nicht aus den Händen geben und nicht aus der Schutzhülle nehmen!*

Oh nein! Ich wusste, was das bedeutete. Dann schielte ich nach vorne zu den Milizanhängern und checkte deren Hände. Dabei sah ich, was ich nicht sehen wollte: Einer der Beifahrer hielt die Reagenzgläser in seinen Klauen.

Okay, cool bleiben, Chelsea. Ich versuchte, klar zu denken. Mein Verstand riet mir: Bring die Ladung weg und kümmere dich dann um die Reagenzgläser. Das hielt ich für eine gute Idee und beamte die letzte Ladung Waffen in den Marianengraben. Das kühle Nass sorgte jedes Mal aufs Neue für Erfrischung. Allerdings war das Trocknen weniger angenehm. Meine Haut fühlte sich rau an, meine Haare klebten und meine Kleidung schmiegte sich forsch an mich. Wohlbefinden fühlte sich anders an.

Mit aller Kraft beamte ich mich ein letztes Mal zum Konvoi, der mitten durch den Jemen zu den Außenstellen der Militärposten fuhr. Ich musste diese Reagenzgläser noch vor der Ankunft in den Lagern in die Finger kriegen. Vorne machte sich eine Diskussion breit. Wir blieben stehen. Oje, sie hatten das Fehlen der Ware bemerkt! Kein Wunder, es fehlte immerhin ein ganzes Auto voller Schießzeugs. Der Schweiß lief mir in die Augen. Ich hatte keine Ahnung, was ich nun tun sollte, außer laut loszuschreien, falls jemand die Heckklappe des Autos öffnete, in welchem ich ratlos saß.

Sie stiegen alle aus, auch der Beifahrer. Und zwar *ohne* die Reagenzgläser. Ich konnte es kaum glauben, dass mir das Universum so in die Karten spielte. Das war meine Chance! Rasch beamte ich mich auf die Vorderbank, schnappte mir die Reagenzgläser und sah in diesem Moment einem der Männer, der draußen stand, in sein Augenpaar. Okay, ich war aufgeflogen. Er fing an, etwas Alarmierendes zu verlauten, was ich an seinem Tonfall erkannte und winkte dabei panisch seine Kollegen herbei. Das konnte ich allerdings nur mehr durch einen hellen Lichtwirbel beobachten, als ich mich in den Elbenkreisel beamte – in der Hoffnung, dass ich es schaffen würde, ohne von dem fuchtelnden Mann geschnappt zu werden.

Ich presste meine Augen fest zu. Sekunden später spürte ich eine frische Brise in einer kühlen Atmosphäre. Trotzdem traute ich mich nicht, die Augen aufzumachen, weil ich genauso gut inmitten von Plochinten hätte sitzen können. So präzise ortete ich mich mit meiner Gabe ja leider noch nicht. Und kühler als im Jemen war es schnell mal irgendwo auf der Welt. Dennoch wagte ich es, zu zwinkern und öffnete sogleich erleichtert meine Augen. Ich war im Elbenkreisel. In Sicherheit. Und die Reagenzgläser waren weit weg von bösen Händen.

Als ich auf dem Boden der großen Halle saß, konnte ich erstmals dieses vernichtende Virus begutachten. Die Schutzhülle bestand aus dickem, transparentem Material, welches ich nicht zu bestimmen vermochte. Das Serum floss langsam in den Reagenzgläsern auf und ab, je nachdem, wie ich sie bewegte. Es hatte die Konsistenz von Sirup. Gelb leuchtete es mich an. Wie harmlos es wirkte. Das Holztablett, in welchem die fünf Reagenzgläser steckten und welches mit einer Schutzhülle versiegelt war, kam auf eine Größe von zehn mal zwanzig Zentimeter. Wie konnte etwas so Kleines und Unscheinbares einen solch massiven Schaden anrichten? Ehrfürchtig schluckte ich meine Angst hinunter und wiegte mich in dem Sicherheitsgefühl, im Elbenkreisel zu sein.

KAPITEL 21

WÄHRENDDESSEN IN DER PLOCHINTENZENTRALE

»Ach komm schon, Clarissa, findest du nicht, dass du etwas übertreibst? Wir reden hier von meiner Tochter. Das kann man doch nicht entführen nennen. Verbuch es unter … Sehnsucht.« Erwartungsvoll grinste er sie an. Er beabsichtigte, dass sie komplett aus der Haut fuhr, was ihm auch glückte. Es folgte eine lange, ausführliche Hasstirade ihrerseits, die Joe – wie es schien – sogar genoss.

Da klingelte das Telefon. Joe grub in seiner Hosentasche danach und hob ab. Im gesamten Saal konnte man die wütende Stimme auf der anderen Leitung vernehmen. Joes Gesichtsausdruck verfinsterte sich. Er bestätigte etwas auf Jemenitisch-Arabisch und legte auf. Dann funkelte er Clarissa wutentbrannt an: »Das ist alles deine Schuld! Das hat sie wegen dir und deiner jämmerlichen Erziehung gemacht! Du hast sie gelehrt, moralisch korrekt zu sein und stets im Sinne aller zu handeln! Du Bestie in Gestalt eines Engels! Das wirst du büßen!« Er begann alles, was sich um ihn herum befand, nach Clarissa zu schleudern. Sie wusste sofort, dass Chelsea die Waffenladung entsorgt hatte und ging in Deckung vor ihrem tobenden Ex-Mann.

»Sie war nie wie du, Joe! Sie wird immer gut sein und für das Gute kämpfen. Das Gute wird stets siegen!«, bekannte sich Clarissa stolz zu ihrer Tochter und fachte Joes Wut dadurch noch mehr an. »Sie hat mir meinen Waffendeal versaut! Ihr naives Verhalten hat mich soeben Milliarden gekostet! Ich hätte mir einen Ruf im gesamten arabischen Raum gemacht!«, schrie er blind vor Wut. »Als was? Terrorist?«, konterte sie. Paul stand hinter Clarissa und hielt ihre Hand. Bis jetzt hatte er sich still verhalten, aber ein wachsames Auge auf seine liebste Freundin gehabt.

»Du Grässliche!«, keuchte Joe und warf einen der zinnernen Sessel nach Clarissa. Sie konnte dem Stuhl gerade noch ausweichen, wusste jedoch, dass sie und Paul hier dringend wegmussten. Joe war nicht mehr zu bändigen. Außer sich funkelte er Clarissa an. Einer der bewaffneten Plochinten stand ganz nah bei ihm. Joe schaute ihr tief in die Augen, rot vor Zorn, und griff nach der Waffe seines Dieners. Er zog sie schwungvoll aus dem Holster, ohne sich von ihr abzuwenden. Dann zielte er geradewegs auf seine Ex-Frau und die Mutter seiner Tochter. Paul reagierte reflexartig und warf sich vor Clarissa. Die Kugel traf ihn mitten in seinen Unterleib. Blut spritzte durch den Saal, Clarissa schrie aus tiefster Seele und Paul sackte in sich zusammen, nachdem sein verletzter Körper dumpf auf den Boden geprallt war.

Ehe Joe registrierte, dass er die falsche Person getroffen hatte, beamte sich Clarissa mit ihrem liebsten Freund voller Inbrunst in ein Krankenhaus – weg von all den Scheusalen, die sie hier umgaben.

Zur gleichen Zeit versuchten William und Emma, Rick in der verzweigten Plochintenzentrale ausfindig zu machen. Schon nach der ersten Abbiegung in dem verwinkelten, dunklen Gebäude kamen ihnen Plochinten entgegen. Emma wehrte alle ab, indem sie ihnen Gegenstände entgegenschleuderte. So kamen sie immer tiefer hinein.

Jeder Tunnel führte in noch tiefere Etagen. Am Ende eines dieser Tunnel führte eine Wendeltreppe, die weder schön noch zierlich war, sondern wuchtig und mit schwarzem Lack beschmiert, noch weiter in die Tiefe.

Unten angekommen erwartete sie schon ein anderer, eher kleinerer Mann, der eine schwere, kleine Tür aus Eisen bewachte, die mit vielen Schnörkeleien verziert war. Er fing sofort an zu schießen und Emma kickte ihm, während sie sich duckte, einen ihrer mitgebrachten Steine in die Magengrube. Sie wollte niemandem wehtun, aber mehr als das wollte sie Rick befreien. Mal abgesehen davon, dass alle Plochinten, die ihnen den Weg versperrten, recht schmerzbefreit mit Gewalt umgingen und ohne Zögern auf sie schossen. Emma war pazifistisch veranlagt, aber bei derartiger Gewaltfreude kannte nicht einmal sie Gnade. Der kleine Mann lag am Boden, William nahm ihm die Waffe ab. Vielleicht würden sie die später noch brauchen, wenn auch nur zum Bedrohen.

Die kleine Tür mit den Verzierungen aus Eisen war verriegelt. »Was machen wir jetzt?«, fragte Emma William. »Wir beamen uns einfach auf die andere Seite«, zwinkerte er ihr zu, nahm ihre Hand und löste sich mit ihr in Luft auf. Auf der anderen Seite wurden die beiden überrascht. William teleportierte sie direkt vor einen Plochinten, der zuerst verwirrt starrte, jedoch nur Millisekunden später Emma sofort in seine Klauen riss.

»Wer seid ihr?«, wollte er wissen und hielt Emma drohend seine Waffe an den Kopf. William versuchte, die Wogen zu glätten. »Wir sind Niemand und wollen nur sehen, ob es unserem Freund gut geht. Er heißt Rick.« William dachte, die Verharmlosung des Vorhabens würde vielleicht helfen. Tat sie nicht. Im Gegenteil. Die Plochinten fanden so etwas wohl gar nicht lustig. Der stämmige Mann im schwarzen Mantel fing an zu schreien und drückte den Schaft der Waffe fester an Emmas Schläfe. William verstand kein Wort, weil die Wut die Verständlichkeit seiner Aussprache übertönte. Ein Ablenkungsmanöver musste her. Ricks Vater schaute den Mann an und während er das tat, hob er vorsichtig beide Hände.

»Gut, wir ergeben uns. Es tut uns leid, hier unten gestört zu haben. Wir stellen uns selbst. Am besten, ihr bringt uns zu eurem Boss.« Emma wusste, dass es nur darum ging, Zeit zu schinden und suchte eifrig nach Gegenständen, die zur Abwehr dienen könnten. Dabei erkannte sie, dass sie in einem langen, dunklen Gang standen, der nur schwach beleuchtet war. An den Wänden hingen dunkle Lampen, alles war aus schwarzem Eisen oder dreckig verkupfert. Sie sah auch die vielen Gitterstäbe mit den noch dunkleren Zellen, die sich dahinter befanden. Es bestand kein Zweifel, sie hatten ihr Ziel erreicht. Das hier war das Verlies. Hier irgendwo, in einer dieser Zellen, kauerte Rick.

Die Wut, die in ihr hochstieg, half ihr, Mut und genügend Gewaltbereitschaft aufzubringen, um in genau jenem Moment, in welchem der Plochint über Williams Aussage lachte, ihm seine Pistole wegzubeamen und sie ihm geradewegs ins Gesicht zu schleudern. Der war erst mal erledigt. »Chapeau!«, zog William seinen imaginären Hut vor der jungen Begabten. Emma machte einen höfischen Knicks und lächelte dabei zufrieden.

In dem langen Gang war ansonsten niemand, weshalb Emma nun unverzüglich die Suche nach Rick vorantrieb: »Rick? Bist du hier irgendwo?«, fragte sie in den dunklen Gang hinein. Emma und William lauschten beide einer eventuellen Antwort.

Sie vernahmen ein ganz leises »hier« am hintersten Ende des Ganges. Das mussten mindestens zweihundert Meter Entfernung gewesen sein. *Wie viele Gefangene hatten denn diese Leute hier?!* Emma schluckte. Umgeben von so viel Bosheit und Hass, Profitgier, Niederträchtigkeit … Das alles hier tat ihr im Herzen weh. Schon allein der Fakt, dass es diesen kriminellen Zusammenschluss aus Politikern, Kriegsführern, Drogenhändlern, Pharmazeuten und Medienschaffenden überhaupt gab.

Sie wollte wissen, wer hier mitspielte. Sie wollte wissen, wer die Welt im Schein streichelte und im Schatten betrog.

Inständig hoffte sie, dass Clarissa und Paul Chelsea schon retten konnten und unversehrt im Elbenkreisel angekommen waren. Ihr gingen so viele Gedanken durch den Kopf, bis sie am Ende des langen, dunklen Verliestrakts ankamen. Rick lugte schon hinter den Gitterstäben hervor.

»Hey Leute!«, begrüßte er seinen Vater und seine Freundin, während er sie dabei anstrahlte. Sein Humor zauberte Erleichterung in die Gesichter seiner Retter. Emma teleportierte drei der Gitterstäbe auf die Seite, sodass Rick mühelos aus der Zelle steigen konnte.

»Wenn ich die Umstände betrachte, hätte ich eigentlich lieber deine Gabe, Em«, witzelte er mit einem Augenzwinkern, während er aus der Zelle trat. Er umarmte sie kurz und schaute sie lächelnd an. Als wäre ihm etwas Wichtiges eingefallen, wurde Rick plötzlich sehr ernst. »Wo ist Chelsea? Konntet ihr sie retten? Sie haben sie gezwungen, Waffen in den Jemen zu schmuggeln, wie es Violetta in ihrer Vision gesehen hatte. Bitte sagt mir, dass es ihr gut geht.« Er wirkte angespannt. Man erkannte die Angst und die Sorge in seinen Augen. Es kränkte Emma, weil sie für Rick leichte Gefühle zu hegen begann. Doch für Liebesdramen war jetzt keine Zeit, das wusste sie.

Während sie versuchte, ihre Fassung wiederzufinden, antwortete William: »Wir haben uns aufgeteilt. Als du dich zu Chelsea beamtest und nicht zurückkamst, wussten wir, dass sie dich erwischt hatten. Wir gingen davon aus, dass ihr beide nicht zusammen festgehalten werdet, sondern getrennt voneinander. Clarissa und Paul hatten die Mission, Chelsea zu befreien und Emma und ich, dich zu befreien. Wir wissen nicht, ob die beiden sie schon gefunden haben.«

Rick sah seinen Vater entsetzt an und schlug die Hände über den Kopf, bevor er seine beiden Retter aufklärte: »Chelsea ist inmitten von Plochinten gewesen, als sie mich hier runterbrachten. Das sind viel zu viele Gegner, um zu zweit damit fertig zu werden!« William versuchte, Ricks Sorge nicht an sich rankommen zu lassen und wischte den Gedanken an ein mögliches Scheitern seines Bruders und dessen bester Freundin beiseite. Stattdessen stellte er eine elementare Frage, die ihm im Kopf umherschwirrte: »Wieso machst du dir solche Sorgen um Chelsea? Solange sie sie brauchen, werden sie ihr nichts tun, Rick.«

Ricks Augenpaare pendelten zwischen seinem Vater und Emma hin und her. Nervös rang er mit sich selbst um eine Entscheidung. Seine Brauen zogen sich über der Nase zusammen, seine Finger streckte er breit auseinander, sein Körper war starr wie der einer Statue. Dann sank sein Blick zu Boden. Er atmete tief ein, bevor er erneut aufsah, seinem Vater in die Augen blickte und offenbarte: »Weil der Boss der Plochinten Joe Stern ist.«

Williams geschockte Miene war oscarreif. Er starrte seinen Sohn an, als wäre ihm eine ganze Horde Geister über die Leber gelaufen. Langsam und wohl weniger, um das Gesagte zu verstehen, sondern eher, um es glauben zu können, wiederholte er: »Claudias Ex-Mann ist der mächtigste Mann der Unterwelt?« Rick schwieg angespannt. William schluckte und verzog seinen Mund. Erst jetzt wurde Rick all das richtig bewusst. Alles, was noch kommen könnte – und vermutlich auch käme.

William befreite sich als Erster aus seiner Schockstarre und drängte: »Wir müssen uns hier rausbringen und Clarissa und Paul helfen, Chelsea zu retten. Hoffentlich haben sie ihre Mission schon erfolgreich beendet. Sicher bin ich mir nach dieser Hiobsbotschaft allerdings nicht mehr.« Er griff nach Emmas und Ricks Hand und wollte sich schon losbeamen, als Rick ihn stoppte.

»Wir haben da noch ein kleines Problem«, unterbrach er seinen Vater bei seinem Vorhaben. William schaute ihn ernst an: »Was ist denn jetzt noch?« Rick offenbarte die zweite »gute« Nachricht des Tages: »Das Verlies ist magisch gesichert. Eigentlich logisch, sonst könnte sich jeder Gefangene in die Freiheit beamen und ihr hättet mich nicht befreien müssen.« Der kleine Denkanstoß erschien nach genauerer Betrachtung allen einleuchtend. Trotzdem erschwerte das den Fluchtplan erheblich.

Emma suchte nach Lösungsvorschlägen: »Das heißt, wir sitzen hier fest? Das kann unmöglich dein Ernst sein. Gibt es keine Möglichkeit, die Tür ohne Magie zu öffnen?« – »Natürlich gibt es die. Da sie mit Fingerscan gesichert ist, bräuchten wir den Fingerabdruck eines Plochinten. Aber den zu beschaffen ist quasi unmöglich.« Emma schmunzelte und schenkte ihm einen triumphierenden Blick. Rick deutete ihre Mimik und wollte nicht glauben, wie genial seine neu gewonnene Freundin war: »Du hast doch nicht etwa …?« Seine Augen sprühten vor Hoffnung und Freude.

»Wir haben gerade einen dieser Plochinten am Eingang des Verlieses k.o. geschlagen«, strahlte sie, nicht wegen der Tat an sich, sondern wegen des glücklichen Zufalls, der ihnen gerade in die Karten spielte. »*Du* hast ihn k.o. geschlagen«, lenkte William ein. »Ich hab ihn nur abgelenkt.« William war durch und durch Pazifist. Dieses Image wollte er unbedingt aufrechterhalten.

»Wie auch immer, wir kommen hier raus, Leute!«, rief Rick und alle drei rannten zum Eingang des Verlieses. »Nur um den Plan kurz zu besprechen: Wir verlassen das Gebäude per pedes, um keine Aufmerksamkeit zu erregen und beamen uns dann in den Elbenkreisel. Falls noch nicht alle dort vor Ort sind, kommen wir zurück. Hoffen wir das Beste«, fasste William den letzten Teil der Rettungsmission zusammen. Alle nickten. Rick etwas schwerfälliger.

Dann ging alles ganz schnell. Per Fingerprint des am Eingang liegenden Plochinten schafften sie es aus dem Verlies, die Wendeltreppe hoch, durch zahlreiche Gänge, in denen noch immer die erledigten Plochinten am Boden kauerten, bis sie zu einer Abzweigung kamen: links die Tür zur Freiheit, rechts die geöffneten Tore des Saales, in den sich Rick vorhin gebeamt hatte.

Was die drei jedoch im Saal sahen, ließ sie erschaudern. Dort erstreckte sich eine riesige Blutlache über dem Boden. Ricks panischer Schrei zerriss die Stille, die die drei beschützte. Wutentbrannt wollte er in den Saal stürmen, als William ihn und Emma an sich riss und alle verpufften, bevor die auf sie aufmerksam gewordenen Plochinten sie schnappen konnten.

KAPITEL 22

RICK

»Nein, nein, nein!«, brüllte ich meinen Vater vorwurfsvoll an, als sich unsere Ionen im Elbenkreisel wieder zusammenfügten. In der Sekunde, in der mein Körper wieder Gestalt annahm, riss ich mich von ihm weg und das mit einer Wucht, die ihn zu Boden fallen ließ.

»Was hast du getan?!«, brüllte ich ihn an. »Sie haben sie ermordet!« Tränen schossen mir in die Augen. »Wahrscheinlich liegt sie hilflos inmitten dieser Scheusale. Und du … Du hast *nichts* gemacht! Wir hätten sie holen müssen. Wir hätten sie rächen müssen!« Ich sah rot, weinte und brüllte gleichzeitig.

Ich sah es noch genau vor mir. Der Boden voller Blut. Dunkles, teils schon eingetrocknetes Blut. Überall diese hasserfüllten, gewaltfreudigen Plochinten. Bänker, Journalisten, Pharmavertreter, Ärzte und Politiker. Leute, die wichtige Positionen und hohe Ämter besetzten, waren unter ihnen. Einige erkannte ich sogar aus Fernsehinterviews oder weil sie einem regelmäßig von Zeitungsfotos entgegenlächelten. Diese Institution hatte es sich zum Ziel gemacht, Angst und Schrecken zu verbreiten. Leider schafften sie das jeden Tag aufs Neue. Heute auch bei mir.

Ich erschauderte, als ich an den kalten, dunklen Steinboden im Saal der Plochinten dachte, wo sie gestorben sein musste. An diesem grausigen Ort. Unter ihnen. Keiner von ihnen mit auch nur einem Hauch von Mitleid gesegnet.

Dieser Gedanke brach mich. Meine Knie folgten der Schwerkraft und sanken zu Boden. Meine Tränen wurden ein Fluss aus Trauer. Trauer um die Eine, mit der ich zusammen sein wollte. Trauer um das Glück, welches wir zusammen hätten verleben können. Es wurde uns verwehrt. Wegen ihm, dem eigenen Vater. In diesem Moment wusste ich wohl selbst nicht, welchen Vater ich meinte. Den meinen, der mich aus der Gefahrenzone und weg von der Toten führte, in die ich verliebt war, oder den ihren, der seine Tochter sterben ließ. Einfach so. Am Ende meines Gehörtunnels vernahm ich Emmas Stimme.

»Rick, es muss nicht Chelseas Blut gewesen sein«, versuchte sie vorsichtig meine Aufmerksamkeit zu erlangen und lugte mir gleichzeitig in meine glasigen Augen. Durch meine dicke Tränenschicht hindurch sah ich sie nur verschwommen. Sie wirkte besorgt, traurig und aufmunternd zugleich. Ich versuchte sie anzusehen. Von meinem Vater wollte ich momentan nichts wissen. Als sie merkte, dass sie meine Aufmerksamkeit hatte, ergänzte sie vorsichtig: »Clarissa und Paul sind auch noch nicht zurück.« Ich sah ihr in die Augen und schämte mich für meine Gefühle: Freude und Hoffnung. Glück. Dann atmete ich tief aus und schaute zu Boden. Erneut musste ich weinen. Ich konnte es nicht zurückhalten. Die Angst, Chelsea vielleicht für immer verloren zu haben, machte mich fertig. Gleichzeitig brach es mir das Herz, falls es ihre Mutter getroffen haben sollte. Das würde Chelsea das Herz brechen, was wiederum mich zutiefst träfe.

Wir hatten vorab nie die »worst cases« besprochen und wie wir damit umgehen wollten, sollte einer von uns das Ganze nicht überleben. In meiner blinden Bestrebung, Chelsea zu befreien, hatte ich weder an Konsequenzen noch an Niederlagen gedacht. Leider musste ich mir eingestehen, dass ich die Situation weitaus ungefährlicher eingeschätzt hatte, als sie es letztendlich gewesen war.

Mir wurde bittersüß bewusst, dass *ich* derjenige war, der alle in Gefahr gebracht hatte. Meinetwegen hatte Chelseas Vater ein Druckmittel gegen sie gehabt und konnte sie zwingen, seine Waffenlobby zu unterstützen. Wegen mir mussten Dad, mein Onkel, Emma und Clarissa sich aufteilen, weil sie nicht nur Chelsea, sondern auch mich befreien wollten. Ich vergrub mein Gesicht in meine Hände. Selbstvorwürfe plagten mich. Ich betete, dass das Blut, das ich auf dem Boden sah, tatsächlich nicht Chelseas war. Ich betete zu Gott, zu den Engeln und zu den Elben des Elbenkreisels.

Während ich noch mit mir selbst haderte, wurde es plötzlich ganz still um mich herum und für einen Moment dachte ich, dass mein Vater und Emma gegangen waren, weshalb ich die Augen öffnete, um mich zu vergewissern. Doch was ich dann sah, war alles andere als ein leerer Raum. Mich umgaben lichte, sanfte Wesen – die Elben zeigten sich mir! Ein sanfter Gesang erhellte die Halle, doch ich wusste nicht, wer seine Stimme so lieblich bespielte, denn keiner der Elben bewegte die Lippen. Die Halle erstrahlte in warmem Blau. Noch nie hatte ich mich dermaßen geborgen gefühlt. Für einen Moment vergaß ich alles Schlimme um mich herum. Mit meinen Sinnen fokussierte ich mich voll und ganz auf die Anmut dieser Wesen.

Die Elben waren groß und schlank. Sie trugen hellblaue Kleider, ähnlich der türkisen Farbtöne in der Halle des Elbenkreisels. Ihre Haare waren entweder ganz kurz zu einem Pixie Cut gestylt oder aber lang bis zu den Hüften. Die Kleider der kurzhaarigen Elben lagen eng an, jene der langhaarigen waren sanft wallend und weit. Ich fragte mich, ob der einzige Unterschied der beiden Elbentypen ausschließlich in ihrer Erscheinung lag oder ob es einen anderen Grund dafür gab.

Ich schaute sie an und gleichzeitig durch sie hindurch. Hinter ihnen standen Emma und mein Vater, die mich fragend ansahen, jedoch nichts sagten. Ich fokussierte mich weiterhin auf die anmutigen Wesen um mich herum. Gerade als ich sie fragen wollte, warum sie sich mir zeigten, kam mir einer der langhaarigen Elben mit silbrig glänzendem Haar zuvor und beantwortete meine unausgesprochene Frage, als ob er Gedankenlesen könnte. Vielleicht konnte er es auch.

Sie lebt, Rick Empero. Deine geliebte Seele lebt. Leiden muss hingegen ihre Mutter. Hilf ihr und steige aus deinem Selbsthass aus. Du wirst gebraucht.

Die letzten Worte vernahm ich lediglich als ein Hauchen, weil die Elben sich zurückzogen und alles wieder klar und deutlich zu sehen war. Ich blinzelte meinen Vater benommen an. Er nickte wissend. »Ich habe es gehört. Sie lebt.« Darauf blickte ich ihm tiefer in die Augen. Das war meine Art, mich bei ihm zu entschuldigen. Er nickte erneut, während er mich beruhigend anlächelte. Alles war gut. Er kannte mich und wusste, was ich für Chelsea empfand. Außerdem wusste er, dass ich solche Gefühle noch niemals zuvor empfunden hatte.

Emma starrte uns verwirrt an. Fragend hob sie die Hand und schob ihre Brauen zusammen. »Waren das etwa ...?« – »Elben, ja«, beantwortete ich ihre Frage, ehe sie diese fertig gestellt hatte. »Hast du sie nicht gesehen, Emma?«, fragte William. »Doch. Nein. Eher einen vernebelten Schleier«, wollte sie schnell klarstellen. »Aber ich habe sie nicht gehört. Ich bin verwirrt«, gab sie zu. Sie konnte niedlich sein, wenn sie hilflos war. Was sie meistens aber nicht war.

Achselzuckend wandte ich meinen Blick zu Dad. Darauf hatte ich auch keine Erklärung. »Warum konnten *wir* sie hören, Dad?«, wollte ich wissen. Er erhob sich ein wenig und fuhr sich durch die Haare. Dann schaute er uns beide geduldig an. »Es ist eine Entwicklungsfrage. Sie zeigen sich dir, wenn sie glauben, dass du bereit bist.«

Grimmig guckte Emma zu Boden, als sie das hörte. »Kein Grund, den Kopf hängen zu lassen, Emma«, heiterte mein Dad sie auf. »In meinem Fall ist die Sache recht klar. Ich verbringe so viel Zeit hier im Elbenkreisel, welcher in der fünften Dimension schwingt. Ich lehre die Gabe der Teleportation, was meinen Körper feinstofflicher macht als den jener, die ihre Gabe weniger oft einsetzen. Darum bin ich für das Volk der Elben empfänglicher. Meist verstecken sie sich jedoch in ihren ganz eigenen Gefilden. Im Trainingssaal oder in den Schlafräumen werdet ihr wohl kaum welche zu Gesicht bekommen. Dort wirbelt ihnen zu viel Energie. Oder anders ausgedrückt: Da sind ihnen zu viele von uns. Die meisten Begabten switchen regelmäßig zwischen der dritten und fünften Dimension, weil sie in der Welt tätig sind und dafür sorgen, die Erde durch ihre Schwingung auf eine höhere Bewusstseinsebene zu bringen. Die durch das Switchen entstehenden Energiewirbel sind Teil unseres Energiefeldes und das stört die reine fünfdimensionale Energie der Elben in gewisser Hinsicht. Es bringt sie aus der Ruhe. Deshalb leben sie so zurückgezogen.

Emma, deine Zeit wird kommen. Aber du kannst sie schon als Nebel wahrnehmen, was ein gutes Zeichen für die Entwicklung deiner Gabe ist. Du schwingst schon recht konstant in der fünften Dimension. Und Rick, dir haben sie sich bewusst zeigen wollen. Deshalb konntest du sie nicht nur klar und deutlich sehen, sondern auch hören.«

Ich guckte ihn etwas verwirrt an. »Warum das?«, wollte ich wissen. »Das hast du doch selbst gehört, Rick. Weil du hier noch gebraucht wirst.« Nun hob Emma die Hand wie in der Schule. Mein Vater blinzelte sie sanftmütig an und konnte sich ein Schmunzeln nicht verkneifen. »Was haben die Elben gesagt?«, fragte sie neugierig und wartete gespannt auf unsere Antwort. Ich informierte sie: »Sie verkündeten, dass Chelsea nicht tot sei und dass ich aufhören solle, mich selbst für meine leichtsinnigen Taten zu hassen und dass ich ihrer Mutter beistehen solle.« Emmas Augen weiteten sich sorgenvoll. »Ist Clarissa etwas zugestoßen?« – »Das wissen wir nicht«, warf mein Vater ein. »Doch das gilt es herauszufinden.«

In diesem Moment betrat Violetta die Halle. Aufgeregt kam sie herbeigeeilt, als sie uns sichtete. »Ich hatte eine Vision!« Angst ergriff mich. Innerlich verkrampfte ich. Ich wollte nicht erfahren, was sie gesehen hatte, doch mein Vater und Emma blickten ihr neugierig entgegen und warteten gespannt auf weitere Informationen. »Chelseas Mutter ist im Krankenhaus! Ich sah Blut, Leid, hörte einen Schrei. Dann erblickte ich einen Mann, der wild um sich schlug und außer sich vor Wut war. Ich sah eine dunkle Halle, dann die sterilen Räumlichkeiten eines Krankenhauses. Ihr müsst etwas unternehmen!« Mein Vater nickte dankend, faltete entschlossen seine Hände und wandte sich uns zu. »Ihr habt die Nachricht gehört. Danke Violetta, das hilft uns sehr weiter.«

»Wie genau hilft uns das?«, stellte Emma die Frage, die mir auch soeben durch den Kopf ging. »Da wir nun wissen, dass Clarissa und vermutlich auch Paul nicht mehr unter den Plochinten sind, können wir uns ohne Probleme in das besagte Krankenhaus teleportieren und müssen keinen komplizierten Rettungsplan mehr austüfteln«, erklärte er geduldig.

Emma und ich öffneten erkenntnisreich den Mund und nickten anerkennend. Es war glasklar, dass Dad hier der Stratege war. »Gut, dann auf zu Clarissa«, rief ich handlungsbereit durch die Halle. Ich war erleichtert, dass die Blutlache nicht von Chelsea war und dennoch angespannt, weil ich nicht wusste, wen es stattdessen getroffen hatte.

Wir gaben uns die Hände, um uns in Licht aufzulösen – bis ich kurzerhand ein Veto einlegte. »Halt! Sollte nicht einer von uns hierbleiben und warten? Falls Chelsea kommt? Falls irgendwer kommt? Oder falls wir uns doch in eine Falle beamen? Emma, wäre es nicht besser, wenn du hierbleibst und Alarm schlägst, falls wir nicht bald zurückkommen?«

Obwohl Emma die Enttäuschung ins Gesicht geschrieben stand und es mir leidtat, sie so zu sehen, nickte sie entschlossen. Sie war klug und wusste, dass die Elben aus irgendeinem Grund meinten, ich würde gebraucht werden und dass mein Dad der Erfahrenste von uns dreien war. Die Wahl der Wächterrolle musste in diesem Fall auf sie fallen, was ihr klar war. Emma ließ unsere Hände los und Dad beamte uns zu Clarissa und seinem Bruder.

Als wir uns wieder materialisierten und ich die Augen öffnete, piepte etwas direkt neben mir. Das Licht war grell, es roch steril und trotzdem unangenehm. Alles blendete meine Augen, war hell, beleuchtet und ungemütlich. Ohne Zweifel hatten wir unser Ziel erreicht. Wir waren in einem Krankenhaus. Dad war schneller als ich und entdeckte Clarissa in einer Ecke auf einem Stuhl. Er sah genauso unbequem aus wie alles andere in dem Raum. Sie schlief im Sitzen und stützte ihren Kopf auf ihre linke Hand.

»Clarissa?«, fragte Dad vorsichtig und ganz leise. Wir konnten froh sein, dass im Krankenzimmer lediglich eine andere Person lag und jene genauso fest schlief wie Clarissa. Nur, dass die andere Person, eine ältere Dame, in einem Krankenbett lag und an einer Blutkonserve hing. Clarissa blinzelte leicht und guckte eine Sekunde schläfrig in Dads Richtung, bis sie erkannte, wer vor ihr stand. »William!«, rief sie dankbar. Etwas zu laut, denn die alte Dame im Krankenbett gegenüber drehte sich daraufhin unruhig im Schlaf.

Clarissa umarmte Dad und drückte ihn ganz fest. Dann begann sie zu schluchzen. »Was ist passiert, Clarissa?«, fragte mein Vater behutsam und schaute ihr mit beruhigendem Blick in die Augen, während er sie an den Schultern nahm.

»Sie haben Paul …« Eine Träne kullerte ihr über die Wange. »Er hat ihn angeschossen«, brach es aus ihr heraus und mit ihr eine Vielzahl an Tränen, die sich nicht länger zurückhalten konnte. Ich wusste, wie sie sich fühlte. Einen Menschen zu verlieren, den man liebte, war ein unerträgliches Gefühl. Auch wenn man nur glaubte, dass es so wäre.

»Oh Clarissa«, fing mein Vater mit ruhiger Stimme an, seine liebgewonnene Freundin zu trösten und ließ sich seine eigene Betroffenheit so wenig wie möglich anmerken, um keine heftigere emotionale Flut auszulösen. In seinen Augen entdeckte ich, dass sich ein leichter Tränenfilm bildete, der die Netzhaut spiegeln ließ. Ich beobachtete ihn in seiner gespielten Sachlichkeit, während ich einfach nur regungslos dastand und nichts tat.

»Wo ist Paul? Wird er operiert? Hast du schon ein Update von den Ärzten erhalten?«, wollte Dad wissen. Clarissa schüttelte den Kopf und weinte weiter. Vermutlich wurde mein Onkel noch operiert. Claudias Trauer bewirkte, dass ich meine zurückhielt. Irgendetwas in mir gab mir die Kraft, mich nicht in ein emotionales Wrack zu verwandeln, sondern da zu sein, in voller Stärke.

Im nächsten Moment kam einer der Ärzte mit einem Klemmbrett ins Krankenzimmer. In seinem weißen Kittel und den hellblauen Schutzfolien um den Schuhen erkannte ich ihn nicht sofort. Aber als ich verstand, was hier passierte, stockte mir der Atem.

»Sind Sie die Angehörigen?«, fragte er in die Runde. Mein Vater nickte, Clarissa schaute ihn hoffnungsvoll an. Ich durchbohrte ihn mit meinen Blicken, weil ich ihn kannte. »Es tut mir leid, Ihnen mitteilen zu müssen, dass Paul Empero die Notoperation leider nicht überstanden hat. Wir haben ihn verloren. Die Kugel hat lebenswichtige Organe verletzt. Zudem war der Blutverlust zu groß. Es tut uns sehr leid, wir bedauern Ihren Verlust.«

Ich sah rot. Erneut. Nun jedoch nicht in Form einer Blutlache, sondern aus purer Wut. »Er war mein Onkel! Ihr habt ihn ermordet! Du warst dabei!«, beschimpfte ich ihn und bemühte mich nicht, die Etikette zu wahren. Offenbar erkannte er mich erst jetzt und schreckte fast unmerklich zurück. Damit hatte er nicht gerechnet. Wie auch? Er vermutete mich im Verlies der Plochintenzentrale.

Ich hatte ihn gesehen, als ich mich zu Chelsea in den Saal der Plochinten beamte und festgenommen wurde. Während ich an allen vorbei herausgeschliffen wurde, hatte ich die Menge gemustert. Dabei erkannte ich einige Gesichter wieder, die mir aus der Zeitung oder Fernsehinterviews bekannt waren. Deshalb kannte ich auch ihn: Doktor Richard Gethaway. Ausgezeichnet für seine sozialen Dienste in Krankenhäusern in Simbabwe. Der Gott in Weiß war einer von ihnen.

Ich konnte es nicht glauben. Ich wollte *all das* nicht glauben. Am liebsten hätte ich die letzten 24 Stunden aus meinem Gedächtnis gelöscht, denn sie hatten jeglichen Glauben an das Gute in mir vernichtet. Schon lange wusste ich von den Machenschaften der Plochinten. Dad hatte mir alles über sie erzählt. Sie jedoch zu sehen, zu spüren, ihre Tricks und Intrigen mitzuerleben und die Macht ihres Netzwerks am eigenen Leib zu erfahren – das war etwas völlig anderes. Es war das eine, all die Geschichten über die Plochinten sowie kriminelle Organisationen zu hören. Es mochte einen erschaudern lassen. Man nahm sich vor, vorsichtig zu sein. Doch *selbst* Teil einer solchen Geschichte zu sein – darauf konnten einen tausend Erzählungen nicht vorbereiten. Schon gar niemanden, der in einer Schwingung lebte, in welcher Gier, Hass, Machtstreben und Gewaltfreude Fremdwörter waren.

Clarissa schluchzte nach der Verlautbarung der Hiobsbotschaft noch mehr. Nun flossen auch meinem Dad die Tränen zuhauf über das Gesicht. Meinen Wutausbruch bekamen sie in ihrer Trauerkapsel nicht mit. Sie hatten wohl nicht gehört, wer er war, denn sie zeigten keinerlei Reaktion. Unfassbar, da ich ziemlich laut geschrien hatte. Unglaublich war es auch, dass die alte Patientin nicht aufgewacht war. An welchen Drogen die wohl hing, um so weggetreten zu sein?

Clarissa gab einen lauten, aufwiehernden Schluchzer von sich. Mein Vater nahm sie schützend in die Arme. Die Tränen verbannten die Wahrheit aus ihrem Sein. Nur ich konnte nicht weinen. Ich war voller Hass. Nie wollte ich so sein, doch jetzt musste diese geballte negative Energie aus mir raus.

Ich sprang den sogenannten Arzt an, der meinen Onkel auf dem Operationstisch sterben ließ und ging ihm an die Kehle. William und Clarissa blickten nur geschockt auf die Szene, bis mein Dad aktiv wurde und dazwischenging. Am liebsten wäre ich ihm in diesem Moment auch an die Kehle gegangen. Sein Pazifismus war hier nicht erwünscht! Ich schrie ihn an, in der Hoffnung, er würde die Situation endlich begreifen: »Er ist ein Plochint! Ich habe ihn im Saal gesehen. Er war dabei, als ich ins Verlies geführt wurde. Er war dort! Und er hat Paul umgebracht!« Ich war außer mir. Die Moral meines Dads war hier absolut fehl am Platz. Niemand interessierte sich hier noch für Gerechtigkeit. *Nichts* hier war gerecht.

»Er kann noch so böse und niederträchtig sein, Rick. Ich will nicht, dass du es ebenso wirst, indem du ihn tötest.« Ich konnte ihn lediglich entsetzt anstarren. Schweren Herzens lockerte ich den Griff um die Kehle des Weißkittels, der am Boden lag.

»Die Elben sagten, dass du gebraucht wirst. Das heißt nicht, dass du töten und als Engel der Vergeltung fungieren sollst.« Ich hasste ihn dafür, dass er stets weise Antworten von sich gab. Zwar ließ ich vom Plochintenarzt ab, sah ihm jedoch hasserfüllt in die Augen. »Karma vergisst nicht.«

Intuitiv schaute ich auf das Tattoo meines Unterarms. Mit einer Stärke, von der ich bis dato nicht wusste, dass ich sie besaß, erhob ich mich vom Boden und blickte noch einmal zum Plochintenarzt hinab. Auf dem Rücken liegend funkelte er mich genauso an wie ich ihn. Wir wussten beide, dass er meinen Onkel absichtlich sterben ließ.

Ich fasste mir an den Unterarm und bekundete abschließend: »Das Gute wird stets siegen.« Das triggerte den Plochinten. Der Arzt wollte gerade nach mir greifen, als mich mein Vater von ihm wegschubste und uns zusammen mit Clarissa teleportierte.

KAPITEL 23

RICK

Ich war froh, dass ich es nicht getan und auf meinen Dad gehört hatte. Das war gut für mein Karma. Es stimmte mich auch froh, dass ich mir den Leitsatz des Elbenkreisels *Das Gute wird stets siegen* in mein Gedächtnis gerufen hatte.

Ich drehte mich zu meinem Vater um und bedankte mich. Wie immer nickte er nur anerkennend und schenkte mir einen lächelnden Blick. Er war stolz, trotz all der Trauer, die wegen dem Tod seines Bruders über ihn hereinbrach. Clarissa schluchzte sich die Seele aus dem Leib, sie war zu keiner Konversation oder Aktion mehr imstande. Der Verlust ihres besten Freundes, den sie erst kürzlich wiedergewonnen hatte, verlangte ihr alles ab. Ich umarmte meinen Vater. Da kullerte auch mir eine Träne über die Wange.

So viele Tränen wie heute hatte ich mein ganzes Leben nicht vergossen. Doch wer so viel Schlimmes in so kurzer Zeit erlebte, sollte es auch rauslassen. Es verarbeiten und dann loslassen. Da reichten Schlaf und Meditation nicht mehr aus. Ich brauchte Wasser. Wasser reinigte. Es wusch rein. Wasser floss und ließ Emotionen fließen. Das tat einfach gut.

Wie hypnotisiert ging ich zu einer der Quellen und tauchte meinen Kopf ins Wasser. Meine Haare sogen die Nässe auf, meine Kopfhaut atmete erleichtert, meine Augen genossen die kühle Wirkung auf den geschwollenen Lidern. Als ich wieder aus der Quelle auftauchte, hörte ich, wie Emma soeben die schlechte Nachricht erfuhr. Voller Entsetzen murmelte sie gefühlte zehnmal »oh nein« und war ebenso mitgenommen vom Tod meines Onkels wie ich. Dann ließ ich meinen Blick über die Wasseroberfläche schweifen und betrachtete mein Spiegelbild darin. In den Wellen erkannte ich, wie fertig ich aussah. Geschwollene Augen mit dunklen Ringen darunter. Mein visuelles Sinnesorgan hatte heute einiges mitgemacht.

Bei all dem Trubel hatte ich vergessen, mir über Chelsea Gedanken zu machen. Es waren mindestens weitere dreißig Minuten vergangen und sie war immer noch nicht zurückgekehrt. Panik stieg in mir hoch. Ich sah mich um. Die Halle des Elbenkreisels war immerhin riesig. Vielleicht hatten wir sie übersehen. Und sie uns. Nein, das konnte nicht sein.

Ich rannte zu meinem Vater. »Dad. Chelsea ist noch immer nicht eingetroffen. Was sollen wir jetzt tun?« Er blickte besorgt zu Clarissa. Diese blinzelte mich durch ihre verweinten Augen angsterfüllt an und informierte uns über die Geschehnisse in der Plochintenzentrale: »Sie hat sich nicht mehr in den Saal der Plochinten zurückgebeamt. Zumindest nicht, solange wir noch dort waren. Ich bin mir sicher, dass Chelsea sich nicht freiwillig in die Gefahrenzone gebeamt hätte. Sie machte mir mit subtiler Mimik deutlich, dass sie die Waffenschmuggelmisere in Ordnung bringen wollte. Als Joe und ich uns stritten, ergriff sie die Gelegenheit und beamte sich weg.« – »In den Jemen«, murmelte ich.

Ich war dafür verantwortlich, dass man sie dazu gezwungen hatte. »Sie hat bestimmt versucht, die Waffenladung, die sie in den Jemen schmuggeln musste, zurückzuholen oder gar zu vernichten«, offenbarte ich meine Theorie. »Wie soll sie denn eine Ladung Waffen vernichten?«, fragte William. Ich zuckte mit den Schultern, denn ich hatte keine Ahnung, wie Chelsea das bewerkstelligen wollte.

»Wie auch immer sie es gemacht hat, es ist meiner Tochter gelungen. Joe erhielt kurze Zeit später einen Anruf und fuhr aus der Haut, weil sein Megadeal geplatzt war«, ließ uns Clarissa wissen und wischte sich eine Träne von der Wange. Ihr Oberteil war mit Tropfen getränkt, die teils schon Salzkrusten bildeten.

Mein Vater starrte sie schon das ganze Gespräch über an und sagte dann: »Clarissa. Rick hat mir da etwas Unfassbares erzählt, was ich gerne von dir hören möchte, um es wahrhaftig glauben zu können.« Daraufhin richtete sie sich kerzengerade auf. Sie wusste, worauf er anspielte und verlautbarte, was wir schon wussten und noch immer nicht ganz glauben wollten: »Der Vorstandsvorsitzende der Plochinten ist mein Ex-Mann Joe Stern, Chelseas verschollen geglaubter Vater. Jener Mann, der mich an diese Organisation verraten und mir die Rune verpasst hat. Jener Mann, der mir aus purer Eifersucht und mangelndem Selbstwertgefühl meine Bestimmung verwehrte. Die Bestimmung der neuen Zeit. Die Bestimmung, die Welt mit unserer Gabe auf eine höhere Bewusstseinsebene zu bringen, in die fünfte Dimension.« Im Saal war es absolut still. Jeder fixierte Clarissa angespannt. Niemand wollte diese Story wahrhaben.

Clarissa erzählte, was sie noch erfahren hatte, während ich eingeschlossen war und Emma und Dad mich befreiten: »Das war der Grund, warum Chelsea beschattet und entführt wurde. Weil der Plochintenboss ihr Vater ist und in ihr eine zweite Chance sieht. Die Chance, Seite an Seite für das Böse zu kämpfen und ein gefürchtetes Vater-Tochter-Gespann zu werden. Ein Duo, mit Blut vereint. Jene Illusion, die ich ihm verwehrte. Und Chelsea nun auch. Er war außer sich, als er erfuhr, dass sie den Deal platzen ließ. Diese Wut kanalisierte er auf mich. Er zog die Pistole einer seiner Untertanen und schoss. Paul warf sich vor mich, um mich zu schützen und bekam die Kugel ab. Ich beamte ihn sofort ins Krankenhaus, ohne nachzudenken. Es war ein Wunder, dass wir inmitten all dieser Plochinten fliehen konnten. Der Moment des Schusses hatte wohl alle abgelenkt.« Sie schluckte, während ihr eine Träne über ihren Wangenknochen glitt.

Das war also alles passiert, während ich im Verlies saß. Auch mein Dad wirkte fassungslos. »Wie kann das sein?«, murmelte er vor sich hin, mehr rhetorisch als tatsächlich auf eine Antwort wartend. Er schaute zu Boden und schüttelte den Kopf. Emma stand einfach nur da. Ich glaubte, dass sie schon seit unserer Ankunft und der Verkündung von Pauls Tod unter Schock stand. Paul, der auf dem Operationstisch starb. Ohne Überlebenschance, in den Klauen eines Plochinten, den ich ohne eine Bestrafung zurückließ. Ich wusste nicht, ob ich stolz oder wütend auf mich sein sollte. So viele Gefühle prasselten auf mein geschwächtes Herz ein. Hass, Wut, Selbstvorwürfe, Schuldgefühle, Angst, Sorge, Trauer, Rache, Verzweiflung und Hoffnung.

Clarissa fing erneut an zu schluchzen. Nun wegen ihrer Tochter. »Wo ist mein Kind?«, rief sie ins Leere und starrte gen Himmel. Sie flehte das Universum an, sie ihr zurückzubringen. Auch ich hatte heute schon mehrmals gebetet und machte abermals mit. Ich wünschte mir nichts sehnlicher, als Chelsea in meinen Armen halten zu können. Und ihr einen lieblichen Kuss auf ihren bezaubernden Mund geben zu dürfen.

Wir alle schienen in einer Art Vakuum zu sein, geplagt von der Trauer über Pauls Tod und auch hoffnungsvoll, was Chelseas ungewissen Zustand betraf. Ich wusste nur eins. Sobald wir sie gefunden hatten, sollte Paul die schönste Zeremonie der Welt in Indien bekommen. In dem Land, das er so liebte wie seine beste Freundin Clarissa, für die er sein Leben geopfert hatte. Ich betete zum Universum, dass Chelsea wohlauf war.

Das Licht meiner Seele hoffte inbrünstig, dass sich der Spruch auf meinem Unterarm bewahrheiten und das Gute stets siegen würde. Ich glaubte fest daran und schaute wie Clarissa nach oben, hoch zur kristallinen Lichtkuppel in der großen Halle des Elbenkreisels.

CHELSEA

Noch immer musterte ich die Reagenzgläser in meinen Händen. Ich hatte es geschafft und war heilfroh, die atemberaubende Szenerie der Elbenkreiselhalle erleben zu dürfen. Keine düsteren Gänge, keine kalten Steinböden, keine dunklen Wände, kein Eisen und Metall, keine schwarzen und roten Töne, alles schön und in gänzlicher Harmonie – visuell wie energetisch. Ich atmete auf – erleichtert und grübelnd zugleich. Was sollte ich mit diesem Virus bloß machen? Während sich mein Hirn damit beschäftigte, Lösungsansätze zur Vernichtung von biochemischen Waffen zu entwerfen, vernahm ich ein Schluchzen am anderen Ende der Halle. Zugegebenermaßen sah ich nicht sehr gut, weil alle meine Sinne vom Teleportationsmarathon, den ich hinter mir hatte, komplett geschwächt waren. Dennoch wusste ich, dass es Mom war.

»Mom!«, rief ich hoffnungsvoll durch den Saal und hörte das Schluchzen verstummen. Jap, sie war es. Ich rannte hinüber, quer durch den Saal und sah, wie auch sie auf mich zukam. »Chelsea! Ich bin so froh, dass dir nichts passiert ist!« Sie umarmte mich ganz fest und schluchzte erneut. »Vorsicht!«, mahnte ich sie und zeigte mit meiner freien Hand auf die Reagenzgläser. »Was ist das?«, fragten alle im Chor. Da realisierte ich erst, dass William, Emma und Rick hinter ihr standen.

Rick. Ich schaute ihm tief in seine grauen Augen, die mich an die Nebelschwaden von Avalon erinnerten. Ich ignorierte die Frage nach den Reagenzgläsern und ging auf ihn zu. Als ich vor ihm stand, umarmte ich ihn hemmungslos. Ich liebte ihn. Und ich spürte, dass er es auch tat. Am liebsten hätte ich ihn geküsst. Aber vor allen – insbesondere vor meiner Mutter und seinem Vater – wollte ich das nicht. Also begnügte ich mich damit, an seinem Haar zu riechen. Warum es nass war, wollte ich in diesem Moment nicht hinterfragen. Dabei fiel mir ein, dass ich selbst komplett getränkt war. Zusätzlich verfeinert mit Salz auf meiner Haut. Ein äußerst angenehmes Gefühl. Trocken und klebend und so ganz und gar nicht geschmeidig. Mit dieser Erkenntnis fühlte ich mich doch gleich attraktiver. Ich musste mein inneres Ich für die sarkastischen Gedanken loben.

RICK

Das Beten half! Als Chelsea quer durch die Halle rannte, hämmerte mein Herz wie wild. Hätte ich keinen Brustkorb gehabt, wäre es aus meiner Brust genau in ihre Hand gesprungen. Obwohl mein Körper in absoluter Ekstase war, rührte ich mich nicht. Ich war so froh, sie zu sehen. Unversehrt. Hier, bei mir. Sie umarmte ihre Mom. Ich wandte meinen Blick keine Sekunde von ihr ab. So lange nicht, bis sie mich registrierte.

Ihr Blick blieb an mir hängen. Sie schaute mir tief in die Augen. Ich liebte ihre ozeanblauen Augen. Sie verliehen ihr eine mächtige und majestätische Note. Ich lächelte und sie kam auf mich zu. Mein Herz pochte so sehr, dass es fast schmerzte. Als sie nur noch wenige Zentimeter entfernt vor mir stand, umarmte sie mich innig. Ich tat es ihr gleich und grub mein Gesicht in ihre Schultermulde. Das Gefühl der Erleichterung durchflutete mich. Ich hatte ihren Geruch vermisst. Sie war komplett nass und roch nach Meer. Ich drückte sie noch fester an meinen Körper. Dass ich sie unverletzt in meinen Armen hielt, war alles, was zählte. Am liebsten hätte ich sie geküsst, doch das hätte sie nicht gewollt. Nicht vor ihrer Mom. Obwohl ihr Verhältnis zu ihr gut war – dafür reichte es nicht. Wir fühlten, dass wir angestarrt wurden. Chelsea ließ sachte von mir ab. Die paar Zentimeter Distanz versetzten mir einen sehnsüchtigen Stich.

CHELSEA

Ich spürte, wie mich alle anstarrten, und ließ von Rick ab. »Ich muss das, glaube ich, von Anfang an erläutern. Also der Plochintenboss, der ...« – »Hab ich schon erzählt, Liebes«, unterbrach mich meine Mutter. Ich nickte, diese Information zur Kenntnis nehmend, und fuhr mit dem Teil fort, von dem keiner wissen konnte, weil niemand dabei gewesen war: »Nachdem ich die Waffen in den Jemen schmuggeln musste, wollte ich sie natürlich zurückholen. Allerdings hatte ich nicht gewusst, dass es weniger um die Waffen ging, sondern mehr um das hier.«

Ich hielt die Reagenzgläser hoch. »Das sind biochemische Substanzen. Ein Virus, das die Bevölkerung des gesamten Jemen auslöschen könnte. Ein abscheulicher Genozid war der eigentliche Plan der Plochinten für das Land. Die Oberbefehlshaber wussten das und transportierten das Virus persönlich. Zuerst habe ich die Waffen vernichtet, indem ich sie in den Marianengraben sinken ließ. Dann habe ich es geschafft, diese biochemischen Substanzen heil hierherzubringen, weit weg von falschen Händen und bösen Plänen.«

Meine Mom strahlte vor Stolz. William nickte anerkennend. Rick strahlte mich ebenfalls an, mit einer Erleichterung, die mich schier beflügelte. Emma lächelte aufatmend. Plötzlich konnte ich regelrecht fühlen, wie die gesamte Halle von Erlösung erfüllt wurde. »Wartet mal, dachtet ihr, ich wäre tot?« Ich hatte die Frage ganz locker formuliert, doch plötzlich schauten alle bedrückt zu Boden. Mein Gesicht verfinsterte sich und mir fiel auf, dass Moms Kumpane fehlte. Ich bekam Gänsehaut. Etwas stimmte nicht. »Wo ist dein Freund, Mom?«, fragte ich finster. Sie blickte mich an. Dabei kullerte ihr eine Träne über die Wange. »Sie haben ihn erschossen«, presste sie hervor. Ihrer Aussage folgte ein massiver Tränenschwall.

Ich wusste nicht, wie ich reagieren sollte. Damit hatte ich nicht gerechnet. Mit Verlusten hatte ich *tatsächlich* nicht gerechnet. Kurze Zeit stand ich wie versteinert vor ihr. Mir tat es in der Seele weh, als ich mir klarmachte, dass dies alles nur wegen meiner Entführung geschehen war. Ich fühlte mich schuldig, obwohl ich die Situation nicht hätte ändern können. Obwohl ich für den Hass zwischen meinen Eltern nichts konnte.

Als ich die Fassung wiedererlangte, umarmte ich Mom ganz fest, weil ich das immer tat, wenn sie weinte. Betroffen musste ich feststellen, dass sie keine Kraft mehr hatte. Ihr Körper fühlte sich an wie eine leere Hülle. Ihre Seele hatte sich ins hinterste Eck zurückgezogen. Sie war gebrochen. Es war zu viel gewesen. Ihr gesamter Körper bibberte vor Schluchzen und Trauer. Ich hoffte, dass das Weinen bald ein Ende fand. Allerdings hielt ich noch immer die Reagenzgläser in meinen Händen. Die Bedrohung war nicht eliminiert.

Wir standen gefühlte zehn Minuten nur da. Alle weinten, schwiegen oder umarmten sich. Es war beklemmend und befreiend zugleich. Die Brunnen der anmutigen Elbenkreiselhalle spiegelten die Tränen wider, die alle vergossen.

Der Moment war da, um genauso zu sein. Um alles fließen zu lassen. Um sich zu befreien.

Irgendwann rappelte sich meine Mom auf, wischte sich ihr Gesicht mit ihrem Blusenärmel ab und verlautete: »Mein Ex-Mann ist der übelste Verbrecher der Welt, zumindest gehe ich davon aus. Er wollte meine Tochter auf seine Seite ziehen, ließ sie darum entführen und zwang sie zu kriminellen Handlungen. Mein bester und geliebter Freund, den ich erst vor Kurzem wieder zurückbekam, wurde ermordet. ABER: Wir konnten Rick und Chelsea unverletzt aus den Fängen der Plochinten befreien. Chelsea konnte eine Nation vor einem Krieg und

Genozid bewahren. Und wir wissen jetzt zumindest alle, mit wem wir es zu tun haben. Mit Joe Stern, meinem ehemaligen Partner und dem Vater meiner Tochter. Da ich diesen Mann gut kenne, können wir ihn auch vernichten.«

Obwohl mir die Vernichtungsgelüste meiner Mutter missfielen – die Pro- und Contra-Gegenüberstellung des Erlebten wirkte. Ihre Worte zeigten auf, dass wir sehr wohl etwas geschafft hatten und brachten alle dazu, den Fokus auf das Positive zu legen. Die Stimmung änderte sich und wir fassten den Mut, uns aus der Trauer und Passivität zu befreien. Unsere Lebensgeister wurden erneut geweckt, Optimismus breitete sich aus, ebenso wie die Zuversicht, dass jedem irgendwann im Leben ein Spiegel vorgehalten wird und Karma nicht vergisst.

»Das Gute wird stets siegen«, verkündete Rick. Vereint nahmen wir uns an den Händen. Nicht jedoch, um Rache zu üben, nein. Sondern um nach vorne zu blicken. Um uns vom Geschehenen zu erholen. Um Sicherheitsvorkehrungen zu treffen. Um eine Lösung für die Vernichtung des Virus zu finden. Und dann erst, um einen Plan zu schmieden, die Plochinten auseinanderzunehmen. *Ohne* Tod und Gewalt.

Ich wusste dabei genau, was zu tun war: Es ging um Macht und das Netzwerk. Das Netzwerk *war* die Macht. Wenn wir es schaffen würden, es zu schwächen oder im Idealfall zu zerstören, schwächte dies auch die Macht der Plochinten und das wiederum brächte meinen auf die schiefe Bahn geratenen Daddy zu Fall. Macht war alles, was ihn interessierte. Und die galt es, ihm zu entreißen.

KAPITEL 24

CHELSEA

Mom war außer sich, das sah ich an ihrem Blick. Dennoch wahrte sie eine ruhige Erscheinung nach außen. Doch ich kannte sie zu gut, um mich täuschen zu lassen. Ich verstand sie sogar. Die Rune, die Kasteiung, die Entsagung der Bestimmung, das falsche Spiel, die jahrelange Observierung, meine Entführung, Pauls Tod – mein Dad hatte so einiges angerichtet, um an Macht zu kommen.

Im Elbenkreisel herrschte mittlerweile absoluter Ausnahmezustand. Es hatte sich herumgesprochen, dass ich als Entführte wieder zurück war und Paul getötet wurde. Vor allem aber war es Gesprächsthema, dass wir in der Plochintenzentrale waren. Das hatte vor uns noch niemand geschafft. Zumindest war es bislang niemandem gelungen, auch wieder hinauszukommen. Bitter dachte ich daran, dass auch wir nicht mit voller Mannschaft zurückgekehrt waren.

Immer mehr Leute versammelten sich in der großen Halle des Elbenkreisels unter der kristallinen Kuppel. Schade, dass der Grund dieser Zusammenkunft kein feierlicher war. Sie alle kamen, um zu helfen, sollten die Plochinten zum Gegenschlag ausholen. Bei einer solch mächtigen, kriminellen Institution konnte man nie wissen. Wenngleich sie dank der magischen Barriere keine Chance hatten, in unsere Institution zu gelangen – Vorsicht war besser als Nachsicht.

Mom schmiedete ihre ganz persönlichen Rachepläne und William, der neben mir der Einzige war, der Moms Zustand bemerkte, versuchte, sie zu beschwichtigen. So kannte ich meine Mutter nur aus meiner pubertären Phase. Damals konnte sie sehr wütend werden und richtig einschüchternd sein. Mit der Zeit wurde sie sanftmütiger. Zumindest dachte ich das bis jetzt. Erneut hatte sie dieses hasserfüllte Glühen in ihren Augen, das so gar nicht gut und schön war. Es schwang nicht in der fünften Dimension und konnte der Welt auch sicher nicht helfen. Es war eher … böse. Ein Gemisch aus Zorn, Hass und Rachedurst brodelte in ihr und beunruhigte mich zutiefst. Wie ein Vulkan konnte sie jederzeit hochgehen. Es war wohl eine Frage der Zeit. Ich musste schlucken, als mich die Angst überkam, die dieser Gedanke mit sich brachte.

Sie war schon so weit gekommen. Sie hatte eine solch hohe Schwingungsebene erreicht, war verbunden mit dem Universum, strahlte Liebe aus. Doch Pauls Tod ließ sie zu einem Racheengel mutieren, der mich erschaudern ließ. Niemand sah es. Außer William. Er kannte meine Mom genauso gut wie ich. Vielleicht sogar besser. Stundenlang versuchte er schon, auf sie einzureden, doch sie ignorierte ihn oder schrie ihn an, woraufhin William erst mal erschrocken zurückwich. Trotzdem setzte er seine Beruhigungstherapie immer wieder fort und ließ sich nicht abwimmeln. Die arme, schluchzende Version von Mom war wie weggefegt. Auf verzweifelte Trauer folgten blinde Wut und die Gier nach Vergeltung.

Die Sehnsucht ließ meinen Blick zu Rick schweifen. Er stand im nördlichen Teil der Halle und wies einige vom Elbenkreisel an, sich am Lift zu positionieren. Das war im Grunde die einzige Möglichkeit für die Plochinten, in den Elbenkreisel einzudringen. Ich stand im östlichen Teil und sehnte mich nach ihm. Noch immer hatte ich die biochemischen Waffen in meinen Händen und keine Ahnung, wie ich das Zeug loswerden sollte.

Da mich die Erschöpfung zunehmend übermannte, setzte ich mich kurz auf den Boden. Nach all dem Trubel und den multiplen Teleportationen suchte die Müdigkeit meinen Körper heim. Ich saß da, beobachtete ihn und träumte davon, dass er von dem, was er tat, abließ und zu mir kam.

Ich schwelgte in Erinnerungen. Ich dachte an unsere erste Begegnung. In Jeans mit Salzrand und verschmiertem Eyeliner quer über den Wangenknochen. Wie ironisch es doch war, dass ich nun erneut in einer in Meerwasser getränkten Hose steckte. Eine Hose, die dringend gewechselt gehörte. Ich war ganze zwei Tage nicht duschen gewesen. Falls das überhaupt reichte. Hatte ich denn irgendwann geschlafen?

Ich war so müde. Meine Lider wurden schwer und drückten wie Gewichte nach unten. Mein gesamter Körper schrie förmlich nach Regeneration. Und einer Dusche. Ich hing dem Gedanken nach, als es plötzlich dunkel wurde.

Ich dachte, ich würde schlafen, doch als der Alarm los ging, war mir schnell bewusst, dass mir ein Nickerchen wohl noch nicht vergönnt war. Ich versuchte tief auszuatmen. *Einfach die Reagenzgläser bewachen, Chelsea!* Leider konnte ich rein gar nichts sehen. Es war ziemlich düster in der Halle und ich verstand nicht, wieso. Durch die Lichtreflexionen gab es hier drin eigentlich immer Licht. Meine Augen mussten sich noch an die Dunkelheit gewöhnen. Der Alarm verstummte. Ich hörte leises Wimmern und hier und da einen Schrei. Mit einem Mal war es ruhig. Ich nahm Schritte wahr. Eine gruselige Atmosphäre erfüllte den Raum. Plötzlich hörte ich die Stimme, die ich nie mehr hören wollte: »Liebste Tochter, du hast da noch etwas, das mir gehört!«

Shit. Wie kam er hier rein?! Ich hatte keine Ahnung, wie weit entfernt er von mir war, doch seine Stimme kam von Norden, wo sich Rick befand. Ich machte mir Sorgen. Vorsichtig schob ich die Reagenzgläser ganz weit nach hinten in eine felsige Ecke am Boden, hoffte sie in Sicherheit und stand auf. Dann ging ich auf die Stimme meines Vaters zu.

»Hi Dad!«, begrüßte ich ihn mit Missfallen. Ich wollte, dass niemand mehr verletzt wurde. Ich hatte einen Plan. Wenn der mal gut ging. Draußen war es dunkel, es war Neumond. Doch die dicke, dunkle Wolke, die sich vor ihn schob, zog weiter und gab mir die Chance, zumindest Silhouetten zu erkennen. Ich sah ihn etwa zehn Meter von mir entfernt.

»Wie bist du hier reingekommen?«, wollte ich wissen. »Och, das war einfach. Wir haben ja welche von euch in unserer Mitte.« Er schob eine junge Frau vor sich. In eng anliegender Ledermontur durfte sie wohl die Moderegeln der Plochinten etwas brechen. Statt eines langen, schwarzen Mantels trug sie ein ledernes Cape, welches bis zu ihren Füßen reichte. Sie war schlank, groß und schön. Auf ihrem Dekolleté lag ein dunkelgrün-silbriges Amulett. Es kam mir irgendwie bekannt vor. Den Stein kannte ich. Es war ein Serpentin, auch Silberauge genannt. Der Schwesterstein des Tigerauges. Ihr dunkles, langes Haar umspielte ihren Nacken. Hätte sie nicht eine derart angsteinflößende Ausstrahlung gehabt, hätte ich sie vielleicht sogar gemocht. Sie schaute mich selbstbewusst und feindselig an. Ihre großen, grünen Augen funkelten dabei im Mondlicht. Ich kannte diese Augen. Schlagartig traf mich die Erkenntnis. Vor mir stand Angelina, die verlorene Schwester von Violetta, welche mich in ihren Visionen gesehen hatte.

Ich schluckte. Na toll, jetzt hatte ich auch noch eine Feindin, der ich nicht wehtun konnte, weil mich ihre Schwester ansonsten vermutlich umgebracht hätte. Im übertragenen Sinne. Violetta wäre zu so etwas nicht fähig gewesen, weil sie einfühlsam und sanftmütig war. Ihre Schwester hingegen war kalt und rau. Das erkannte ich sogar im schwachen Mondlicht, welches durch die Kuppel des Elbenkreisels leuchtete.

Erst jetzt fiel mir die offensichtliche Verwandtschaft der beiden auf. Sie waren beide groß, schlank und schön. Die zwei Schwestern hatten langes, wallendes Haar, wobei um Violettas Kopf wilde, voluminöse Locken umherwirbelten und Angelinas Haar seidig glatt über ihre Schultern glitt. Die großen, grünen Augen schienen ein und dieselben zu sein. Am meisten beschäftigte mich jedoch die Schwesternschaft ihrer Amulette. Nicht nur waren Violetta und Angelina Schwestern, sondern auch ihre Amulettsteine. Das Tigerauge und das Silberauge waren Geschwister unter den Heilsteinen. Der eine Stein warm und golden, der andere kühl und silbrig. Die Verteilung der Steine auf die jeweilige Charaktereigenschaft der Schwestern passte wie die Faust aufs Auge.

Die hauchdünne Sichel des Neumondes schien bläulich. Das Mondlicht reflektierte jeden Winkel der Halle und ließ die türkisen Wände und grünen Pflanzen kühl und edel erscheinen. Die Szene war wunderschön und romantisch und verlieh der bedrohlichen Situation einen skurrilen Beigeschmack.

»Ich brauche die Reagenzgläser, Chelsea. Dann lasse ich euch in Ruhe. Es ist ein ganz außergewöhnliches Mittel darin enthalten.« Mir entsprang ein kurzer Lacher, welcher in der Halle noch lange nachklang. »Sorry, aber es ist einfach zu amüsant, dass du glaubst, mich auf die Schaufel nehmen zu können. Ich weiß, was in den Reagenzgläsern ist. Und ich weiß, dass diese Substanz einzigartig ist. Einzigartig tödlich.«

Mein Vater ging zu Plan B über, der offensichtlich aus dem Einsatz von Violettas Schwester bestand. Mit ihren Händen bildete sie einen Schutzwall um sich herum, während sie auf mich zuging.

»Was soll das werden?«, fragte ich, so cool ich konnte, wurde aber mit jedem Schritt, den sie machte, nervöser. »Oh«, meinte mein Vater unschuldig, »ich hatte es ja noch gar nicht erklärt.

Unseren Zutritt zu eurer top gesicherten Zentrale. Hübsch hier übrigens. Ich hoffe, es war okay, dass Angelina mit ihrer Magie die Lichtverhältnisse in eurer Halle meinen Vorlieben etwas angepasst hat. Düsterer ist es doch gleich viel gemütlicher, findest du nicht auch?« Ich wusste, dass die Frage rhetorisch gemeint war und verstand nun, dass Violettas Schwester die Halle verfinstert hatte.

Inzwischen war es verdächtig still geworden und niemand griff ein – oder an, obwohl der Feind in unseren Hallen tanzte. Der schwach leuchtende Mond gewährte mir einen Blick auf die große Menschenmasse, die sich kürzlich erst im Elbenkreisel versammelt hatte, um Widerstand zu leisten. Stoisch und absolut unbeweglich schienen alle wie in einer Art Trance. Verblüfft starrte ich auf Gesichter, die ich kannte – William, Emma, Violetta, sogar Magnus war wie versteinert. Mom konnte ich nicht in der Menge finden, genauso wenig Rick, was mir noch mehr Angst bereitete. Was war hier los? Theoretisch hatte ich eine Halle voller Helfer und war doch auf mich allein gestellt. Ein untätiges Heer.

»Was ist mit den anderen?«, wollte ich von meinem Vater wissen, während Angelina immer näher kam. »Lass es mich kurz erklären. Angelina kann Energien steuern. Und da Energie auch Schwingung ist, kann sie Schwingungen lenken. Durch ihren Energiewall konnte sie die Energien so aufwerten, dass uns euer kluger, magisch gesicherter Aufzug als Wesen der fünften Dimension wahrnahm und durch die Barriere ließ. Dasselbe hat sie mit eurem Licht und euren lieben Freunden hier gemacht. Sie hat deren Energie auf ein Minimum gesetzt, sodass sie alle schlummern. Oder so. Medizinisch gesehen weiß ich nicht, ob das bleibende Schäden hinterlassen wird, aber es wirkt. Alle sind still und wir können reden.«

Er zwinkerte mir zu, was Panik in mir hochsteigen ließ. Mit solch einer starken Gabe in den Händen der Plochinten hatte ich nicht gerechnet. Das hatte wohl niemand. Oder wussten es William und Magnus Pfefferstein? Waren sie deshalb stets betrübt und fürchteten die Plochinten? Fragen über Fragen. Mein Gehirn überschlug sich damit. Mein Kopf dröhnte. Außerdem breitete sich Mitgefühl in mir aus. Es machte mich traurig, zu sehen, dass Violetta zwar anwesend, aber nicht fähig war, ihre Schwester wahrzunehmen. Jene Schwester, die sie seit Ewigkeiten vermisst hatte und von der sie dachte, sie nie mehr wiederzusehen.

Den Plan, meinen Vater hier rauszubeamen, konnte ich vergessen. Angelinas Schutzwall hätte mich wahrscheinlich nicht einmal in seine Nähe gelassen. Es gab nur eine einzige Möglichkeit, die beiden hier rauszubekommen. Ich musste Angelina ablenken, sodass sich ihre manipulierte Energie abbaute und alle aus ihrem Dornröschenschlaf erwachten. Ach herrje, und ich dachte, dieser Tag hätte endlich ein Ende gefunden.

Angestrengt überlegte ich, wie ich es schaffen konnte, Angelina abzulenken, doch meine Hirnleistung lag bei null. Ich konnte nicht mehr. Ich wollte zu Rick und ich wollte schlafen. Am liebsten beides zeitgleich. Mein Vater stand noch immer gute zehn Meter von mir entfernt, Angelina hingegen war keine drei Meter weit weg.

»Warum bist du so?«, fragte ich in meiner Verzweiflung. Er lachte nur höhnisch. Plötzlich wurde es hell hinter ihm. Licht und Energiewirbel manifestierten sich. Mom stand dort mit einem Dolch in der Hand! Ihr Blick war zielgerichtet und voller Hass. Als ich durchschaute, was sie vorhatte, war es zu spät, um zu reagieren. Sie stach ihm von hinten tief in die Brust. Ihre Augen waren dabei kaltblütig und böse. Sie strahlten vor Genugtuung. Voller Zufriedenheit zog sie den Dolch wieder aus seinem zusammensackenden Körper. Es ging alles so schnell, dass nicht einmal Angelina die Mordattacke mitbekam.

Mit purem Entsetzen sah ich die Szene mit an und war fassungslos. Wie angewurzelt stand ich da. Ich konnte und wollte nicht glauben, was ich soeben sah. Meine Mom wollte jemanden ermorden – mithilfe ihrer Gabe! Sie hatte sich hinter Joe gebeamt und wollte ihn umbringen. Damit entsagte sie sich ihrer Bestimmung. So schwang sie in einer Ebene, die des Elbenkreisels nicht würdig war. Dadurch hatte sie sich selbst zerstört. All die Jahre blieb ihr ihre Bestimmung verwehrt und jetzt – jetzt entsagte sie sich ihr selbst. War es Moms Schicksal, eine Bestimmung zu haben und sie nicht einsetzen zu können? War es ihr Schicksal, Vergebung zu lernen und dann zu versagen?

Geschockt starrte mich mein Vater an. In seinem Blick sah ich etwas, das mich gänzlich verwirrte. War das etwa … Liebe? Ja. Er sah mich voller Liebe an, als er zusammenbrach. Meine Mutter ließ ihn auf den Boden sacken und den Dolch neben ihn fallen. Sie entweihte diesen Ort. Sie zerstörte die Harmonie. Nur aus Rache. Sie hasste meinen Vater und wollte ihn tot sehen. Zwar hatte ich behauptet, ich würde sie verstehen, doch dass sie auf Vorsätze Taten folgen ließ, erschütterte mich zutiefst und ließ mich an allem, woran ich glaubte, zweifeln. Meine Welt stand Kopf.

DIESER MOMENT. Der Moment, als ich seine liebenden Augen sah und ihre kalten. Es war ihr egal, ob ich ihn vermisst hatte oder nicht. Es war ihr gleich, ob ich ihn vielleicht brauchte oder nicht. Für sie spielte es keine Rolle, ob er mich trotz all seiner Übeltaten, für die er verantwortlich war, liebte. Sie wollte Rache und hatte mir ein Leben lang eingeredet, dass er der Böse gewesen war. Aber jetzt, nach diesem Moment, war ich mir da nicht mehr so sicher. Sie waren *beide* meine Eltern, ich hätte sie *beide* gebraucht. Mein Vater war machthungrig, gierig und skrupellos. Auch schizophrene Tendenzen wies er auf. Aber meine Mutter hatte mich mein Leben lang belogen und ließ mich mit meiner Gabe ins offene Messer der Plochinten laufen. Denn dass ich die Gabe beherrschen lernen musste, war mir auch ohne sie klar. Wie sie funktionierte, fand ich schnell selbst heraus. Rick war mir in den letzten Tagen eine viel größere Hilfe gewesen als meine eigene Mutter. Vielleicht wurde ich geblendet. Vielleicht war mein Vater nicht so böse und meine Mutter nicht so gut, wie ich dachte.

Mir wurde schwindlig. Es roch nach Eisen und Bosheit. Als ich das Blut aus meinem Vater spritzen sah, rannte ich auf ihn zu und schrie dabei mit Tränen in den Augen ein bestürztes Nein, das die Atmosphäre der Halle in tiefes Entsetzen tauchte. Selbst Angelina ließ mich vorbei und ich teleportierte mich mit ihm in eben jenes Krankenhaus, in welchem der Plochintenarzt Paul hatte draufgehen lassen.

KAPITEL 25

RICK

Ich konnte nicht alles erkennen, weil es in der Halle sehr dunkel war, doch ich *hörte* alles. Joe gierte nach den Reagenzgläsern, die Chelsea vorhin noch in ihren Händen hielt. Und Angelina war hier. Sie bahnte ihm den Weg in die Zentrale. In eine eigentlich äußerst gut gesicherte Zentrale. Ich hörte auch, dass Angelina alle im Elbenkreisel energetisch manipuliert hatte. Warum wirkte diese Manipulation bei mir nicht? War ich immun? Lag es an meinem Beschützeramulett? Ich fasste mir um den Hals. Mein schwarzer Turmalin. Er beschützte mich täglich. So wohl auch heute. Ich umschloss ihn fest mit meiner Hand und dankte ihm im Stillen.

Behutsam lugte ich in die Menge, um nicht aufzufliegen. Alle standen stoisch im Raum und regten sich nicht. Es schien, als wären sie in Trance. Als Joe erklärte, warum dem so war, schluckte ich angespannt. Arme Violetta. Ob ich ihr von den Neuigkeiten um ihre Schwester erzählen sollte? Ob sie wohl gewusst hatte, welche Mächte in Angelina schlummerten?

Als Clarissa mit ihren Lichtwirbeln den Raum erhellte, wusste ich, dass auch sie nicht von Angelinas Magie betroffen war. Warum, konnte ich mir allerdings nicht erklären. Die einzig mögliche Erklärung dafür war, dass sie sich in einem anderen Raum befand, als Joe und Angelina die Halle betreten hatten. Während ich mir Gedanken darüber machte, wie Magie auf Individuen wirkte, geschah etwas Unfassbares. Mit weit aufgerissenem Mund musste ich mit ansehen, dass Chelseas Mutter ihrem Vater einen Dolch in den Rücken jagte. Ich konnte gerade noch einen entsetzten Schrei unterdrücken, indem ich mir die Hände vor den Mund presste, doch wegsehen konnte ich nicht. Die Szene kam einem Unfall gleich, bei dem man nicht hinsehen wollte, jedoch auch nicht wegsehen konnte.

Es schockierte mich, wie aus einer Heiligen innerhalb eines Tages ein Racheengel wurde. Das hätte sie nicht tun dürfen. Nicht in diesen Hallen. Die Schwingung des Elbenkreisels zu zerstören war ein Grund für einen Verstoß aus der Gemeinschaft. Mein Blick wanderte besorgt zu Chelsea. Ich sah, wie sie voller Schmerz zu ihrem Vater rannte, den sie doch eigentlich hasste, und sich mit ihm fortbeamte. Was war geschehen? Warum hatte sie ihre Meinung über ihn geändert?

Clarissa stand regungslos da und glich nun der versteinerten Menschenmasse im Raum. Angelina flüchtete mit Erfolg und der Zauber war gebrochen. Ich wusste nicht, dass die Gabe von Violettas Schwester eine solch mächtige war. Ich wusste lediglich, dass Angelina einst die Seiten gewechselt hatte und seither nie mehr gesehen wurde. Bis heute.

Das Licht ging wieder an. Alle erwachten. Die Mitglieder des Elbenkreisels lösten sich aus ihrer Bewusstseinsstarre. Niemand hatte auch nur den leisesten Schimmer, was geschehen war. Lediglich die Blutlache sowie der Dolch am Boden gaben zu erkennen, dass etwas Schlimmes vorgefallen sein musste. Clarissa starrte nur regungslos auf das Blut an ihren Händen. Als die Menge ihre Sinne wiederfand, zählten die meisten eins und eins zusammen. Die Szenerie erregte Grauen. Der glatte Boden aus weißem Marmor war über und über mit roten Blutspritzern besprenkelt. Die monströse Lache in der Hallenmitte erweckte nicht den Anschein, als hätte das, was hier passiert war, jemand überleben können. Joe musste einen massiven Blutverlust erlitten haben. Der farbliche Kontrast zwischen dem reinen Weiß des Bodens und dem gesättigten Rot seines Blutes ließ den Schauplatz noch brutaler wirken.

Jeder fixierte Clarissa voller Entsetzen. Der Schock saß tief und erfüllte den Raum, sodass es mir die Nackenhärchen aufstellte. Noch nie hatte jemand irgendwen im Elbenkreisel getötet oder zu töten versucht – schließlich lebte Joe noch, als sich Chelsea mit ihm fortbeamte.

Mir gingen tausend Gedanken durch den Kopf. Wo war sie? Warum hatte sie ihren Vater gerettet, der sie verlassen hatte, entführen ließ und zwang, kriminell zu sein? *Wo waren die Reagenzgläser?* Bei dieser Frage blieb ich hängen. Joe kam nur ihretwegen in den Elbenkreisel. Sie mussten einen erheblichen Wert besitzen. Ich lief zu der Stelle, wo Chelsea gestanden hatte. Dort musste sie die Reagenzgläser zurückgelassen haben. Niemand beachtete mich. Unter der großen kristallinen Kuppel herrschte eine Art Schockstarre. Alle richteten noch immer ihre Aufmerksamkeit auf Clarissa.

Ich suchte den Bereich ab, an welchem ich das Virus vermutete, fand die Reagenzgläser jedoch nicht. Wo hatte Chelsea sie versteckt? Suchend scannte ich die Mauern ab. Und dort, ganz unten in der Höhe meiner Füße, gab es eine Einbuchtung. Ich griff hinein und spürte gläserne Röhrchen. Gefunden! In diesem Moment vernahm ich Stimmen und beschloss, dass es das Beste wäre, die Reagenzgläser erst mal genau dort zu lassen, wo sie waren. Dort fand sie so schnell niemand, zumal die meisten hier nicht von der Existenz dieser Substanzen wussten. Ich sprang auf und schaute, was sich tat.

Mein Vater ging auf Clarissa zu. »Clarissa.« Er hauchte ihren Namen lediglich und starrte dabei ungläubig auf den Tatort, der einer Szene aus einem Splatterfilm glich. »W-w-was hast du getan?«, stotterte er fassungslos. Mit leeren Augen blickte sie ihn an. Sie schien mehr eine Hülle ihrer selbst zu sein als eine starke Frau. Ihre Netzhaut spiegelte. Erneut war sie den Tränen nahe, bloß weinte sie dieses Mal nicht. An ihrer Mimik erkannte man den Sinneswandel, als sie sich aufrappelte und einen Schritt näher auf meinen Vater zuging. Sie wirkte nun wieder zurechnungsfähig.

»Es tut mir leid, William. Ich musste es tun. Ich trage so viel Hass und Wut in mir. Ich hasse ihn. Ich wollte ihn leiden sehen«, fing sie an, ihre innere Zerrissenheit zu rechtfertigen. Dad starrte sie verwirrt an. Tat ihr das alles gar nicht leid? Fühlte sie sich nicht schuldig? Bereute sie nichts? Nicht nur ich bewegte meinen Kopf leicht horizontal hin und her. Wie gebannt lauschten wir alle der Konversation.

»Du bist mehr als das. Du schwingst in einer höheren Ebene. *Vergebung bedeutet Heilung*«, versuchte mein Vater sie zur Besinnung zu bringen. *Er wäre ein guter Exorzist gewesen*, murmelte mein inneres, sarkastisches Ich. Mein eigener Kommentar brachte mich dazu, meinen Kopf noch heftiger zu schütteln. Als wäre es nicht schlimm genug gewesen, wie es in der Welt zuging. Nun mussten wir unsere eigenen Leute zum Guten bekehren, anstatt die Welt mit ihnen gemeinsam in eine höhere Schwingungsebene zu heben. Doch Dads Worte fruchteten. Ihre kalte Hülle brach. Was wir daraufhin alle zu sehen bekamen, war eine zerbrechliche Seele, die voller Schmerz den falschen Kanal zum Ablassen der aufgestauten Emotionen benutzt hatte.

Hauchend und mit tränenerstickter Stimme haspelte Chelseas Mutter: »Er hat Paul umgebracht. Er hat mir so viele Lebensjahre genommen. Er wollte aus meiner Tochter eine Kriminelle machen.« William schaute sie entschuldigend an, bevor er anmerkte, was sie wohl nie hören wollte: »Und jetzt hat er es geschafft, *dich* zur Kriminellen zu machen.«

Mit geweiteten Augen starrte sie ihn an. Man sah in ihrem Blick, dass ihr nun vollends bewusst wurde, was sie angerichtet hatte. Dass mein Vater die Wahrheit sprach. Vielleicht hatte sie tatsächlich gedacht, ihren Ex-Mann aka Plochintenboss umzubringen, wäre zum Wohle der Menschheit. Doch das zeigte, dass sie wie die Plochinten dachte, die genauso agierten. Sie behaupteten, dass ihre kriminellen Machenschaften zum Wohle aller wären und sie damit die Welt verbesserten.

Das Licht um Clarissa wurde mit jeder Minute dunkler. Die Essenz ihres Energiekörpers sank in eine Schwingungsfrequenz, die weit unter jener des Elbenkreisels schwang. Es wunderte mich, dass sie nicht vor Schmerzen schrie, denn eine solche Schwingung konnte man in diesen Hallen im Normalfall nicht überleben. Auch meinem Vater entging die Rückentwicklung ihrer strahlenden Aura nicht. Gequält schluckte er seine sichtliche Trauer über die Situation hinunter.

Eben noch in einer reumütigen Haltung, wich diese Claudias Rechtfertigung. »Ich habe es für euch getan! Für Chelsea!«, schrie sie keifend in die Menge. Die Besinnung war wohl nur von kurzer Dauer. William wusste nicht mehr, was er sagen sollte und blickte zu Boden.

Aus den hinteren Reihen vernahm man die Stimme des wohl ältesten Mitglieds des Elbenkreisels: »Du hast es für dich getan, Clarissa. Du hast selbst gesehen, wie sehr Chelsea trotz ihrer Behauptungen, ihrem Vater für den damaligen Verlust nie zu verzeihen, an ihm hing. In dieser Minute rettet sie ihm wahrscheinlich das Leben. Blutsbande ertragen mehr, als man glauben will.«

Magnus Pfefferstein, der Leiter des Elbenkreisels, trat in den Vordergrund. Clarissa schaute ihn betroffen an. Offenbar hatte er alles mit angehört. Ich war froh, dass es ihm gut ging. Schließlich führte der Aufzug aus dem Elbenkreisel direkt in sein Wohnzimmer. Alle schwiegen. Dass Magnus sich in diese Causa einmischte, zeigte, von welcher Bedeutung sie war. Clarissa sprach kein Wort mehr, sondern blickte ihm nur stumm entgegen. »Ich wünsche dir nur das Beste, Clarissa. Lass den

Hass und die Wut hinter dir, kehre in dich. *Finde deinen Frieden*«, predigte Magnus, was einer Salbung gleichkam.

Ihre Lippen bibberten, die untere zog sie wie ein kleines Mädchen, das etwas Schlimmes angestellt hatte, nach vorne. In ihren großen Augen sammelten sich erneut die Tränen, welche unwirklich elegant auf den weißen Marmorboden tropften. Ich fragte mich, ob ihr nach den heilsamen Worten von Dad und Magnus die Auswirkungen ihrer Tat nun bewusst geworden waren. Es ging nicht nur um die Gewalteinwirkung im Elbenkreisel, einem Ort der puren Harmonie, wo bislang keine Gewalt und Rachegefühle existierten. Alles war bis dato schön hier. Es war das Paradies. Zumindest hatte ich es mir immer so vorgestellt. Eine Gemeinschaft, in welcher jeder mit allen Freiheiten, die er brauchte, ausgestattet wurde. Für das Gute. Alles wurde aus Liebe getan. Hier schwang eine höhere Bewusstseinsebene.

Wir hatten verstanden, dass wir im Grunde alle eins waren, dass wir zusammengehörten und uns nicht bekämpfen, sondern helfen sollten. Wir übten uns in Vergebung. Wir beschützten uns und versuchten, keine Gewalt anzuwenden. Im äußersten Falle defensiv, um uns zu verteidigen. Doch die meisten von uns hatten Gaben, mit welchen man ohnehin keine Gewalt hätte ausüben können. Emma gehörte zu den wenigen, die anderen Dinge entgegenschleudern konnte. Doch das war die Ausnahme. Außerdem achtete sie präzise darauf, dass der Schaden, den sie dabei verursachte, nur von temporärer Natur war.

Würde die ganze Welt in der fünften Dimension schwingen, brauchte es keine Verteidigung mehr. Doch das tat sie noch nicht. Deshalb gab es uns. Und wir wurden immer zahlreicher. Von Jahr zu Jahr entdeckten immer mehr Menschen ihre besonderen Gaben und suchten Schutz und Ausbildung im Elbenkreisel. Die Welt befand sich im Umbruch und wir waren mittendrin. Wir erhielten die Möglichkeit, die Welt zu verbessern, Liebe zu verbreiten und Vergebung zu lehren.

Wichtig war es zu verstehen, dass alles im Leben aus einem bestimmten Grund geschah. Die Wege, die wir einschlugen. Die Menschen, die wir kennenlernten. Die Liebe, die wir spürten. Auch den Schmerz und in schlimmeren Fällen den Hass, den wir empfanden.

Jede Erfahrung, jede schöne und unschöne, erlebten wir, um etwas zu lernen. Um etwas zu *erfahren*. Schon bevor wir auf die Erde kamen, hatten wir das mit dem Universum vereinbart. Wir selbst hatten bestimmt, was wir hier erfahren wollten. Im Idealfall gelang es uns, aus den erlebten Erfahrungen zu lernen, manchmal leider auch nicht.

Vermutlich war das so bei Clarissa. Ich war mir sicher, sie hätte Vergebung erfahren sollen. Sie hätte lernen sollen, zu vergeben. Stattdessen leitete sie ihren Hass in Gewalt um und verletzte damit den Menschen, den sie wohl am meisten liebte. Sie hätte ihren Schmerz auch anders verarbeiten können.

Den Weg, den sie einschlug, war ein dreidimensionaler gewesen. Einer, der am Ende weder sie noch alle anderen glücklich machte. Im Gegenteil. Es war der Weg der Gewalt, welcher weiteren Schmerz verursachte. Das war immer der einfachste Weg. Deshalb schlugen ihn so viele Menschen ein. Sich mit sich selbst und einem Konflikt auseinanderzusetzen bedeutete auch mehr Arbeit. Mal abgesehen davon, dass sich die meisten Menschen nicht wirklich mit sich selbst beschäftigen *wollten*, sondern stattdessen Gott und die Welt für alle Übel und Ungerechtigkeiten verantwortlich machten. Doch dieser Weg führte weder zur Erkenntnis noch zum Licht.

Ich philosophierte über die Erkenntnisse, die ich aus all dem schöpfte, als sich Clarissa an mich wandte. Sie blickte mich an, als würde sie beim Pokern All-in gehen. Wusste sie etwa, was ich gerade gedacht hatte? Zumindest schaute sie so, als hätte sie es gewusst. Mir schien sogar, als wäre sie derselben Meinung. Ihr Blick wirkte entschuldigend und dennoch voller Hass. In diesem Moment verstand ich ihren Konflikt. Sie würde ihn nicht loslassen können, diesen Hass. Er würde sie zugrunde richten. Sie würde versuchen, in Frieden weiterzuleben, doch der Schmerz, den man ihr zugefügt hatte, saß zu tief. Einerseits verstand ich sie. Andererseits jedoch lebte ich in der Überzeugung, dass Vergebung für alle heilsam war und Hass sowie Zorn mit der Zeit die Seele zerfraßen. Mir schien, als wusste sie auch das.

Ach herrje, sie saß in einer moralischen Zwickmühle. Wenn nicht einmal mein Vater und Magnus es schafften, sie von ihrer Rachsucht abzubringen, konnte das wohl niemand. Beide wiesen rhetorische Kompetenzen auf, die ihnen extreme Überzeugungskraft verliehen.

Clarissa würde nicht ruhen, ehe ihr Ex-Mann unter der Erde lag. Die Erkenntnis traf mich wie ein Schlag. Mir stiegen Tränen in die Augen. Ihr Schicksal berührte mich und noch mehr, wie das Verhältnis zwischen Chelsea und ihr künftig aussehen würde. Mir brach es das Herz, daran zu denken, dass Chelsea vielleicht beide Eltern verlieren könnte. Der eine auf einem Machttrip oder schon tot, die andere auf einem Rachefeldzug. Chelsea hatte das nicht verdient.

Clarissa durchbohrte mich bedeutungsschwanger mit ihrem Blick. Wollte sie mir etwas mitteilen? Ihre Lippen blieben versiegelt. Sie sprach mit Blicken und diese gefielen mir gar nicht. Die Verzweiflung in ihren Augen brachte meinen Körper dazu, sich von Kopf bis Fuß in die Haltung eines Zinnsoldaten zu bringen und angespannt abzuwarten, was passieren mochte. William, Magnus und alle anderen beobachteten die Szene gleichermaßen.

Sie ließ den Blick nicht von mir ab, als sie sich zum Dolch beugte und ihn mit ihren blutigen Fingern aufhob. Schmerz und Verzweiflung blitzten in ihrer Iris auf. Dabei erkannte ich, dass sie ihren Weg gewählt hatte. Die Trauer und Verzweiflung, die sie ausströmte, überwältigten uns alle. Eine allgegenwärtige Betroffenheit tauchte die Halle des Elbenkreisels in eine beklemmende Aura.

Ich konnte nichts tun, ich war wie festgewurzelt. Der Schock darüber, was möglicherweise gleich geschehen würde, verbannte mich in eine Untätigkeit, der ich nicht entfliehen konnte. Ihr Blick wurde eindringlicher, als wollte sie mir vermitteln, dass das, was sie gleich sagen würde, sehr wichtig war. Fast unmerklich öffnete sie ihren Mund und hauchte tonlos:

»Es tut mir leid. Sag ihr das.« Eine Träne kullerte ihr still über die Wange. Sie wandte den Blick von mir ab und schaute hoch zur gläsernen Kristallkuppel, welche die hauchdünne Sichel des Neumondes zur Schau stellte. Eine Sichel, so scharf wie die Waffe, die Clarissa in ihren Händen hielt. Dann rammte sie sich den Dolch in den Bauch und brach vor uns allen zusammen.

KAPITEL 26

CHELSEA

Ich kaute an meinen Nägeln und kratzte meine Unterarme. Das tat ich sonst nie. Ich war nervös. In einem Warteraum zu sitzen machte die Sache nicht besser. Der Arzt, den ich suchte, fand ich sehr schnell, als hätte er gewusst, was passiert war. Vielleicht hatte Angelina Alarm geschlagen und alle informiert, ich wusste es nicht so genau. Ich wusste nur, dass mein vermeintlicher Vater in diesem Moment notoperiert wurde. Der Doktor meinte, es sähe übel aus und dass er sehr viel Blut verloren hätte, doch er würde alles in seiner Macht Stehende tun, um ihn zu retten.

Ich glaubte, ihn zu hassen. Er hatte uns damals verlassen, *mich* verlassen! Aus Eifersucht auf Moms Gabe. Ich dachte, ich wäre ihm nicht wichtig gewesen. Doch er hatte mich beobachten lassen. Von dem Tag an, als er fortging. Obwohl ich das etwas suspekt fand, freute es mich auf eine verschrobene Art und Weise. Er hatte Interesse an mir gehabt und wollte wissen, wie ich aufwuchs. Ich war ihm *nicht* egal.

Als ich ihn in der Zentrale sah, als Oberboss der Bösen, schockierte mich das zutiefst. Vor allem, weil ich erst Tage zuvor erfahren hatte, dass ich zu jenen gehörte, welche die Welt auf eine höhere Bewusstseinsebene bringen sollten. Ich gehörte zu den Guten, er zu den Bösen. Einerseits wollte er mich zwingen, böse zu werden, andererseits eine harmonische Beziehung zu mir aufbauen. Er wollte mich in seinem Leben haben. Jedoch zu seinen Konditionen. Das war egoistisch. Doch Mom war das auch. Ich dachte, dass sie zu den Guten gehörte. Doch dann erfuhr ich, dass sie mich ein Leben lang belogen hatte. Oh, und dann stach sie meinen Vater vor meinen Augen ab.

Gut hin, böse her. Sie strotzten beide vor Egoismus und widmeten ihre Aufmerksamkeit eher ihrem Beziehungskrieg als mir. Dad manipulierte, tötete, gierte. Mom verschwieg, übte Rache und log.

Ich griff mir an die Stirn. Die Erkenntnis, dass meine beiden Elternteile voller Fehler waren, traf mich hart. *Wer war nun gut und wer böse?* Konnte ich als Tochter überhaupt einschätzen, wer zu welcher Seite gehörte? In dem gesamten Trennungskrieg war ich diejenige, die von beiden Seiten manipuliert wurde. Ich hatte keine Ahnung, was die objektive Realität war, weil ich laufend verzerrte Wahrheiten eingetrichtert bekam. Ich liebte meine Mom. Außer in diesem Moment. Ich hasste meinen Dad. In diesem Augenblick jedoch nicht. Auch für ihn empfand ich Liebe. Auf eine schräge Art, die mir Kopfweh bereitete.

Ich vergrub mein Gesicht in meine Hände und raufte mir gleichzeitig die Haare. Vor ein paar Tagen war ich noch überfordert damit gewesen, eine Gabe zu besitzen und gleichzeitig Gefühle für Rick zu entwickeln. Jetzt durfte ich das Trennungstrauma meiner Eltern verarbeiten. Yay!

Wenigstens hatte ich Lipgloss mit Himbeergeschmack. Ich leckte mir über die Oberlippe. Der machte mein Leben gerade um einiges schöner. Ich versuchte mich abzulenken. Ohne Erfolg. Meine Gehirnaktivität war überdurchschnittlich hoch und mein Stübchen dort oben produzierte Fragen und Einsichten, dass mir ganz schwindlig wurde.

Okay, Chelsea, ganz cool, jetzt fassen wir mal zusammen. Mein inneres Ich übernahm das Ruder und klärte mich über mich selbst auf: *Dein Dad ist Vorstandsvorsitzender der größten kriminellen Organisation der Welt. Trotz Gewaltfreude, Skrupellosigkeit und verzerrter Realitätswahrnehmung liebt er dich irgendwie. Schließlich bist du seine Tochter. Ergo: Böser Mann mit Liebe in sich.*

Deine Mom ist eine beschützende, liebende Mutter mit einer schlummernden Gabe. Doch leider schlummert noch etwas anderes in ihr. Der Hass auf deinen Vater. Dieser Hass wurde wohl durch deine Entführung und Pauls Tod getriggert. Anstatt den Konflikt mit Liebe zu lösen, zu vergeben und loszulassen, schlug deine Mutter den gewaltfreudigeren Weg ein und versuchte, deinen Vater zu ermorden. Ergo: Gute Frau mit Hass in sich.

Ich hob den Kopf. Mein inneres Ich half mir dabei, die Dinge klarer zu sehen. Ich erkannte, dass beide Elternteile sowohl gut als auch böse waren. Zwar lebte mein Vater die böse Seite mehr als meine Mutter, aber Fakt war, dass beide gute und böse Eigenschaften in sich trugen. Es kam darauf an, welche Seite man mehr fütterte.

Mir stiegen Tränen in die Augen. Dass meine Mutter sich so sehr von üblen Gedanken leiten ließ, schmerzte mich viel mehr als der Fakt, dass mein Vater schon lange böse war. Damit kam ich besser klar. Aber meine Mom? Ihr stand ich näher, weil ich sie viel besser kannte. Sie wusste, dass ich meinen Vater vermisste. Vor nicht einmal einer Woche hatte sie mich das noch gefragt, als wir in der Küche gestanden hatten. An dem Tag, als ich mich das erste Mal beamte. Ihre Frage, ob ich Dad vermissen würde, brachte mich überhaupt erst auf den Gedanken, an ihn zu denken. An Italien zu denken.

IHRE FRAGE AKTIVIERTE MEINE GABE. Sie hätte also wissen sollen, wie stark das Gefühl war, das ich empfand, als ich an Dad dachte. Die Tränen wurden mehr und flossen wie kleine

Flussadern zuhauf über meine Wangen. Jede Träne, die meine Lippen benetzte, wurde mit Himbeergeschmack versehen und ich leckte sie von meinen Lippen.

Mom hätte mich verstehen können, doch sie wollte es nicht. Ihr unterdrückter Hass auf meinen Vater ließ es nicht zu. Im Nachhinein gesehen war es klar, dass dieser unverarbeitete Hass früher oder später zum Vorschein kommen musste. Am meisten schmerzte es mich, dass sie versuchte, ihn umzubringen, ohne dabei an *mich* zu denken, sondern nur an *ihre* Rache. Nicht einmal an die Konsequenzen verschwendete sie einen Gedanken! Sie zerstörte damit ihre Zukunft im Elbenkreisel und dadurch auch unsere gemeinsame Zukunft. Ich würde bald viel Gutes tun können. Und Mom? Ich fing an zu schluchzen. Mir wurde alles zu viel.

Ich sehnte mich nach Rick. Ich wollte weg von meinen Eltern, einfach in Ruhe gelassen werden, mein eigenes Leben führen. Ohne das Beziehungsdrama. Dass ich in der ganzen Causa instrumentalisiert worden war, brach mir das Herz. Ich brauchte Abstand und einen Schlussstrich. Diese Gabe half vielleicht nicht nur all den Menschen dieser Erde, sondern auch mir selbst. *Schließlich konnte ich viel mehr Menschen helfen, wenn es mir selbst auch gut ging. Im Grunde sah ich das sogar als essenzielle Voraussetzung dafür.*

Der Doktor kam auf mich zu. Ernst schaute er mich an, während ich tief Luft in meine Lungen sog. Gespannt wartete ich auf das Urteil. »Er wird durchkommen«, teilte er mir mit und gab mir die Hand. »Danke, dass du ihn gerettet hast«, erwiderte ich. Abrupt drehte er sich um und ging wieder, ohne ein weiteres Wort zu sagen. *Beliebter bist du bei denen dadurch wohl nicht geworden,* witzelte mein sarkastisches Ich.

Meine Mundwinkel zogen sich nach oben und brachten mich zum Schmunzeln. Ich war dankbar für meinen Sarkasmus in den letzten Tagen. Ohne ihn hätte ich die Dinge wohl kaum so gut überstanden. Mein Vater kam also durch. Ich wollte das nicht werten. Es freute mich einfach, dass ich mit meiner Gabe zum ersten Mal ein Leben gerettet hatte. Und es war das meines Vaters.

Behutsam schloss ich meine Augenlider und atmete tief ein und aus. Im Geiste vergab ich meinem Vater und meiner Mutter. Ich liebte sie beide, doch ich *brauchte* sie nicht mehr so stark wie damals, als ich noch ein Kind war. Nun war ich erwachsen und hatte mein eigenes Leben.

Diese Gedanken fühlten sich gut an. Eine Wärme breitete sich in mir aus, die all den Kummer und die Zweifel in Licht auflösten. *Ich vergab und ließ sie beide in Liebe los.* Stolz richtete ich mich auf, lächelte und dachte an die Halle des Elbenkreisels, während ich ganz leicht wurde und sich meine Zellen in Licht und Luft auflösten.

Als ich mich im Elbenkreisel rematerialisierte, fing es schon wieder an zu dämmern. Mittlerweile waren mein Körper und mein Geist dermaßen erschöpft und auf Schlafentzug, dass ich mir sogar fit vorkam. Dennoch wusste ich: Wenn ich endlich in mein Bett konnte, würde ich lange schlafen – sehr lange.

Eifrig suchte ich nach Rick und meiner Mutter und musste mich erst durch eine stumme Menge kämpfen. War Angelina noch hier und ihre Magie noch aktiv? Die Situation kam mir von Sekunde zu Sekunde seltsamer vor. Die Morgenröte tauchte den Elbenkreisel in warmes Licht, was einen schönen Kontrast zum kühlen Mondschein darstellte. Ich drängte mich vorbei an den Mitgliedern des Elbenkreisels. Einige schenkten mir mitleidende Blicke. Als ich sah, warum alle schockgefroren in der Halle standen, stockte mir der Atem.

Der weiße Marmorboden war mit sattem Rot besprenkelt. Die Lache von Dads Blut mündete in eine neue, frische Blutlache. Über dieser lag meine Mutter mit einem Dolch im Bauch. Mit *ihrem* Dolch. Regungslos starrte ich auf die Szenerie, obwohl ich es nicht wollte. Ihr lebloser Körper nahm mit jedem Tropfen Blut, welcher aus ihr trat, mehr die Farbe des Marmorbodens an. Der Geruch des Blutes stach mir in die Nase. Mir wurde übel. Ich unterdrückte den Reiz, mich zu übergeben und schaffte es, die Herrschaft über meinen Körper wiederzuerlangen. Dann stürmte ich klagend und schluchzend zugleich auf sie zu.

»Mom! Mom! Bitte wach auf, bleib bei mir. Bitte! Warum hast du das gemacht?« Der erste Schock war vorbei, das Tor in mein seelisches Tal der Tränen wurde geöffnet. Entsetzt und schmerzerfüllt begoss ich meine tote Mutter mit meinen Tränen, die surreale Hoffnung hegend, sie würde zurückkommen, wenn sie meinen Schmerz spürte. Doch ihr Gesicht blieb weiß wie der Marmorboden des Elbenkreisels. Ich beugte mich über sie und umarmte sie fest. Entsetzt musste ich feststellen, dass die Totenstarre bereits einsetzte. Ruckartig drehte ich mich von ihr weg und übergab mich. Das war zu viel.

Mir war schlecht, schwindelig und heiß. Zeitgleich fühlte ich einen tiefen, mich zerreißenden Schmerz, der alles andere verdrängte und mich eine Leere spüren ließ, die ich mit nichts auf der Welt vergleichen konnte. Sie war endlos. Räumlich nicht erfassbar. Sie füllte mich komplett aus. Ich ließ es zu, während mir bewusst wurde, was hier passiert war. Mom hatte sich selbst gerichtet. Ohne sich von mir zu verabschieden. *Ich verlor meine Mutter, während ich meinen Vater gerettet hatte.*

Vor meinen Augen flimmerten weiße Lichtpunkte. Rick. Dort hinten stand Rick. Ich wollte zu ihm, in seine Arme, von denen ich mir Wärme und Stärke versprach – Dinge, die ich soeben verloren hatte. Gerade, als ich aufstehen wollte, verlor ich die Beherrschung über meinen Körper und schwankte auf die Seite. Das Letzte, was ich spürte, war, wie mein Kopf auf den harten Boden knallte. Dann wurde alles schwarz.

Es brach mir das Herz, sie so zu sehen. Ich stand regungslos etwas weiter entfernt von ihr. Mein Körper weigerte sich, auf all das Furchtbare, was er soeben miterlebt hatte, zu reagieren. Lediglich den Schmerz, der sich in meinem Inneren ausbreitete, konnte ich nicht unterdrücken. Er war zu stark. Wie ein Tsunami spülte er sich in jede Faser meines Seins. Als sie mich erblickte, verlor sie das Bewusstsein und schlug mit ihrem Kopf auf dem Boden auf.

Schockiert riss ich die Augen auf. Nicht sofort war erkennbar, ob ihr Kopf blutete oder lediglich das Blut ihrer Eltern an ihrer Schläfe klebte. Die Macht über meinen Körper wiedererlangt, hechtete ich zu ihr hin und brachte sie sofort zu einer unserer Heilerinnen.

Doreen legte sie auf eine weiche Matratze in ihrem kleinen Raum, der um einiges einladender wirkte als die sterile Umgebung eines Krankenhauszimmers. Behutsam wischte sie Chelsea das Blut von der Schläfe. Darunter erhob sich bereits eine große, violette Beule aus ihrem Kopf. Das Blut war nicht ihres gewesen, dennoch hatte der Unfall erhebliche Schäden hinterlassen. Sie bewegte sich nicht, atmete jedoch. Nervös fing ich an, meine Nägel zu kauen. So geduldig es mir möglich war, ließ ich die Heilerin ihre Arbeit machen und wartete, bis sie das Wort an mich richtete.

Was sie mir dann offenbarte, war genau das, was ich unter keinen Umständen hören wollte: Durch den harten Aufprall fiel Chelsea in ein natürliches Koma. Ganz von selbst flossen die Tränen über meine Wangenknochen, hinunter zu meinem Kiefer, teils weiter über meinen Hals. Die letzten 24 Stunden hatte ich dermaßen viel gebangt und geweint, dass ich dachte, keine Tränen mehr übrig zu haben, aber weit gefehlt. »Was kann ich tun?«, blinzelte ich Doreen mit meinen tränenbenetzten Augen an. »Warten«, erwiderte sie sanft und drückte dabei meine Hand, um mir Kraft zu spenden. Zögernd nickte ich und schaute zu Boden. »Was ist mit ihr? Sie wird doch aufwachen, oder?« Doreen lehnte sich etwas zurück. »Durch den Sturz auf den Marmorboden hat Chelsea eine Gehirnprellung erlitten und ist in ein leichtes Koma gefallen. Wann sie aufwachen wird, lässt sich nicht sagen. Üblicherweise dauert eine Bewusstlosigkeit ein paar Stunden, vielleicht auch einige Tage. Ich habe ihre Energien mit Quantenheilung stabilisiert und mich durch den Kanal der Kundalini-Energie ihres Körpers in ihre Hirnaktivitäten eingefühlt. Sie weisen keine Dysfunktionen auf. Sie wird alles ohne Schaden überstehen, ich habe ihre Energielaufbahnen dementsprechend ausgerichtet.«

Sie lächelte nickend und ich tat es ihr gleich, obwohl ich nicht wusste, was sie mit Quantenheilung und Energielaufbahnen meinte. »Darf ich sie in mein Zimmer bringen, bis sie aufwacht?«, fragte ich behutsam und hoffte auf ihre Zustimmung. »Eine bekannte Umgebung hilft häufig, um Komapatienten zurückzuholen. Also ja, du darfst sie in dein Zimmer bringen, doch ich werde regelmäßig nach ihr sehen.« Erneut nickte ich gehorsam. »Sie ist noch da, Rick. Sprich mit ihr, spiel ihr ihre Lieblingsmusik vor, lies ihr aus ihrem Lieblingsbuch vor, halte ihre Hand. Gib ihr das Gefühl, dass du sie nicht aufgegeben hast.«

Als hätte ich das jemals gekonnt. Dankbar nickte ich und umarmte unsere Heilerin für ihre Dienste und die Möglichkeit, Chelsea in mein geheimes Zimmer zu holen, welches nach jener einen Nacht zu *unserem* Zimmer wurde. Ich bat Doreen, William, Magnus und alle anderen zu unterrichten, denn ich wollte keine Sekunde von Chelseas Seite rücken. Bevor sie losging, half sie mir, Chelsea auf eine schiebbare Trage zu betten. Liebevoll legte ich sie in *unser* Bett im geheimen Zimmer und setzte mich neben sie. Ich ging davon aus, dass Dad und Magnus wussten, wo wir waren und dankte ihnen im Geiste, dass sie uns allein ließen.

Sorgenvoll blickte ich in ihr wunderschönes Gesicht. Ihre Lippen waren zu einer geschwungenen Linie geformt und ihre Augenbrauen lagen wie Federn über ihren Augen. Sie atmete leicht. Bestimmt brauchte sie einfach nur Zeit, all dies zu verarbeiten. Dann würde sie aufwachen, dessen war ich mir sicher. Zumindest redete ich mir das ein, um meinen Herzschlag, der mit einem gefühlten Puls von zweihundert schlug, zu beruhigen. Wenn ich nicht aufhörte, die Panik in mir hochsteigen zu lassen, würde ich zuerst sterben – an einem Herzinfarkt. Ich legte mich neben sie und hielt ihre Hand.

»Alles wird gut, Chelsea. Du bist jetzt in Sicherheit, ich bin bei dir. Hier kann uns niemand finden, wir sind an unserem Ort, weg von all den schrecklichen Geschehnissen. Ich warte auf dich.« Langsam entspannten sich meine Glieder, mein Atem beruhigte sich, meine Züge wurden weicher und ich merkte, wie ich in den Schlaf glitt.

KAPITEL 27

RICK

Als ich aufwachte, war alles wie vorher. Ich hatte keine Ahnung, wie spät es war und es war mir auch egal. Sofort checkte ich Chelseas Zustand, der zu meiner großen Enttäuschung unverändert war. Vorsichtig gab ich ihr einen Handkuss und legte mich etwas weiter weg von ihr an die Bettkante. Vielleicht brauchte sie Freiraum.

Dann fiel mir etwas ein. Ich ging zum Kleiderschrank und kramte nach etwas, das ich mir vor kurzer Zeit gekauft hatte. Ich hob das etwas in Mitleidenschaft gezogene dicke Buch aus der Sockenschublade. *Die Nebel von Avalon*, ihr Lieblingsbuch. Sie hatte es mir empfohlen, kurz bevor wir uns das erste Mal geküsst hatten. Daraufhin hatte ich es mir gekauft, um die Geschichte zu lesen, weil ich ihr damit imponieren wollte. Allerdings kam ich bislang nicht dazu. Ich schob die Gedanken an alles, was passiert war, weg und schlenderte gemütlich zurück auf die Bettkante. Ich wollte stark sein für Chelsea. Trübsal blasen half dabei nur wenig.

Mit meiner Handfläche wischte ich über das Cover des Buches und schlug es auf. Dann begann ich, es ihr vorzulesen. Dabei ließ ich Chelseas Hand nicht los. Sie sollte meine Anwesenheit und Wärme spüren. Sie sollte ihr Lieblingsbuch hören können.

Das ging mehrere Tage so. Ich blieb Tag und Nacht bei ihr. Ich erzählte ihr von all den schönen Dingen, die wir bisher erlebt hatten. Ich bat Emma, mir eine Flasche Wodka und Cranberry Juice zu kaufen und mixte Chelsea ihren Lieblingsdrink, in der Hoffnung, der Geruch würde sie eher erwachen lassen. Emma erkundigte sich nur rasch über den Zustand ihrer Freundin und gab uns schnell wieder unsere Abgeschiedenheit zurück. Ich spielte ihr Musik vor und streichelte ihre Hand im dazu passenden Takt.

Ihr Anblick löste starke Gefühle in mir aus. Ich liebte sie, sie wusste das. Genauso wusste ich, dass auch sie mich liebte. Doch in all dem Trubel hatten wir keine Chance gehabt, unseren Gefühlen freien Lauf zu lassen. Die Friendzone, die sie eingefordert hatte, um unsere Gefühle zu bändigen und uns auf die Beherrschung ihrer Gabe zu konzentrieren, war unnötig gewesen. Durch all die Schicksalsschläge hatten wir ohnehin keine Zeit für Intimitäten gehabt.

So viele Lügen und Geheimnisse wurden in den vergangenen Tagen aufgedeckt. »Du bist die stärkste Frau, die ich je kennenlernen durfte, Chelsea Stern«, flüsterte ich ihr ins Ohr. Wäre mir all das widerfahren – ich hätte nicht gewusst, in welchem Zustand *ich* mich befunden hätte. Ich nahm ihre Hand.

»Ich bin für dich da. Immer. *Ich liebe dich.*« Sanft gab ich ihr einen Kuss auf die Wange und schloss die Augen. Meine Lippen verweilten auf ihrer Haut. Langsam kullerten meine Tränen über ihr Gesicht. Ich wollte nicht weinen. Ich versprach mir selbst, stark zu sein, doch die Sehnsucht nach ihr war stärker als mein Wille. Gerade, als ich die Tränen von ihrem Antlitz tupfen wollte, schienen sich ihre Lider zu bewegen. Angespannt beobachtete ich ihre Augenpartie. Wie durch ein Wunder fing sie zu blinzeln an und schlug sachte die Lider auf.

Mein Gesicht wandte sich strahlend vor Freude zum Himmel. »Danke, lieber Gott und liebes Universum! Danke, ihr Elfen! Danke euch allen!«, zeigte ich mich bei allen erkenntlich, von denen ich glaubte, sie hätten bei Chelseas Genesung geholfen.

Dann widmete ich meine volle Aufmerksamkeit der Person, die ich liebte und soeben wiedergewonnen hatte. »Danke dir, Rick Empero«, hauchte sie noch schwach und mit kratziger Stimme, bevor ich etwas sagen konnte. Sie lächelte mich an und schaute mir tief in die Augen. Noch nie hatte ich mich jemandem so verbunden gefühlt. »Ich liebe dich auch, Rick«, bezeugte sie und blickte mir noch immer durch meine Augen in meine Seele.

Dass ich so viel Glück nach so vielen Tragödien spüren durfte – damit hatte ich nicht gerechnet. Ich war dankbar. Für ihr Erwachen, für diesen Moment, für alles Schöne, das ich erleben durfte. Außerdem war ich dankbar für die Liebe, die ich erfahren durfte und dafür, dass ich den Verlust meines Onkels so gut verarbeiten konnte. Der Glaube daran, dass er wiedergeboren wird und wir uns in einem anderen Leben wiedersehen würden, half mir dabei. Über die Vergänglichkeit und Endgültigkeit dieses jetzigen Lebens hinauszusehen, half mir, ihn in Liebe loszulassen. Ich hoffte, dass das auch Chelsea mit ihrer Mutter gelingen würde.

CHELSEA

Sachte blinzelte ich mich durch die Helligkeit. In dem Raum, in welchem ich mich befand, herrschte eine warme Lichttemperatur. Dennoch empfand ich sie als grell und blendend. Wie lange war ich weg gewesen? Durch meine schlappen Wimpern konnte ich einen mir vertrauten Umriss erkennen. Rick. Wie sehr sehnte ich mich nach seiner Umarmung. Ich erkannte den Raum, in dem ich mich befand. Sein Zimmer. Unser Zufluchtsort. Mein Herz ging auf bei dem Gedanken, hier zu sein.

»Danke, Rick Empero«, hauchte ich und musste dabei feststellen, dass meine Kehle nach Flüssigkeit lechzte. Eine dumpfe Erinnerung tief in mir drinnen ließ mich kurz darauf etwas sagen, von dem ich mir sicher war, dass es aus meinem Unterbewusstsein kam: »Ich liebe dich auch, Rick.«

Ich wog mich in dem freudigen Ausdruck seines Gesichts, dessen Anblick ich so sehr vermisst hatte.

Dann versuchte ich mich aufzurappeln. Ich wollte ihn umarmen, so lange hatte ich mich danach gesehnt. Wie ein Kleinkind streckte ich meine etwas steifen Arme nach ihm aus. Er rückte näher an mich heran und schlang seine starken, warmen Arme um meinen schwachen Körper. Tief ein- und ausatmend bildete ich mir ein, neue Lebensenergie zu erhalten.

»Wie lange war ich weg?«, fragte ich ihn, noch immer mit trockener Kehle. »Drei unendlich lange Tage«, antwortete er mir. Gut, das hatte ich mir schlimmer vorgestellt. Mein dramatisches Ich rechnete schon mit Knockouts von mehreren Monaten, wenn nicht sogar Jahren. Die Antwort »drei Tage« beruhigte mich auf eine schräge Weise und gab mir das Gefühl, dass nun alles besser werden würde.

»Kann ich etwas zu trinken bekommen?«, bat ich um Schmieressenz für meine staubtrockene Kehle. Er drehte seinen Kopf zu meinem Gesicht und grinste. »Ich hab eine Überraschung für dich.« Er griff zum Nachtkästchen und hob mir ein Glas mit pinkem Inhalt und Strohhalm vor die Nase.

»Nicht dein Ernst!« – »Ist doch dein Lieblingsgetränk«, zwinkerte er. »Ja, schon, aber findest du nicht, dass ich nach dem Erwachen aus einer dreitägigen Komaphase etwas Gesünderes zu mir nehmen sollte? Wasser zum Beispiel?« Ich hob die Augenbrauen übertrieben nach oben, bis er meine pragmatische Bitte verstand. »Klar. Ist für später gedacht«, meinte er peinlich berührt und brachte mich damit zum Schmunzeln. Er holte mir ein großes Glas Wasser, welches ich sofort exte. Immerhin diesem Ritual blieb ich treu.

Ich war froh, dass ich ausgesprochen hatte, was ich fühlte und das L-Wort laut bekundet hatte. Es schien, als wäre nun die finale Barriere zwischen uns weggebrochen. Nun stand uns nichts mehr im Weg. Unsere Liebe hatte freie Fahrt. Ich lächelte ihm in seine wundervollen Augen. Sein Wimpernkranz zierte seine lebhaften Iriden wie ein Rahmen ein realistisch gezeichnetes Bildnis.

Vorsichtig fing er an, die obligatorischen Fragen zu stellen. »Du weißt, wer du bist und wann du geboren wurdest, ja?« Ich verdrehte die Augen und kickte ihm meinen Ellbogen in die Rippen. »Natürlich, sonst wüsste ich doch auch nicht, wer du bist und dass mein Lieblingsgetränk ein Wodka Cranberry ist, oder? Außerdem … wirke ich etwa verwirrt auf dich?« Ich verschränkte die Arme theatralisch und wartete auf seinen Einwand. Er zögerte, bevor er grinsend verkündete: »Nicht mehr als sonst.«

Dann lachte er laut. Ich stimmte mit ein. Wir lachten aus tiefster Seele. Ich spürte, wie gut es mir tat, wie es meine Batterien auflud. Wir lachten, bis uns die Tränen kamen. Einfach so. Und weil es schon viel zu lange her war, als wir das letzte Mal etwas zu lachen hatten.

RICK

Es machte mich unfassbar glücklich, sie wach und lachend in unserem geheimen Raum zu sehen. Ich holte ihr gefühlte zehnmal ein Glas Wasser, wobei es einfacher gewesen wäre, einen Gartenschlauch zu beschaffen. Dann wollte ich unsere Heilerin holen, um ihr zu sagen, dass Chelsea aufgewacht war. Doch Chelsea streckte mir ihren langen Arm entgegen und hielt mich an, zu bleiben. Mit ihren großen, blaugrünen Augen blinzelte sie mich an, wobei sie sich noch immer nicht ganz an das Licht gewöhnt hatte.

»Erzähl mir, was genau passiert ist. Ich will es wissen.« Ich schluckte verhalten. Sie wollte die Details über den Suizid ihrer Mutter erfahren. Obwohl ich wusste, dass die Frage zu hundert Prozent berechtigt war, wollte ich sie ungern beantworten. Chelsea war soeben aus einem mehrtägigen, natürlichen Koma erwacht, da wollte ich sie nicht sofort belasten. Doch ihre Augen fokussierten mich wartend. Sie wusste, dass ich ihrem Blick nicht widerstehen konnte, wenn sie mich so ansah.

»Glaubst du, dass es eine gute Idee ist, jetzt darüber zu reden? Du bist noch keine Stunde wieder bei Bewusstsein«, versuchte ich sie umzustimmen. Daraufhin sagte sie nichts und durchbohrte mich mit ihrem Blick noch tiefer. Ich ließ die Hände hochschwingen, zuckte mit den Achseln und atmete schwer aus. »Wie du willst.«

Ich erzählte ihr, was passiert war, nachdem sie sich mit ihrem Vater weggebeamt hatte. Dass mein Vater versucht hatte, sie zu läutern. Dass Magnus eingeschritten war. Dass die Menge geschockt und untätig zusah. Dass die Situation unwirklich war. Und dann erzählte ich ihr von Claudias letzten Worten, die nur ich hören sollte, um sie Chelsea zu sagen.

Wie zu erwarten war, weinte sich Chelsea die Seele aus dem Leib, während sie sich fest an mich schmiegte. Ich nahm sie liebevoll in meine Arme und versuchte, ihr eine Stütze zu sein, so gut ich konnte. Prinzipiell erachtete ich es als positiv, dass sie weinte. Die Emotionen flossen, das war besser als ein gefühlskaltes Nicken. Mit verwischtem Augen-Make-up und einer nassen Wange schaute sie zu mir hoch. »Danke«, schluchzte sie und heulte noch mehr.

Als sie sich beruhigt hatte, versiegten auch ihre Tränen. Sie rappelte sich auf und ich strich mir schnell eine kleine Träne von der Wange. *Stark sein, Rick,* motivierte ich mich mental. Ich lächelte sie an und nahm ihr Gesicht in meine Hände. Bewusst wartete ich, bis sie das Wort erhob, denn ich wollte ihr Zeit lassen.

»Ich habe sie losgelassen«, sagte sie. »Ich habe sie beide in Liebe losgelassen.« Ohne etwas zu sagen, blickte ich sie an und hörte ihr aufmerksam zu. »Es tut gut. Ich habe es akzeptiert. Meine Mutter habe ich an die Rache verloren und mein Vater bekleidet bestimmt schon wieder sein Amt als Vorstandsvorsitzender der Plochinten. Sie ist tot und er weiterhin böse. Ich habe es akzeptiert und vergebe den beiden. Trotz all der Dinge, die sie taten, liebe ich sie. Ich werde sie gehen lassen und mein eigenes Leben führen.«

Dass ihr Vater überlebt hatte, erfuhr ich erst jetzt. Mit meinen Händen, die ihr Gesicht umfassten, zog ich sie sanft zu mir, ganz nah zu meinen Augen. »Ich bin stolz auf dich. Stolz darauf, dass du in Liebe loslassen konntest und beginnst, diese Situation heilsam zu verarbeiten.« Ihre wunderschönen Augen strahlten mir freudig entgegen, sodass ich wohl richtig angenommen hatte, dass sie sich über meine Worte freute. Ich wollte diese Blicke nicht mehr missen.

»Wenn du jetzt dein eigenes Leben lebst …«, setzte ich an »hoffe ich doch sehr, dass du einen Typen namens Rick Empero eingeplant hast.« Mit herausforderndem Blick wartete ich ihre Reaktion ab. Wir hatten seither nicht die Zeit gehabt, darüber zu reden, wie es mit uns weitergehen sollte. Und offiziell war die Friendzone noch nicht revidiert. Ich spürte, wie ich nervös auf meiner Innenlippe kaute. Doch dann lächelte sie und schaute mich noch herausfordernder an.

»Ist eingeplant«, flüsterte sie beinahe unmerklich und fügte an: »Nicht nur als Freund. Du bist viel mehr als das, das wissen wir beide.« Eine rosige Röte färbte ihre Wangen und ließ sie schüchtern auf die Laken blicken.

Ihre Worte berührten mich so sehr, dass ich die Zurückhaltung wegwarf, meine Hände um ihr weiches Gesicht legte und meine Lippen dankbar auf ihre legte. Es fühlte sich an, als hätte man mir mein einziges, fehlendes Puzzleteil zurückgegeben. Langsam öffneten wir unsere Lippen und tasteten uns im Mund des anderen vor. Wir küssten uns so innig und leidenschaftlich wie damals in genau diesem Zimmer. Ich hatte sie so vermisst!

Gerade, als sie den Drive hatte, den ich schon kannte und von dem ich wusste, was er bedeutete, war *ich* derjenige, der sie davon abhielt, weiterzumachen. Sanft schob ich sie von mir weg. Dabei guckte sie mich verwirrt an und zog die Augenbrauen zusammen.

»Du brauchst erst mal was zu essen. Du solltest dich erden, anstatt dich sofort wieder zu verausgaben.« Bei den letzten Worten konnte ich mir ein Schmunzeln nicht verkneifen. Sie bemerkte es und kräuselte wissend die Lippen. »Außerdem wäre es kein Fehler, den anderen Bescheid zu geben, dass du wieder da bist.« Sie biss sich auf die Lippe und nickte. Dabei knurrte ihr Magen.

»Ha! Da hast du's! Ich kenn dich wohl schon besser, als du dich selbst«, scherzte ich, während ich sie vom Bett hochhob und ihr den Stapel frischer Kleidung entgegenstreckte, den ich erst gestern aus ihrem Zuhause geholt hatte. In plagenden fünfzehn Minuten, in denen ich sie alleine gelassen hatte, während mein Vater vertretend ein Auge auf sie geworfen hatte. Blieb nur zu hoffen, dass Chelsea mein Styling gefiel. Doch als ich ihr den Stapel in die Hand drückte, würdigte sie mich lediglich eines schwachen Blickes, den ich als *nice try, Rick* deutete.

»Na ja, drei von zehn Punkten kann ich dir für diese Outfitzusammenstellung schon geben«, bewertete sie meine Modekompetenz. Ich prustete los. »Du spinnst wohl! Das ist mindestens eine acht von zehn!«, protestierte ich. Die ausgewaschene Jeans war hoch geschnitten und hatte vorne zerrissene Details. Das Top bestand aus Kaschmir, war weiß und hatte einen Rollkragen. Die ausgesuchten Stiefel waren schwarz und hatten einen Absatz, der schwarz glänzte. Sogar an Socken und Unterwäsche hatte ich gedacht. So verkehrt fand ich den Look nicht. An meinem nachdenklichen Blick musste sie erkannt haben, dass ich ihr Outfit noch mal gedanklich durchging. Dann fasste sie mich an den Händen, gab mir einen Kuss auf den Mund und meinte: »Ich mach doch nur Spaß. Sieht echt gut aus, was du da zusammengewürfelt hast.« Gerade als ich ihren Kuss erwidern wollte, schwankte sie auf die Seite.

Ernst blickte ich ihr in die Augen, während ich sie vom Fallen abhielt und mit meinen Armen ins Gleichgewicht holte. »Essen. Jetzt«, befahl ich und zog sie aus unserem geheimen Zufluchtsort, der mittlerweile wohl gar nicht mehr so geheim war. Emma und die Heilerin Doreen wussten davon und auch mein Vater. Dennoch hatte nur ich den Schlüssel für diesen Ort, was mich erheblich beruhigte. Unser Ort war sicher.

KAPITEL 28

CHELSEA

Es rührte mich, wie sehr sich Rick während meines Knockouts um mich gekümmert hatte. Doch meine anschmachtenden Gedanken wurden laut und deutlich von den elementaren Bedürfnissen meines Körpers überwältigt. Ich hatte ein regelrechtes Loch im Bauch. Zumindest fühlte es sich so an. Außerdem musste ich dringend aufs WC. Etwas Make-up hätte meinem Äußeren auch nicht geschadet. Aber alles der Reihe nach.

Mein Harndrangproblem löste ich als Erstes und verschwand im Bad von Ricks geheimem Zimmer. Danach führte er mich an der Hand durch den langen, geheimen Tunnel zu der Tür bei den Trainingshallen. »Bereit?«, überprüfte er meinen Zustand und öffnete die Tür, nachdem ich entschlossen nickte. Wir traten hinaus, während wir die herabhängenden Pflanzen von den Wänden zur Seite schoben. Gut, hier waren nur einige wenige Mitglieder des Elbenkreisels beim Trainieren und diese waren zu beschäftigt, um uns eines Blickes zu würdigen. Wir schlichen uns förmlich an der Wand entlang zur Tür, die zum futuristischen Gang und weiter in die Elbenkreiselhalle führte.

Im Gang angekommen, rüttelte ich Rick am Arm. »Wieso beamen wir uns nicht einfach?«, fragte ich unverblümt. Sichtlich belustigt antwortete er: »Weil du noch nicht fit genug bist natürlich. Zuerst musst du dich erden. Das will wohl nicht in deinen Kopf, hm? Du lagst im Koma, muss ich dich tatsächlich daran erinnern?« Er legte den Kopf schief und verschränkte mahnend die Arme. Ich verdrehte die Augen. Wie ich es hasste, wenn er recht behielt. Es war wohl kaum die beste Idee, meine soeben zurückgewonnene Lebensenergie in kleine Lichtbällchen zu transformieren. Meine Mimik war offenbar ausdrucksstark genug, denn er nahm mich erneut an der Hand und zog mich rechthaberisch durch den Gang.

Für den Moment ließ ich ihm seinen Triumph. Er würde es noch bitter bereuen, mir etwas zu essen gegeben und mich wieder stark und fit gemacht zu haben. Doch als wir die große Halle des Elbenkreisels betraten, wurde mir schnell bewusst, dass meine Gelüste nach etwas Essbarem wohl nicht so schnell gestillt werden würden.

Zugegebenermaßen bekam ich nur die Hälfte von all dem mit, was geschah. Leute trudelten aus allen Ecken herbei, erkundigten sich nach mir, meinem Zustand, beglückwünschten mich, sprachen ihr Beileid aus und stellten noch andere Fragen, die ich weder aufnehmen noch beantworten konnte. Rick versuchte mich wie ein Bodyguard vor dem Trubel abzuschotten. Doch dies gelang erst, als eine altbekannte Stimme durch die Halle echote. Magnus.

Ich lächelte. Den weisen, alten Mann zu sehen, fühlte sich ein bisschen wie heimkommen an. Denn ein Zuhause wie bis vor Kurzem hatte ich nicht mehr. Magnus' alte, sanfte Stimme schob die wehklagenden Gedanken über den Verlust meiner Mutter beiseite. »Wie geht es dir, mein Kind? Ach, es erfreut mein Herz, dich wohlauf zu sehen. Dein Anblick lässt die Sonne gleich viel heller strahlen.«

Mit offenen Armen rannte ich zu ihm und umarmte ihn fest. Ich brauchte Umarmungen. Heute mehr denn je. Ich würde die ganze Welt umarmen, wenn es sein musste. Umarmungen gaben mir Kraft. Sie fühlten sich nach Verbundenheit an. Nach Sicherheit und Beistand. Nach Gemeinschaft.

Umarmungen retteten mich vor meiner Furcht vor Einsamkeit. Vor einem verlassenen Zuhause, welches ich vorfinden würde, wenn ich in unser Haus zurückkehrte. Vor der Erkenntnis, eine Waise zu sein – zumindest theoretisch, da ich meinen Vater nicht als ernstzunehmendes Elternteil ansehen konnte.

Magnus musste meine Ängste gespürt haben, denn fast unmerklich beugte er sich näher zu mir und flüsterte mir ins Ohr: »Du bist so stark, Chelsea Stern. Deine Bestimmung ist außergewöhnlich. *Du* bist außergewöhnlich. Vergiss das nie.«

In diesem Moment verstand ich nicht, was er mir damit sagen wollte, freute mich jedoch über jedes einzelne seiner Worte. Sie bauten mich auf und gaben mir Kraft. Ich fühlte mich schon viel stärker. »Ich danke dir, Magnus.« Lediglich durch Blicke führten wir eine kurze Konversation, die ihn dazu brachte, uns zum Lift zu führen und die neugierige Menge auf später zu vertrösten. »Ich wünsche euch ein ausgiebiges Mahl«, verabschiedete er sich und blieb lächelnd in der Halle des Elbenkreisels stehen, als Rick und ich mit dem Aufzug in Magnus' Wohnzimmer und zeitgleich zurück in die Welt fuhren.

Ich war aufgeregt wie ein Kleinkind im Disneyland. »Gehen wir ins Shakespeare's Head?«, fragte ich überbegeistert, doch Rick schüttelte ernüchternd den Kopf. »Die Plochinten wissen, dass wir *immer* dort sind. Wir gehen an einen neuen Ort, unweit von hier. Kennst du die Kensington Crêperie? Die ist gleich ums Eck.« Obwohl ich mich nach Fish and Chips und der bierbesudelten Polsterung im Shakespeare's Head sehnte, war mir momentan alles recht, was auch nur in minimalster Form mit einem bevorstehenden Foodkoma zu tun hatte. *Super Wortwitz, Chelsea,* lobte mich mein sarkastisches Ich für meine schwarzhumoristische Wortwahl. Mein Sarkasmus war zurück. Ich war schon fast wieder die Alte.

In der Crêperie bestellte Rick die halbe Karte für uns. Nicht nur ich war hungrig wie ein Tier auf Beutejagd, sondern auch er hatte all die Tage wenig bis nichts gegessen, um bei mir zu sein. Eigentlich hätte ich ihn dafür schimpfen sollen, doch diese Selbstlosigkeit rührte mich bis in die hinterste Zelle meines Herzens. Ich war ihm so dankbar. Ihn anschmachtend, genoss ich mein Crêpe mit Fetakäse und Spinat. Danach jenes mit Speck, Ei und Zwiebeln.

Und am Ende gab es den Klassiker, den wir bestellen mussten: Crêpe mit Nutella. Weil mir die Haselnussnougatmasse förmlich auf der Zunge zerging, bestellte Rick mir Nachschub. Nachschub war wohl das richtige Wort für die Raubtierfütterung, die hier vonstattenging. Doch sie wirkte. Ich fühlte mich wie neugeboren – wenn ich auch meine Hose öffnen musste, um für meinen Magen Platz zum Verdauen zu schaffen.

Rick lachte mich lediglich aus, als ich meinen Hosenknopf öffnete und verschränkte süffisant die Hände hinter seinem Kopf. »Bist du satt oder geht noch ein Crêpe Suzette?«, witzelte er provokant. Ich streckte ihm meine Zunge entgegen und enthielt mich jeglichen Kommentars. Mein Bauch war ohnehin zu voll, um schlagfertig zu sein.

»Boah, gib mir fünf Minuten«, ächzte ich. Das brachte ihn lediglich noch mehr zum Lachen. »Das bekommst du alles zurück, du schadenfroher Blödmann«, schimpfte mein an Energie gewinnendes Wesen, ohne es böse zu meinen. Entspannt lehnte ich mich zurück und verzahnte meine Finger auf meinem Bauch, als ein plötzlich aufkommender Gedanke meine Verdauungsphase unterbrach.

Plötzlich schnellte sie hoch, starrte mich wie eine aufgezogene Marionette an und rief: »Rick! Das Serum!« Das hatte ich schon fast vergessen. Es war in Sicherheit. Zumindest hoffte ich, dass es niemand ausfindig machen konnte. Es zu zerstören würde eine viel schwierigere Aufgabe werden, als es zu verstecken.

Ich erlöste Chelsea von ihrem Schrecken und bekundete: »Ich weiß, wo es liegt. Nachdem du weg warst, habe ich es gesucht und gefunden. Doch das Versteck ist gut. Das Serum ist in Sicherheit.« Zufrieden zog ich meine Mundwinkel zu meinen Wangenknochen und nickte dabei leicht.

Doch Chelsea blieb entsetzt und angespannt. »So gut kann das Versteck nicht sein, wenn du es ohne große Mühen aufspüren konntest«, konterte sie. Erst als sie diese Worte aussprach, wurde mir bewusst, dass sie eigentlich recht hatte. Es dauerte ihr wohl zu lange, um auf eine Reaktion von mir zu warten, denn sie sprang auf und kommandierte mich zum Ausgang. »Wir müssen los. Wenn ich sage, dass das Schicksal der Menschheit davon abhängt, übertreibe ich nicht mal.« Wieder voller Energie huschte sie zur Tür, während ich am Tresen noch schnell die Karte über den Scanner zog, um unsere Rechnung zu begleichen. Dann wirbelte ich ihr nach – zurück zum Elbenkreisel.

Als wir an Magnus' Tür klopften, durften wir uns über eine Überraschung freuen. »Em!«, rief Chelsea entzückt, sprang auf ihre Freundin zu und umarmte sie heftig. Ein dumpfer Anflug von Eifersucht erfasste mich. Bei mir hatte sie nicht so glücklich reagiert. *Aber bei dir war sie auch noch nicht wieder voller Energie*, argumentierte mein inneres Ich. Diese Tatsache beruhigte mich weitestgehend, sodass auch ich meine Aufmerksamkeit Emma schenken konnte.

»Hi Em, schön, dich zu sehen«, begrüßte ich sie und meinte es so. Wir betraten Magnus' Haus und gingen in Richtung

Küche. »Wieso bist du denn hier?«, fragte ich neugierig. »Ehrlich gesagt bin ich selbst erst gekommen. Ich wollte etwas trainieren, habe eine Einheit mit deinem Dad. Magnus ist oben, er verschlingt wohl wieder ein Buch«, erklärte sie ausführlich.

»Oh Chelsea, ich muss dir ja so viel erzählen! Bin ich froh, dass du heil aus dem Koma erwacht und wieder ganz die Alte bist. Wir haben uns große Sorgen gemacht. In der Uni war einiges los. In griechischer Mythologie sind wir bereits bei der Medusa. Du hast viel verpasst, aber ich hab ordentliche Notizen gemacht und mich darum gekümmert, dass du alle Materialien erhältst. Du solltest also durchkommen durchs Semester«, quasselte sie in sprudelnder Manier. Chelsea bedankte sich für ihre Bemühungen und umarmte ihre Freundin erneut, bevor sie Emma von sich wegschob. Hach, ich kannte diesen Move. Das hieß nie etwas Gutes.

Emma guckte wie ein verdattertes Huhn auf Chelseas Hand zwischen ihrem und dem Brustkorb ihrer Freundin. »Ich muss noch dringend etwas erledigen«, gestand Chelsea offen. »Können wir unser Coffee Date auf später verschieben?« Dabei biss sie sich auf die Lippe, zog sie bewusst hervor, um sie größer wirken zu lassen, spitzte ihren Mund, weitete ihre Augen wie ein aufgescheuchtes Reh und wartete auf eine Reaktion. Innerlich kicherte ich. Sie wusste haargenau, wie sie bekommt, was sie wollte.

»Klar, Chelsea, kein Problem. Ruf mich einfach an, wenn du Zeit hast und mach dir bloß keinen Stress. Du bist noch nicht lange zurück, lass es ruhig angehen, okay?«, lenkte Emma fürsorglich ein, während sie sich auf das schmuddelige Sofa von Magnus fallen ließ und sanft lächelte. Ihr blondes Haar hob sich dabei leicht und ließ sie wie eine zarte Fee erscheinen. »Ich danke dir, meine Freundin.« Chelsea drückte Emmas Hand, nickte kurz, fasste mich am Arm und machte dann auf dem Absatz kehrt, um zum Aufzug zu gehen.

Im Elbenkreisel kehrte allmählich Ruhe ein. Wir fühlten uns zwar immer noch wie von Paparazzi verfolgte Stars, doch wir verurteilten die Elbenkreisler nicht dafür. Es war nur natürlich, dass sie Neugierde zeigten und im Grunde sogar rührend, dass alle Interesse an Chelseas Zustand bekundeten. Als wir die große Halle betraten, die heute in hellem, goldenem Licht erstrahlte, als würde sie selbst Chelseas Auferstehung feiern, fielen erneut alle Blicke auf uns. Doch anders als vorher stürmte niemand auf uns zu. Man könnte es besser als neugieriges Registrieren bezeichnen. Unauffällig versuchten wir, uns in jenen Teil der Halle zu begeben, der das Serum barg. Allmählich ließen die Blicke von uns ab und jeder ging erneut seinen Tätigkeiten nach.

Chelsea kannte die Stelle offenbar noch genau, während ich Mühe hatte, mich zu orientieren. Für mich sah die Wand mit den Hängepflanzen an jeder Stelle gleich aus. Darum beschloss ich, mich nützlich zu machen und meiner Freundin Deckung zu geben.

CHELSEA

Rick gab mir Deckung, als ich mich zu der kleinen Einbuchtung in der hellen Steinwand bückte und meinen Arm suchend tapsen ließ. Er musste das Virus noch weiter in die kleine Höhle geschoben haben, denn ich ergriff das Serum zirka dreißig Zentimeter tief in der Einbuchtung. Vorsichtig zog ich es heraus und schob die kleinen Röhrchen schnell unter meine Jacke, sodass sie niemand zu Gesicht bekommen konnte.

Erwartungsvoll blickte ich Rick an und musste feststellen, dass er selbiges tat. Gut. Er wusste also genauso wenig, was wir mit diesem Gift nun anstellen sollten. »Möchtest du deinen Vater einweihen? Oder Magnus?« Er schüttelte heftig den Kopf. »Bloß nicht. Die entwickeln nur jahrelang auszuarbeitende Strategien zur Vernichtung dieser Dinger.«

Da wir keine Ahnung hatten, wie wir dieses Serum vernichten konnten und niemanden kannten, der auf diesem Gebiet genügend Expertise besaß, um uns zu helfen, blieb uns lediglich die Möglichkeit, es zu verstecken. Irgendwo, wo es mit hundertprozentiger Sicherheit niemand finden konnte. Irgendwo, wo es nicht zu heiß werden konnte. Der Elbenkreisel wäre dafür ein geeigneter Ort. Ich ließ entspannt meine Gedanken segeln – in der Hoffnung, ich würde eine Eingebung erhalten.

Erst jetzt registrierte ich das wunderschöne Wetter. Ich fühlte mich wohl und sonnte mich in der Wärme und Herzlichkeit der Lichtreflexe. Schon lange hatte ich mich keinem Moment mehr so hingegeben.

»Mein Zimmer«, warf Rick ein und riss mich aus meiner kurzen Quality time. »Hm?«, bat ich ihn mit sarkastischem Unterton um etwas mehr Kontext. Den wortkargen Rick hatten wir wohl hoffentlich hinter uns. »Mein Zimmer. Unser Zimmer. Der geheime Raum. *Dort* könnten wir das Serum verstecken«, fügte er die nötigen Infos hinzu, die ich brauchte, um seine Gedanken zu verstehen. Meine Gesichtszüge zogen sich gen Himmel und meine Augen strahlten ihn freudig an. Ich stand auf und stellte mich dicht vor ihn.

»Du bist ein Genie, Rick Empero!«, gab ich offen zu und lächelte ihn feurig an. Schnell küsste ich ihn auf den Mund und versuchte zeitgleich, dem Drang, ihn leidenschaftlicher zu küssen, zu widerstehen. Dann hakte ich meinen Arm bei ihm ein, um mich von seinem umwerfenden Gesicht abwenden zu können. Sein Geruch nach Zedernholz durchzog meine Sinne und brachte mich etwas aus der Fassung. Huch, *nun* war ich wohl wirklich wieder ganz die Alte. Mit all meinen Hormonen.

»Dann los, bringen wir das todbringende Elixier in Sicherheit«, flüsterte ich und marschierte mit ihm so unauffällig wie nur irgendwie möglich in die Richtung der Trainingshallen. Dabei leuchtete uns die Sonne den Weg und ließ das Türkis des Elbenkreisels fast hellblau erscheinen. Ich liebte diesen Ort.

KAPITEL 29

CHELSEA

Wir schafften es ohne größeres Aufsehen zu Ricks geheimem Zimmer. Diesen Ort liebte ich ebenso. Die beige Decke harmonierte perfekt mit den moosgrünen Wänden und dem hellen Parkettboden. Das warme Licht der Lampen ließ mich glauben, ich sei in einem Elfenwald. Tief ausatmend ließ ich mich auf seine lindgrüne Bettwäsche fallen. In diesem Boxspringbett hatte ich mehrere Tage gelegen. Ein bisschen glaubte ich sogar daran, dass mich diese Atmosphäre hier schneller zurückkommen ließ.

Neugierig blickte ich zu Rick hoch, weil er sich nicht rührte. »Was ist?«, wollte ich ungeduldig wissen. »Du genießt die Annehmlichkeiten des Bettes – mit einem tödlichen Virus in den Händen?« Gekonnt zog er seine Augenbraue hoch und verschränkte mahnend die Arme. Huch, da war ja was. Fast vergessen. Ich sollte ja noch die Welt retten, bevor ich mich entspannte. Süffisant lächelnd richtete ich mich auf, trat dicht an ihn heran und konterte: »Pausen gehören zum Arbeiten dazu. Das wusste schon Einstein.«

Schmunzelnd drehte er sich um und ging zu seinem Kleiderschrank links im Raum. »Sollen wir das Serum hier drin verstecken?« – »Da ohnehin nur du den Schlüssel für diesen Raum besitzt, könnte dieses Versteck schon reichen, aber gibt es vielleicht ein kleines Fach in diesem Schrank? Es zu deinen Sneakers zu stellen, finde ich recht ungalant.« Er kniete sich hin und schob die unterste Schublade raus. Sie war gerade hoch genug, um die Reagenzgläschen reinstellen zu können. Ich sprang auf und kniete mich neben ihn. »Perfekt. Hier werden wir sie verstecken.« Ich schob das tödliche Virus ins hinterste Eck der Schublade und schloss sie vorsichtig. Dann drehte ich mich zu meinem Freund.

»Sehr schön. Also kann ich jetzt endlich unter die Dusche springen?« Rick lachte amüsiert, während ich schon ins Bad verschwand, um all die Lasten von mir zu waschen, die seit mehreren Tagen an mir hafteten. Ich genoss es. Das warme Wasser schmiegte sich sanft an meine Haut und schenkte mir ein wohliges Gefühl. Ich stellte mir vor, wie mich das warme Nass reinwusch und meine Zellen erneuerte. Als ich aus der Dusche trat, fühlte ich mich wie gesalbt und neu geboren. Wow, tat das gut! Mein Gesicht war frei von den verklebten Schminkrückständen, mein Haar frisch und leicht vom Pfefferminzshampoo und mein Körper eingecremt. Ich trat vor den Spiegel und lächelte mich an. Das brauchte ich jetzt. Selbstliebe und Selbstachtung. *Ich bin stolz auf dich, Chelsea,* murmelte ich mir zu. Dann föhnte ich mein Haar.

Wie Jesus nach der Auferstehung trat ich aus dem Bad in Ricks Zimmer. Jetzt war ich wieder voll da. »Können wir uns nun auf uns konzentrieren?«, grinste ich ihn an. Er hatte es sich auf dem Bett gemütlich gemacht. Ich kniete mich auf sein Bett, schob ganz leicht meine Knie näher zu ihm und küsste ihn auf seine weichen Lippen, während ich sein markantes Gesicht in meinen Händen hielt. Sein Zedernholzgeruch verführte meine Sinne und ich wog mich in seiner Berührung. Das Leben konnte doch so schön sein, wenn man die kleinen Dinge genoss und nicht nach Geld und Macht strebte. Dieser Gedanke galt heimlich meinem Vater und kickte mich leider aus meiner Genuss- und Wohlfühlzone.

Sanft schob ich mich von Rick weg, unterbrach den Kuss und berührte ihn am Unterarm. Mit meinem Daumen strich ich über die Worte, die er sich für immer auf seine Haut hatte tätowieren lassen. »Das hat wohl nicht so funktioniert wie erhofft, hm?«, murmelte ich nachdenklich. Ich erkannte, wie er das Geschehene vor seinen Augen Revue passieren ließ und vermutete, woran er dachte: Mein Vater fungierte noch immer als Wurzel des Bösen und meine Mutter, die auch schlimme Dinge getan hatte, war gestorben, obwohl sie ihr Leben lang zu den Guten gehört hatte.

Die kurze Zusammenfassung traf mich härter als erwartet. Ganz augenscheinlich hatte ich noch nicht alles Geschehene verarbeitet. Schweren Herzens wurde mir bewusst, dass ich wohl noch länger brauchen würde, um den Tod meiner Mutter und die Machenschaften meines Vaters akzeptieren zu können. Würde ich es jemals können?

Mit seinem Zeigefinger hob Rick mein Kinn zu sich hoch und bemerkte, dass eine Träne über meine Wange schlich. Sanft küsste er sie weg und blinzelte mir mit seinen vertrauten, grünen Augen entgegen.

»Das Gute wird immer siegen. Im Großen und Ganzen gesehen wird es das. Obwohl du vielleicht jemanden gerettet hast, der böse ist. Dennoch ist er dein Vater und ein Mensch. Und Menschen zu retten, ist etwas Gutes. Deine Mutter konnte mit ihrer Gewalttat und der Erkenntnis, dich verletzt zu haben, nicht umgehen und hat für sich entschieden, zu gehen. Doch du weißt, dass wir uns dort oben alle wiedersehen werden. Unser Dasein besteht aus mehreren Leben. Ein Ende ist nie endgültig. Außerdem stehst du gerade vor mir, also hat das Gute gesiegt.« Er versuchte mich mit seinem Lächeln aufzuheitern. Es gelang nur mäßig.

Ein Ende ist nie endgültig, weissagte er. Er hatte recht und das machte mich glücklich und besorgt zugleich. Das hieß einerseits, dass ich meine Mom in einem anderen Leben wiedersehen würde. Andererseits hieß es, dass ich mich noch mit den Übeltaten meines Vaters auseinandersetzen musste. In diesem und vielleicht in einem nächsten Leben.

Ich hatte schon Bücher darüber gelesen und wusste, wie man diese Situation nannte: *Karma begleichen*. Wenn ich die Sache in diesem Leben nicht ausbügelte, würde ich das sogenannte »Päckchen« mit ins nächste Leben nehmen. Den Unsinn wollte ich keineswegs nochmal aufrollen, so viel stand fest. Im Gegenteil: In meinem nächsten Leben wollte ich ein rundum glückliches Leben mit Rick führen, in einer Finca in Spanien am Meer. *D'accord?*, fragte ich geistig nach oben, um meinen Wunsch ans Universum zu richten.

Ich wollte Rick mit meinem Gedanken über Karma nicht beunruhigen, darum lächelte ich ihn dankbar an. In den letzten Wochen hatte er viel mitgemacht und es tat mir leid, ihn in meine leidige Familienstory hineingezogen zu haben. Doch er verstand es.

Er sah, dass es mir das Herz brach, als mich meine Mom allein zurückließ. Allein mit meiner Gabe, allein mit meinem Vater, allein mit mir und meinem Leben. Allerdings hatte ich auch erkannt, dass ich nicht mehr die Tochter war, die ihre Mutter brauchte. Gebraucht hatte ich sie als Kind und als Teenagerin. Jetzt aber war ich eine junge, erwachsene Frau und sehr wohl dazu fähig, mein Leben selbst in die Hand zu nehmen. Natürlich hätte ich sie gerne dabeigehabt. Doch im Leben lief nicht immer alles so, wie man es sich ausmalte.

Ich akzeptierte ihre Entscheidung. Ich liebte sie und ließ sie frei. Außerdem stellte ich mir vor, dass sie über mich wachte und irgendwo herumschwebte und auf mich aufpasste. Sie war nicht fort, nur ihr Körper war das. Diesen Gedanken konnte ich dank der Gabe der Teleportation wohl besser verstehen als viele andere. Ein Körper war wandelbar, transportierbar, eine wahrnehmbare Erscheinungsform. Er war unsere Hülle.

Die Seele hatte ihn sich ausgesucht, konnte aber auch ohne ihn leben. Alle Seelen schwirrten dort oben irgendwo. Auch jene meiner Mutter. Die Seelen, die sich dazu entschieden hatten, auf der Erde zu leben, hatten sich Körper gesucht, um erkennbar zu werden. Der Körper war nur Materie, die Seele machte uns aus.

Dieses Bewusstsein half mir, weiterzumachen. Ich wollte Gutes tun. Ich wollte meiner Bestimmung nachgehen und die Welt auf eine höhere Bewusstseinsebene bringen. Ich wollte dabei sein und mithelfen, die Erde in eine neue Zeit zu führen, gefüllt mit Liebe.

Doch eins nahm ich mir vor allem anderen vor: *Ich würde diejenige sein, die Joe Stern zum Sinneswandel brächte.* Ich spürte, dass die Geschichte mit meinem Vater noch nicht vorbei war. Ich hatte alles erfahren und er wusste von meiner Gabe. Da konnte ich ihn gleich zum Konvertieren bringen. Doch zuerst musste ich meine Gabe beherrschen lernen. Richtig. Nicht durch Zufall oder Glück, wie ich es bisher tat. Ich wollte meine Gabe mit konzentriertem und zielgerichtetem Geist beherrschen und meinen Vater, Joe Stern, zu einem besseren Menschen machen.

Das verstand ich als *MEINE* Bestimmung.

Ich spürte Feuer in mir auflodern. Pure Energie und Willenskraft durchfuhren meinen Körper. Die Leidenschaft war zurück. ICH war zurück. Nun zu tausend Prozent.

Ich hatte ein Ziel und dieses zu erreichen, wollte ich zu meiner Lebensaufgabe machen. Wenn mein Vater einer von den Guten werden würde, schwächte das die Plochinten dermaßen, dass wir sie im Idealfall gänzlich unschädlich machen konnten. Dann würde die Welt ein Ort ohne organisiertes Verbrechen werden und wäre damit viel besser. Sie wäre ein Ort in einer fünfdimensionalen Schwingung.

Ich erkannte, welches Glück diesen Planeten erreichen könnte, wenn ich mein Vorhaben erfolgreich umsetzte. Der Gedanke an eine heile Welt gab mir Kraft und Energie, sodass ich mich richtig auf die Erfüllung meiner Bestimmung freute. Und wenn es ein Leben lang dauern würde: Das war meine Mission.

Ich schmunzelte und strahlte Rick mit entschlossenem Blick an. »Du hast einen Plan, oder?«, fragte er wohlwissend. »Jap«, antwortete ich beherzt, fuhr mit meiner Hand in seinen Nacken, drückte ihn an mich, grub meine Finger in sein Haar und küsste ihn leidenschaftlich, als gäbe es kein Morgen.

ENDE

NACHWORT

Vom Drang zu inspirieren.

Ich wollte immer eine berühmte Moderatorin werden, doch boten sich mir nie die richtigen Chancen zum richtigen Zeitpunkt. Ich wollte immer als Sprachrohr fungieren und Wissen vermitteln. Ich wollte viele Menschen inspirieren und eine Motivation für andere sein.

Ich erkannte ein Jahr, nachdem ich alles aufgegeben hatte und die Sparte beruflich wechselte, was eine Moderatorin wirklich macht: Sie sagt, was ihr gesagt wird. Sie moderiert, was zu moderieren ist. Da geht es weder um ihre persönliche Meinung noch um ihre eigene Botschaft. Vielleicht hatte ich deshalb nie eine Chance in dem Business. Ich war dafür eindeutig zu selbstbestimmt und ließ mir auch nicht sehr gerne sagen, was ich zu tun oder gar zu sagen hatte.

Wie es das Schicksal so wollte, habe ich mein Hobby – das Schreiben – welches ich schon mit 14 Jahren ausübte, wieder begonnen. Eines Tages überkam es mich einfach. Ich setzte mich an meinen Laptop und schrieb. Es sprudelte nur so aus mir heraus. Ich bekam musische Eingebungen von oben, wie mir schien, und eine Geschichte bildete sich in meinem Kopf, die – wie ich denke – den Zeitgeist unserer Gesellschaft trifft.

Wir alle wollen besonders sein und haben jedoch Angst, damit umzugehen – das Besondere zu beherrschen. Immer mehr Menschen erleben spirituelle Ereignisse, träumen realer, werden empfänglicher für Sanftheit. Nicht umsonst stellen zahlreiche Leute derzeit ihre Ernährung um, lesen Bücher über Achtsamkeit, die Macht der gedanklichen Anziehung oder Bewusstseinsdenken, machen Yoga, lechzen nach Kontakt mit der Natur oder befassen sich mit der Gesundheit ihres Darms.

Unser Bewusstsein ändert sich. Dadurch sind wir empfänglicher für Dinge, die wir früher vielleicht nicht für möglich gehalten hätten. Für das Magische im alltäglichen Leben. Für unsere Gaben und Fähigkeiten. Und davon haben wir alle sehr viele. Wir müssen sie nur zulassen.

Immer häufiger hören wir auf unsere Intuition. Und die ist der Schlüssel zu den Gaben, die in uns stecken. Man muss sie lediglich erkennen und fühlen.

Es ist die Bestimmung der neuen Zeit, dass wir unsere Gaben erkennen und zum Wohle aller einsetzen.

Hass, Gier, Rachedurst und Gewalt – diese Dinge existieren leider, doch wir haben es immer noch selbst in der Hand, für welchen Weg wir uns entscheiden. Der Weg der Liebe und Vergebung ist vielleicht nicht immer der einfachste, aber jener, der für die Seele am besten ist.

Clarissa hat sich für den einfachen Weg entschieden und es nicht geschafft, zu vergeben. Doch dadurch hat sie ein Karma produziert, welches sie in einem ihrer nächsten Leben ausgleichen wird.

Entscheidet euch für den Weg der Liebe und versucht, euch in euer Gegenüber hineinzuversetzen. Warum tut diese Person bestimmte Dinge? Warum reagiert sie auf bestimmte Situationen mit Gewalt oder Aggression? Schon oft habe ich erlebt, dass ich in Personen etwas triggere beziehungsweise auslöse, ohne es absichtlich zu tun. Es liegt an jedem von uns selbst, wie wir auf Situationen re-agieren. Wenn wir in einer Situation, in der wir mit Aggression konfrontiert werden, mit Aggression re-agieren, wird sie ausarten. Reagieren wir mit Liebe, kann sie heilen.

Ein bisschen sind wir alle wie Spiegel. Unser Tun spiegelt sich. Der Spruch »Es kommt einem alles im Leben zurück« ist gar nicht so unwahr. Da ist es doch clever, immer aus Intuition und Liebe heraus zu handeln und nicht gleich zu verurteilen, sondern mit Toleranz und Gelassenheit an die Dinge heranzugehen. Wenn wir so leben, kann nur Gutes zurückkommen.

Dieses Bewusstsein will ich mit der Welt teilen – will ich mit euch teilen. Und das ginge wohl kaum mittels Moderation in einer Comedyshow, hm? Durch das Aufschreiben meiner eigenen Gedanken kann ich als Sprachrohr fungieren und inspirieren. Und das ist das Allerschönste für mich.

Wenn ihr also von diesem Buch inspiriert wurdet, teilt es mit mir und der Welt. Spread love! Denn so kann Licht seinen Weg in alle Winkel dieser Erde finden – wie es die Kuppel des Elbenkreisels vormacht.

So kann diese Welt zu einem besseren Ort werden – indem wir UNS zu lebensbejahenden, liebenden und positiven Menschen machen.

Jeder von uns hat eine besondere Fähigkeit und die gilt es, zu erkunden und zu verstehen. Um sie dann für Gutes einzusetzen.

Das ist die Bestimmung der neuen Zeit. Sich selbst anzunehmen, seine Gaben zu erkennen und deren Macht beherrschen zu lernen, um unsere Welt mit Licht und Liebe auf eine höhere Bewusstseinsebene zu bringen. Angefangen bei sich selbst.

Viel Spaß beim Finden eurer Gabe!

Ich wünsche euch ganz viel Licht und heilsame Liebe.

Eure Sara

Für *meinen Vater und meinen Opa,*
die immer stolz auf mich waren und sind.
Danke.

DANKSAGUNG

Es ist vollbracht, oh wow! Die Magie des Lichts erhellt in diesem Moment die Erde, spürt ihr sie?

Ich möchte euch aus tiefstem Herzen dafür danken, dass ihr euch für genau dieses Buch unter den vielen am Buchmarkt entschieden und gelesen (und hoffentlich gern gelesen) habt. Das bedeutet mir unendlich viel und ich bin unendlich dankbar dafür!

Die Idee zu diesem Roman kam literally über Nacht und ja, ich weiß, dass das ultimativ kitschig klingt, doch so war es.

Dann schrieb ich drauf los. Es war in gewisser Hinsicht Eigentherapie und ich mochte es. Sehr sogar. Die Seiten wurden mehr und irgendwann spürte ich, dass der Inhalt mehr forderte. Drei Bände, um konkret zu sein.

In einigen Figuren ist ein bisschen etwas von mir selbst enthalten, dennoch sind mir *alle* Figuren enorm ans Herz gewachsen. Vor allem der alte Pfefferstein ist mein insgeheimer Liebling und obwohl ich ihn nicht so beschrieben habe, denke ich immer ein bisschen an einen Teddybär, rein vom Gefühl her, das er einem gibt.

Eine Danksagung für einen Debütroman zu schreiben heißt, dass auch die Danksagung ein Debüt ist. Obwohl ich mit Dankbarkeit nie ein großes Problem hatte, tu ich mir schwer, all meine Dankbarkeit auf diese eine Seite (oder drei – sorry, Mark!) zu bringen.

Darum darf mir meine Protagonistin aushelfen … Was würde wohl Chelsea jetzt schreiben? Ihr wisst es wahrscheinlich …

»Ich danke in erster Linie mir selbst. Für mein Durchhaltevermögen und den Glauben in mich, als ihn noch niemand anderes hatte.«

»Ich habe immer an dich geglaubt«, würde Rick dann protestieren und ihr einen mahnenden Schmatzer auf die Wange drücken.

Deshalb danke ich auch meinem ganz persönlichen Rick. Er hat mich von Anfang an unterstützt, war still, wenn ich meine Ruhe beim Schreiben brauchte und ratgeberisch, wenn es um Plottwist-Fragen ging. Du hast das Buch so gesehen mitkreiert und dafür danke ich dir. (Für die fragwürdigen Game of Thrones Morde, die du vorgeschlagen hast, allerdings nicht #weird!)

Weiters möchte ich meinem Papa danken, der mir stets Mut gemacht hat und als einer der Ersten ganz begeistert das Manuskript gelesen hat. Deine Wertschätzung bedeutet mir echt viel.

Ich danke auch dir, lieber Mark, dass du mein erstes Buch-Baby mit so viel Einsatz auf den Markt gebracht hast, und dem gesamten adakia Verlag. Und bei der lieben Kirsten, die »Chelsea Stern – Lichtmagie« nochmal den letzten Feinschliff verpasste und das Buch mit magischem Lektoratslicht poliert hat.

Doch am aller aller aller heftigsten danke ich euch, ihr Wundervollen!

Hoffentlich habt ihr Chelseas Selbstfindungsreise genossen und die Auf und Abs einigermaßen gut überstanden. Ich hoffe auch, dass ihr euch beim Lesen genauso ein bisschen selbst finden und die Energie, die ich in diese Seiten fließen lassen habe, aufnehmen konntet. Get ready for transformation – und Band 2!

Wenn ihr das Buch toll fandet, klatscht mir gerne eine Rezi auf Amazon, diskutiert das Buch-Baby auf Lovelybooks und macht Bilder, Reels, Stories auf Instagram und markiert mich! So kann ich alle eure Beiträge sehen, mich freuen und noch mehr Herzenshingabe in meine weiteren Bücher fließen lassen.

Ich schicke euch ganz viel Liebe und Licht!
Auf dass auch ihr eure Gabe findet und sie für das Gute einsetzt.

Ich danke euch!
Eure Sara